祈祷落幕时

〔日〕东野圭吾 著

代珂 译

南海出版公司

新经典文化股份有限公司
www.readinglife.com
出 品

1

时隔几十年之后的今天,宫本康代仍清晰地记得那天的事。那是刚九月的时候,在秋保温泉经营一家旅馆的女性朋友打来电话,问是否可以替她帮一个女人安排工作。

朋友说,那个女人是看到招聘广告后找到她那里去的。可她没有服务员的工作经验,又不算年轻,实在无法雇用,只是让她回去又有些于心不忍。

"她刚和丈夫离婚,现在还居无定所呢。她之所以会来仙台,据说是以前来旅行的时候觉得这里很美,心想以后如果能在这里生活就好了。我跟她聊了一会儿,挺老实的,是个不错的人,而且还是个美女呢。我问过她,她好像有一点夜总会陪酒的经验,所以我就想,不知道你那里缺不缺人呢?"

朋友说,女人已经三十六岁了,但看上去十分年轻。

那就先见一下也无妨,康代想。康代经营着一家小料理店和一家小酒吧,可前阵子在小酒吧上班的女孩子结婚了,现在只孤零零地剩一个头发花白的调酒师,她正想着该怎么办。而且朋友的眼光不会错。

"知道了。总之,先让她过来吧。"

大约一个小时后,在那家还没开始营业的小酒吧里,康代见到了那个女人。正如朋友所说,是个脸庞圆润的美女。三十六岁的年纪正好比康代小十岁,可看上去却比实际年龄年轻,化完妆后应该更美。

女人说她叫田岛百合子。因为以前一直住在东京,她的口音很标准。

所谓陪酒的经验还是在二十岁出头的时候,据说是在新宿的夜总会做过两年。因为父亲在一场事故中去世了,光靠体弱多病的母亲做临时工的那点工资实在无法生活。后来因为结婚便辞了那份工作,没过几年母亲也病死了。

她的话虽然不多,但问题都能直截了当地回答,措辞也很得体,应该是个聪明人吧。说话时能够正视对方的眼睛这一点也令康代很满意。面部表情虽然缺少变化,但还不到阴郁的地步。搞不好在男性客人看来,这正是一种忧伤的美呢。

康代决定先试用一个星期,如果不行到时候再让她走就好。不过康代觉得,她应该可以做得不错。

问题是她还没有住处。她的行李只有两个略微有些大的包。

"你离开丈夫,接下来到底打算如何生活呢?"

康代随口一问,百合子却表情沉痛地低下头,小声应了一句"不好意思"。接着,她说:"除了离开那个家,我还没有任何打算。"

应该是十分沉重的难言之隐吧,康代这样想着,没有再追问。

康代一个人住在国见丘的一所独门独户的房子里。早逝的丈夫将这所房子和店面一起留给了她。他们当初正打算要小孩,导致现在多出了两个房间。康代决定让田岛百合子住进其中一间。

"等你正式在我这里工作后再一起去找房子吧。我还有房地产公司的朋友。"

康代说完，百合子热泪盈眶地不住鞠躬道："谢谢，我会努力的。"

就这样，百合子开始了在康代的店"Seven"的工作。而且康代的直觉没有错，她做得很好。客人们对她的评价近乎完美。

康代去看店时，白发调酒师如此对她耳语道："真是捡了大便宜啦，小康。自从百合子来了，店里的氛围就不一样了。她虽然并不怎么能说会道，但是只要她在，店里就平添不少韵味。怎么看她都像是雾里看花，让人觉得是个有故事的人，有所保留又让人觉得有机可乘的感觉也是恰到好处。她绝对可以用。"

不用他说，康代也明白店里的气氛变好了。没过多久康代就决定正式雇她。

按照约定，两人开始一起去找房子。看了几家之后，百合子选择了宫城野区荻野町的一个房间。那是个铺了榻榻米的日式房间，似乎正是这一点中了她的意。康代于是顺便做了她的担保人。

那之后，百合子勤恳的工作态度也一直没改变。熟客越来越多，店里总是一片热闹的样子。其中当然不乏专门为她而来的客人，但是百合子受他们欺负或者卷进什么麻烦之类的事却从未发生过。或许是年轻时的陪酒经验起了作用吧。

当时日本的经济状况整体很好，店里的经营一直很稳定，日子就这样一天天地过去了，其间百合子似乎也完全融入了仙台这座城市。

但有一件事却让康代一直放心不下。随着相处的时间越来越长，两人之间也逐渐聊起各种话题，但她总感觉到百合子并没有真正地向她敞开心扉。不只是对康代，不管对谁，百合子似乎都没有流露出真实的一面。康代明白这正是百合子的魅力所在，也是店里生意兴旺的原因之一，这让她的内心有些矛盾。

关于离婚的原因，百合子似乎并不打算多说。康代原以为是丈夫出轨，但百合子明确地否定道"那并不是原因"。接着，她这样继续道："是我不好。我不配。不管是作为妻子还是……母亲。"

她提起自己有孩子的事，这是第一次。再问过后她说那是个男孩，离婚的时候他十二岁。

"那应该很不好受吧。你不想再见他吗？"康代问。

百合子的脸上浮出一抹寂寞的笑容。"我没有想见他的资格。我告诉自己不要去想那些事。说到底还是没有缘分，我和那个孩子。"

康代试探着问能否让她看看孩子的照片，百合子摇了摇头。她说自己一张都没有。"如果带着那样的东西，我永远都没办法忘记。"说这句话时，百合子的眼睛里闪烁着让人不寒而栗的坚韧。

真是个过分执着、自我要求严苛的女人。或许夫妻生活出现问题，也是因为她如此的性格吧，康代这样想。

那之后的时间仍旧不停流逝，当百合子在 Seven 工作超过了十个年头的时候，情况发生了巨大的变化。她和一名客人之间的关系超出了寻常。

百合子管那名客人叫"绵部先生"，康代也曾在店里见过他好几次。他总是坐在吧台一角，一边啜饮着稀释得很淡的烧酒，一边读着娱乐杂志或者戴着耳机听广播。年纪大概五十过半，中等身材，或许是因为从事体力劳动，手臂上的肌肉很结实。

康代从两人的表情上就看出他们的关系不一般，便试着跟百合子确认。而她则如少女一般露出不好意思的神色，承认了跟绵部之间的关系。只要来到店里，他就会一直留到最后，她似乎早就注意到了他的那份情意，最终也对他生了爱意。

百合子向康代道歉："对不起。"

"为什么要道歉？这不是很好嘛。我啊，也一直觉得百合子应该这样才好。对方有家庭吗？没有吧？那就什么问题都没有啦。不如干脆结婚吧？"

对于这样的催促，百合子却没有附和。她只是轻微地摇头道，那不会。

之后，两人的关系似乎一直持续着，可康代没有深究，因为百合子不愿多谈。似乎那个姓绵部的男人也有一言难尽的隐情。

绵部的身影终于没有再出现在店里。康代去问百合子，说是因为工作关系调去了很远的地方。他的工作跟电力建设相关，需要去各种地方出差。

百合子的情况出现异常，就是在那段时间。她声称身体不好，请假休息的次数开始变多。关于病情的解释也是五花八门，有时候说有些发烧，有时候说全身无力。

"该不会是有什么毛病吧？不如去医院好好检查一下？"

康代再怎么说，她只是回答"没关系"。确实，过了一段时间，她又开始正常地上班，如同以往一样到店里勤恳地工作。

没过多久，绵部也回到了仙台，这才让康代松了口气。她觉得，百合子身体出现状况肯定是因为忽然间一个人生活太孤独了。

就这样，又过去了好几年。泡沫时代的好光景一去不复返，康代的店面也面临无法继续经营的窘境。虽然现在拼的是味道和价格，可竞争对手也变多了。康代的小料理店旁边竟然开了两家牛舌料理店。本来就只有这么一点客人，他们到底想怎么样？康代不禁有去跟他们理论的冲动。

小酒吧 Seven 也不顺起来。百合子的身体状况又变得不好，开始经常休假。终于她找到康代说想辞职。"现在这个样子只能给店里添麻烦。我也到了这个年纪，还是请您另外再雇一个人吧。"她说着，鞠了个躬。

"说的什么话。Seven 是靠你一人撑到现在的,身体不好多休息就是。给我好好地去治,我会一直等你的。虽然有可能找人顶替你,但那也只是暂时顶替。另外,你有没有好好地吃东西?怎么瘦成这样……"

实际上,百合子已经瘦到叫人不忍直视的地步。脸颊瘪了,下巴尖了,曾经圆润的脸庞已消失不见。

"嗯,没事。真不好意思,让您担心了……"她的声音很消沉。虽然一直以来她都不怎么表露真实感情,可如今脸上的表情更加麻木了。

"绵部现在怎么样了呢?"康代想起便问道。百合子回答说"又因为工作关系去了远方"。康代觉得,这样一来她怕是更没精神了。

就这样,百合子开始了长期休假。那段时间里,康代奔波于两家店面间,却忙里偷闲地给她打电话,有时也去她家里看望。

百合子的身体状况不容乐观。很多时候她都躺在床上,看上去也没有好好进食。问她有没有去医院,她回答说"去是去了,但医生说没有什么特别的毛病"。

康代一直觉得要尽快带她去像样的医院好好看看,可是为工作所迫,时间怎么也抽不出来,回过神来时已将近年底。来到户外,因寒气而不由得缩起脖子的日子多了起来,一年又要过去了。

那个午后,天空飘起了小雪。等到雪积起来,就算是正常人出门都会不便。康代担心百合子的情况,于是打去电话,却没打通。铃声一直在响,但始终没人来接。

康代忽然间感到不安。她裹上一件带帽子的羽绒外套,穿上靴子便走出家门。百合子从一开始住进荻野町那所房子之后便没有搬过家。

那是一栋两层小楼,共八个房间,百合子的房间在二楼最里面。康代站到门前按响了门铃,却没有人应。邮筒里塞满了广告册和传单。看到那些东西,康代更加烦躁不安。她再次打起电话。但接下来的瞬间,她不由得屏住了呼吸。因为她听到了从门后传来的手机铃声。

康代敲起门来。"百合子,百合子,你在家吗?回答我一声啊。"但是房间里却没有人走动的声音。她试着去拧门把手,是锁着的。

康代冲下楼梯,环视四周看到楼房墙壁上挂着房地产公司的广告牌,于是按起手机。大约三十分钟后,康代和房地产公司的人一起进入了百合子的房间。门打开后首先映入眼帘的,是倒在厨房里的百合子。康代拽下靴子,呼喊着她的名字冲了上去,将她抱在怀里。她的身体冰冷僵硬,而且出人意料的轻而纤细,如蜡一般苍白的脸上像是挂着一丝微笑。

康代放声痛哭。

不一会儿警察就到了,搬出了田岛百合子的遗体。因为是作为非正常死亡处理,似乎还有可能要送去解剖。康代听到后,脸不由得抽搐了一下。"没事,我们一定会做好复原处理后再归还的。"身着西服的警察解释道,"而且我看很可能都没有解剖的必要了。房间并不混乱,所以不可能是谋杀,说是自杀也有些勉强。"

康代也被带到警察局接受讯问,问的主要是她跟百合子的关系以及发现遗体的经过之类。

"也就是说,她没有其他亲人?"听完她的话,警察问道。

"我是这样听说的。她跟前夫还有一个儿子,但他们肯定没有联系。"

"她儿子的地址呢?"

"我不知道。我想百合子自己也不知道。"

"这样啊,麻烦啊。"警察小声道。

百合子的遗体第二天就被送了回来,看上去最终并没有进行解剖。

"从死亡到尸体被发现已经过了两天。做了血液检查,并没有发现什么可疑之处。很可能是心力衰竭,这是医生的看法,他怀疑死者的心脏机能一直有问题。"

听了警察的话,康代被深深的悔恨包围。早该带她去做更细致的体检。

康代觉得要替她举行葬礼,哪怕形式简单些,于是独自开始了准备。首先必须要通知的就是绵部。百合子的手机已经被警察还了回来,于是康代便翻起了通讯录。里面的名字比她预想的还要少。康代的手机号码和家里的电话、料理店、Seven、常去的美容院、十几个熟识的客人,大概就这么多了。看通话记录,最近的两个星期里,百合子并没有主动给谁打过电话,来电记录也只有康代而已。

百合子咽下最后一口气的时候,究竟是被多么深沉的孤独包围啊,康代光是想象便不住地颤抖。跟谁都不见面,跟谁都不交谈,独自倒在厨房冰冷的地上时,闪过她脑海的会是怎样的画面呢?是她爱的男人,还是她仅有的儿子呢……

通讯录 W 开头的那栏里有"绵部"这个姓,康代这才知道他的姓写成汉字时是这样。原先她一直以为是"渡部"[①]。

康代试着用百合子的手机拨了号码。她觉得如果是不认识的号码,或许对方会有所警惕。

[①]日语中这两个姓的发音都是 watabe。

电话很快便通了。"喂。"康代听到了一个低沉的声音。

"啊……绵部先生？"

"是我……"应该是康代的声音跟百合子的声音差别太大吧，对方表现出一丝警觉。

"不好意思，我姓宫本，是仙台 Seven 酒吧的，还记得吗？"

短暂的沉默之后，对方"啊"了一声，又问道："是百合子有什么事吗？"

"是的。那个，请冷静地听我说。"康代舔了舔嘴唇，深呼吸之后继续说道，"百合子，她去世了。"

康代听见了粗重的喘息声。绵部和百合子一样，也是个喜怒不形于色的人，但这种时候应该也露出了惊讶的神情吧。又或许因为打击太大，反而仍是面无表情？

她听到对方清了清嗓子，用压抑的声音问道："什么时候？"

"我昨天发现的遗体。但是警察说，死亡时间应该再往前推两天。死因是心力衰竭……"

"这样啊，真是给您添麻烦了。"绵部平淡的口吻里听不出任何惊诧或悲伤。康代甚至觉得，难道他早已预料到这种情形了吗？

康代告诉他自己正着手准备葬礼，并且希望他可以来上一炷香。他却在电话那头沉吟起来，"非常抱歉，我做不到。"

"为什么？你们虽然没有结婚，但是也交往了那么多年啊。"

"对不起，我这边也有很多事情要处理。百合子的丧事，还要请您多费心。"

绵部似乎要挂电话，康代有些慌张。"请等一等。这样百合子也不能安心地离开啊。骨灰究竟该怎么处理，我也完全没有头绪。"

"至于这件事，我已经有打算。过两天我肯定会再联系您。可以告

9

诉我您的电话号码吗?"

"可以是可以……"

康代说出自己的号码之后,绵部只丢下一句"我一定会再联系您的",便挂断了电话。康代只能呆呆地盯着已经被挂断的手机。

第二天,在丧葬公司最小的房间里举行了一场小小的葬礼。康代通知了 Seven 的一些熟客,虽说不是完全没有人来送葬,这仍然是一场颇显孤寂的葬礼。火化后,康代将骨灰带回了家。可是骨灰也不能总放在自己家里。荻野町房子的事也必须考虑,担保人是康代,她要负责退房,这都没什么问题,但是百合子的遗物必须处理,全都扔掉真的好吗……

掺杂着这些烦恼的日子仍在一天天流逝。其间康代试着给绵部打过几次电话,但都没有打通。康代开始觉得自己被他骗了。说到底他们两人也没有正式结婚。或许对方觉得摊上这样那样的琐事很麻烦,很可能再也不联系康代了。

房地产公司打来电话,希望尽快把房子腾出来的时候,已经是百合子的葬礼过去一周以后了。没法子了,康代下定决心,只有去收拾房间,把自己觉得不需要的东西全部扔掉,但恐怕几乎所有的东西都会面临那样的判决。

然而就在康代起身打算出门的时候,手机响了起来。看来电显示,应该是从公用电话打来的。

"是宫本女士吧。"她接通电话后,听到了一个沉静的声音。"不好意思拖了这么久,我是绵部。"

"啊……"康代深深地舒了口气,"太好了。我还以为你再也不会联系我了呢。你的手机一直都打不通。"

绵部低声笑了笑。"那个号码已经被我注销了,因为那是专门用来跟百合子联络的。"

"是吗？可是，即便是那样……"

"不好意思，我当时应该跟您说一声的。但是请您放心，接管百合子骨灰和遗物的人我已经找到了。"

"啊，真的吗？是什么人？"

"是百合子唯一的儿子，人在东京。我之所以拖到现在，是因为一直在找他的地址。但是没关系,我已经查出他的所在了。我现在念一遍，能麻烦您记一下吗？"

"啊，好的。"

绵部说出的地址是杉并区荻窪，百合子的儿子似乎就住在那里的一处单身公寓。

"可惜的是没能查出他的电话，我觉得先给他写封信为好。"

"那就这样办吧。那，他儿子的姓名呢？也姓田岛吗？"

"不，田岛是百合子的娘家姓，是她离婚之后改回来的。他儿子姓加贺，加贺百万石的加贺。"

也就是女演员加贺真理子的加贺吧，康代脑子里想着那两个字。

据绵部说，他的名字叫"恭一郎"，如今任职于警视厅。

"他是警察？"

"是的。所以，虽然这样说有些不得体，但我想他一定不会无视您的联络，一定会认真地替我们处理好。"

"明白了。那，绵部先生今后有什么打算呢？趁百合子的骨灰还在我这里，能给她上炷香吗？"

听到康代的询问，绵部沉默了。

"喂？"

"不……还是算了。请把我这个人忘记吧。我想我今后也不会再联系您了。"

"为什么……"

"那么,就拜托您了。"

"啊,稍微……"

"等一下"这几个字还没来得及说出口,电话就挂断了。康代注视着刚才记下来的地址。加贺恭一郎——事到如今,只能跟这个人联系了。

康代决定立刻动笔写信。左思右想之后,才写出了如下的文字。

> 突然给你写信,失礼之处还请包涵。我叫宫本康代,在仙台经营餐饮业。这次之所以提笔给你写信,只有一个原因。关于田岛百合子女士,我有一件很重要的事想通知你。
>
> 直到前不久,百合子女士一直在我经营的酒吧工作。但是几年前她的健康状况开始恶化,前些日子于家中不幸辞世,推测死因是心力衰竭。
>
> 百合子女士没有什么亲人,我是她的雇主,又是她租住房屋的担保人,所以由我接管了她的骨灰,为她举行了葬礼。只是相关物品在我这里保管亦非长远之计,深思熟虑之下才决定给你写信。
>
> 百合子女士的骨灰以及遗物,不知可否由你代替我继续保管呢?如果你可以亲自过来,敬请提前告知,我会竭力配合你的时间。我的电话号码和住址都写在下面。
>
> 做出如此不情之请,真是万分抱歉。敬候你的回音。

接到对方的答复,是在信寄出三天后的午后。那天店里休息,康代正在家中整理账目,手机响了,屏幕上显示的是一个全然陌生的号码。看着那个号码,康代心中隐约感觉到了什么。

电话接通,一个低沉却带有磁性的声音传入康代耳中:"请问是宫本康代女士吗?"

"是的。"

几秒钟的沉默。"我是前些日子收到您的来信的加贺。"对方说道,"是田岛百合子的儿子。"

"啊……"康代不自觉地发出了安心的感叹。写信是没问题,可能否顺利寄到呢?不,地址上写的地方是否真的住着一个姓加贺的人,那个人又是否真的是田岛百合子的儿子呢?信寄出去后,康代就不时地担心。

"我母亲,"加贺说,"承蒙您关照了。非常感谢。"

康代握紧电话,摇了摇头。"不用跟我道谢,我才是一直都受百合子的照顾。这些先不提了,我在信里提及的事,你考虑过了吗?"

"是骨灰的事吗?"

"是的。从我个人来说,我觉得由她的孩子来接管骨灰是最好的选择。"

"您说得没错,我会担起这份责任的,接下来的事情由我来处理。给您添了很多麻烦,真是非常抱歉。"

"听到这句话我就安心了。我想百合子在那边也会高兴的。"

"希望如此。那,您什么时候有时间?您是开店的吧,店里哪天休息呢?"

康代回答今天就休息,加贺说那正好。"我今天也休息。那么接下来我去您那里可以吗?现在开始准备的话,我想傍晚就可以到了。"

这个提议让康代有些意外。她设想对方应该也有诸多事务要处理，实际行动开始之前的准备工作是必不可少的。但既然他能尽快接管，康代自然没有异议。

答应下来后，加贺给出了一个大致的到达时间，便挂断了电话。

康代的视线转向佛坛，那里放着百合子的骨灰和照片。照片是在 Seven 里照的，百合子的脸上带着难得一见的爽朗笑容。这是葬礼之前一个熟客拿来的。

康代看着照片在心里默念：这下好啦，儿子来接你喽。

大约三个小时后，加贺打来电话，说已经到了仙台站。他说打车过来，康代于是描述了一下附近的标志性建筑。她烧开水，正准备泡茶时，门铃响了。

加贺体形不错，面相精悍，年龄在三十上下，棱角分明，眼神锐利。康代第一印象觉得他怎么看都是个正义感很强的人。递来的名片上印着他任职的部门：警视厅搜查一科。

加贺再次向康代表达了感谢和歉意。

"别管这些事了，先去见百合子一面吧。"

听了康代的话，年轻人面色诚恳地答道："是。"

在佛坛前上完香，双手合十拜过之后，加贺转身面向康代深深地鞠了一躬。"谢谢您。"

"好啦。这样我肩头的重担也可以卸下了。"

"母亲是从什么时候开始在您的店里工作的？"加贺问道。

康代掰手指算了一下。"到今年为止是十六年。来的时候刚九月。"她答道。

加贺皱起眉头想了一下，又轻轻地点了点头。"是离开家之后不久。"

"百合子也这样说过。以前来旅行的时候，她就喜欢上了这里。所以离了婚孤身一人后，就马上想到来这里工作。"

"这样啊。母亲住过的房子现在怎么样了？"

"还保留着原样。我原本就打算带你去看……"

"非常感谢，请一定带我过去。"加贺说完，又鞠了一躬。

康代开车，两人朝荻野町百合子的住处出发。在车上，康代简短地说明了和百合子相识的过程，但关于绵部的事总觉得有些难以开口，最终还是选择了沉默。

到百合子的住处后，加贺并没有立刻进屋，而是站在门口打量着房间里面。这应该算是个一室一厅的房间，米色的墙纸褪色得厉害，长时间的日光照射已经让榻榻米泛出红褐色。房间正中央摆着一张可以折叠的小餐桌，墙边摆着一个小橱柜和一些收纳箱。

"竟然在这样狭小的房间里生活了十六年……"加贺小声地自言自语道。在康代听来，这是他不由自主地发出的感叹。

"我来的时候，百合子倒在厨房那边。那时候已经……""来不及了"这几个字她没有说出口。

"原来如此。"加贺朝狭窄的厨房看了一眼。

"请进屋吧。"康代说，"我稍微打扫了一下，但是百合子的东西一件都没扔。请确认一下吧。"

"失礼了。"加贺说完，终于脱鞋走进了房间。他略带踌躇地拉开橱柜的抽屉，打量着里面。看上去他也不知道究竟该如何处理才好。百合子离开家时，他还只是个小学生。关于母亲的记忆虽然可能还有不少，但是一定程度上变得淡漠也不足为奇。

康代从包里掏出房间钥匙。"如果打算仔细整理遗物，这个就先交给你吧。跟房地产公司的人说明一下情况就可以，再有一个星期应该没问题。这期间你就好好整理，看是需要搬出去还是扔掉……"

"明白了。那钥匙就由我暂时保管。"加贺盯着钥匙看了一会儿，伸出手说，"有一件事想问您。"接过钥匙后，他又略带犹豫地开口道，"关于离开家的事，母亲说过什么吗？比如对以前婚姻生活的抱怨，或者离家出走的理由……"

康代缓缓地摇了摇头。"具体细节我什么都不知道。但她说过是自己不好，说自己不管是作为妻子还是母亲都没有资格。"

"没有资格……是这样吗？"加贺失神地低下了头。

"有什么头绪吗？"康代问道。

加贺露出淡淡的笑。"剑道部的夏季集训结束回来后，家里有张母亲留下的字条。当时的我什么都不知道。不过成人之后，有些事情也渐渐明白了。"

"什么样的事情？"

"我的父亲，"加贺说着，脸色有些凝重，"是一个热衷于工作的人，于是对家庭就相对地不管不问了。他很少回家，家里所有难题应该都推给了母亲。父亲跟亲戚们的关系也不融洽，母亲总是夹在中间两头为难。那样的生活应该让她精疲力竭了吧。但关于离开家这件事，我想母亲一直在责怪自己。"

"嗯。"康代微微点头。对慈厚认真的田岛百合子来说，这是十分可能的。

加贺像是无意间想起了什么，看着康代。"我忘记问一件十分重要的事了。"

"什么事？"

"我收到了您的信，可您是如何查到我的地址的？我想母亲是不可能知道的。"

听到这个问题，康代觉得自己的表情都僵硬了。她想尝试着蒙混过去，可是看着目光如炬的加贺，她明白那是不可能的。对方可是个警察。

"有个人告诉我的。"康代说。

"有个人？"

"是跟百合子交往过的男人。"

加贺的表情瞬间有些严肃，但很快又如冰雪融化般变得柔和。"能跟我说说具体的细节吗？"

"好。"康代回答道。其实详细情况她也不清楚，但还是将所知道的关于绵部的一切和盘托出。"对不起，我并不是有意隐瞒，但总觉得难以开口……"康代最后又加上一句。

加贺苦笑着，摇了摇头。"非常感谢您的好意，其实没有必要。我觉得母亲身边有过那样一个人是好事。我甚至想找机会见那个人一面，向他询问关于母亲的事。"

"或许是吧。但我刚才也说过，如今连这个人身在何方我都不知道。"

"除了您的店，还有什么店是他常去的吗？"

"嗯……"康代努力想着，"我想应该没有吧，也没听百合子提起过。"

"那么，关于那个人，您还记得些什么吗？比如老家是哪里，毕业于哪个学校，或者经常去的地方之类。"

"地方……"一些记忆划过了康代的脑海。她隐约记得百合子曾经提过一个令她印象颇深的地名。终于，那几个字在脑海里逐渐清晰。"对了，日本桥……"

"日本桥？东京的？"

"是的。不记得是什么时候了，但百合子曾经提起过。她说绵部先生经常去日本桥，常跟她聊起附近有名的景点和商店。百合子虽然以前住在东京,但似乎并没怎么去过那里。"

"那绵部先生为什么去日本桥,您听说过吗?"

"不好意思,这我就……"

"没关系,光这样就已经很有参考价值了。"加贺再次将目光投向橱柜。他的侧脸看上去是如此认真执着,眼里散发出锐利的光芒,那是警察的表情。

三天后,加贺去康代的住处还钥匙。他说百合子的东西已经全部搬走,电器、家具和被褥之类都让废品回收公司的人处理掉了。

"衣服出乎意料的少,让我有些惊讶。如果她还活着,该是五十二岁……真的只需要那么点衣服吗……"加贺看上去有些无法释怀。

"百合子是个勤俭节约的人,从不会一件接一件地买新衣服,而且,她打扮得漂漂亮亮地出门的机会应该也很少吧。"

"是吗。"低下头的加贺眼里满是悲凉。

"百合子的衣物怎么处理的?"

"扔了。"康代的问题换来一句简洁的回答,"我就算拿了也实在没什么用。"

康代一边觉得他说的也有道理,一边又想着他将过世母亲的衣物塞进垃圾袋时的心情,胸口有些疼痛。

两人再次来到那栋小楼,检查了一遍那个已被打扫干净的房间。只有曾经放过橱柜的那块地面跟周围的颜色完全不同。

"其他东西都送到加贺先生的住处了?"康代问。

"都装箱邮寄了。我想一件件地检查一遍,仔细地感知母亲这十六年来是如何生活的。"加贺的脸色有些难看,"虽然我知道,即便这样也已经于事无补。"

"怎么会。"康代说,"一定要好好地替百合子留下那些回忆,那十六年的回忆。这是我对你的请求。"

加贺微微点头一笑。"我也有一个请求。"他说,"关于那个姓绵部的人,您如果想起了什么,可否再告诉我呢?不管多么琐碎的细节都可以。"

"我明白。一定告诉你。"

"拜托了。"

加贺说要回东京,康代用车将他送到了仙台站,又跟着送到了检票口。向康代道过谢后,加贺转身大踏步地走了起来。直到这时康代才第一次意识到,他的面容跟田岛百合子很像。

从这些事情发生时算起,又过了十多年。这期间康代自身以及她周围有过很多变化,其中最大的变故当算是东日本大地震以及核泄漏事件了。回想起地震时的情景,康代至今仍会全身颤抖。看到破败的城市时,她觉得那简直就是地狱,没过多久她就意识到像自己这样活下来的人是多么幸运。她的亲戚大多生活在气仙沼,其中大部分人都被海啸吞噬,丢了性命。事后她到那里打算献上一捧花时,满目的疮痍令她连话都说不出来,放眼望去全是堆积如山的灰色瓦砾。渔船、汽车以及被毁的房屋在泥沼中堆叠在一起,可以想象其中恐怕还沉睡着很多仍未被发现的遗体。起风的时候,刺鼻的恶臭几乎令人窒息。

她经营的两家店面在地震后都关了。生活物资的供给中断,反正也无法正常营业,而且她觉得即便修好店面,恐怕也没什么客人会来。那时的她也已经七十多岁,觉得该休息了。

靠着经济景气时存下的养老金,康代总算可以过上衣食无忧的生活。每个月跟旧时老友小酌几次,有时还出去旅行。她自己认为,作为亲身经历了那场地震的人,这已然是最完美的人生了。

就在这完美人生的某一天，康代读着报纸，不经意间想起了加贺恭一郎这个人。社会版面上登载了一条发生在东京的杀人案的报道。看到"警视厅搜查一科"这几个字，她想起了他。他究竟还在不在这个部门，康代并不知道。他很重礼仪，每年都寄来贺年卡，可是关于自己的事却只字不提。或许他仍想得到关于绵部的消息，所以才将和康代的联系保持至今。但是自百合子去世之后，绵部从未联络过康代。

报道上说，东京市区的一所公寓里发现了一具被害的女性尸体。一瞬间，发现田岛百合子遗体时的情景在康代脑海里浮现。随后她又想，不知道加贺是不是正在参与案件的调查呢？

2

出现在会客室的,是一个身着西装、五十岁上下的矮个子男人和一个比他更矮的女人。两人一边低头行礼,一边拘谨地走进房间,用略带胆怯的眼神看着松宫等人。这并不奇怪。房间里竟有五名参与调查的警察,而且除了年轻的松宫,其他人全是一副凶神恶煞的表情。

"押谷文彦先生和妻子昌子女士,没错吧?"松宫等人的上司小林看着材料说道。

"是,我是押谷。"男人答道。

"感谢你们远道而来。我是负责本次调查的小林。请坐吧。"

看到两人在椅子上坐定,一直站成一排的松宫等人也相继坐下。

"遗物都确认过了吗?"小林问。

"刚才都看过了。"押谷动着僵硬的下巴答道。他带着关西口音。"我老婆说应该没有错,手表、手提包还有旅行包,全都是我妹妹的东西。"

小林那细细的眼睛转向押谷昌子。"是这样吗?"

"是。"她小声回答道,眼睛已经充血,"我记得很清楚。道子很喜欢那个旅行包,去年一起去温泉的时候她也带着。"

小林呼了口气,略微跟旁边的股长石垣点头示意,又面向那对夫妻。

"我想你们已经得到了消息,指纹对比和 DNA 鉴定的结果已经出来了,证实死者是押谷道子女士。还请你们节哀。我们由衷地感到遗憾。"

小林说罢,松宫等人都低头鞠躬。

押谷长长地叹了口气。"到底是怎么回事呢?我听说尸体是在别人的房间里被发现的?"

"是的。但请先让我们按顺序问一些问题。你们有时间吗?"

"没问题,你们尽管问。我们平时并不在一起生活,所以我也不知道能不能全答上来。"

"没关系。首先,你最后一次跟你妹妹交谈是什么时候?"

押谷夫妇相互看了一眼,开口的是妻子昌子。"上个月初打过电话,计划一起去京都赏樱花。去年我俩也去过。"

"比起我来,妹妹跟我老婆的关系更好。"押谷在一边补充道。

"打电话时,她提过要来东京吗?"小林问。

"没有。"昌子摇头,"完全没听她说过。所以警察让我看遗物的照片时,我真的不敢相信,怎么会在东京的公寓里发现她的尸体呢……不过所有的东西都跟道子的太像了……"话说到一半,似乎是为了压抑激动的情绪,她低下头捂住嘴,勉强止住了眼泪,深呼吸后又抬起了头,"不好意思……"

"你们报案要求寻人是在三月十二日星期二,没错吧?"小林确认道。

"没错。"这次是押谷回答的,"那天,道子公司的人打来了电话,说她前一天无故缺勤,手机打不通,家里好像也没人,问我们知不知道怎么回事。因为道子还单身,所以紧急联系人是我。我们也尽量帮着想了想,结果还是没有一点头绪,所以就到警察局报案了。"

"是什么公司?"

"负责房屋清洁的公司。"

押谷转向妻子,用催促的眼神朝她示意。昌子于是从手提包里掏出一张名片,放在桌上。"我们拿到了道子上司的名片。"

小林拿起名片。"这个我们可以暂时保管吗?"

"当然可以,就是给你们拿来的。"押谷答道,"据那个上司说,直到她失踪前一周的星期五,她都一直很正常地到公司上班。但他说道子似乎跟同事们提起过,说周末打算出去奢侈一把。"

"奢侈?具体指什么?"

"不知道,她只说了奢侈。"

松宫在笔记本上写下"奢侈?"的同时思考着。押谷一家住在滋贺县,来东京这个行为本身或许可以划入奢侈的范畴。但目的又是什么呢?只是简单的观光吗?从年龄上考虑,恐怕不可能去迪士尼乐园。是东京晴空塔吗?怎么可能呢,他随即自我否定道。那还算不上是值得一个人特意大老远跑到东京来看的东西。

小林把名片放在一边,又拿起一张纸,上面印着"越川睦夫"几个字。他将纸拿给那对夫妻看。"这名字你们有印象吗?"

"越川睦夫吗?嗯……我没见过。"押谷面带疑惑地回答后看着妻子。她也说了句"不认识"。

"那么,"小林放下纸,"你们听到小菅和葛饰这两个地名时会想到什么吗?比如说有认识的人在那里,或者以前去过之类,不管多么小的细节都可以。"

可这对夫妻的表情还是没有任何变化。两个人不知所措地对视后,押谷表情严肃地答道:"什么都想不到。听到葛饰,我顶多也就想起'寅次郎'[①]……"现在可是她的亲妹妹死了,他应该不是在开玩笑。

[①] 日本系列电影《寅次郎的故事》男主角,葛饰是影片中寅次郎的故乡。该电影在 1969 - 1995 年间共拍摄 48 部,在日本有着深远的影响力。

"是嘛。"小林沉吟了一声。

"那个……到底是怎么回事？刚才的人名地名什么的，跟道子有什么关系？"押谷的身子稍稍往前探了探。

小林像刚才一样跟身边的石垣交换了一下眼神。"你妹妹的遗体被发现的地点，是位于葛饰区小菅的一幢公寓的房间。"他的口吻很强硬，像是在宣告什么，"而那个房间的住户，是一个叫越川睦夫的人。"

遗体被发现的时间，是刚好距现在一周之前的三月三十日。小菅的一所公寓一楼的住户因为天花板上滴下了带有恶臭的液体而找管理员投诉。管理员去了二楼的房间，但是没有人应门。他不得已使用备用钥匙进了房间，发现壁橱里正散发出刺鼻的臭味。打开一看，里面躺着一具女性尸体，已经重度腐烂。

经解剖断定，死者是由于颈部被压迫导致的窒息死亡，而且脖子周围还留有被绳状物品勒过的痕迹。死亡时间应该在尸体被发现的两个星期前。这样一来，他杀的嫌疑便很大了，所以管辖该地的警察局才成立了特别搜查本部。而从警视厅搜查一科被调派过来的，正是松宫等人。

对房间的主人进行讯问理所当然是当务之急，可是越川睦夫却行踪不明。据附近居民说，至少一个星期之内都没有人见过他。

房间被彻底搜查了一遍，但是可以用来推断越川行踪的线索却一个也没找到。不仅如此，房间里连一件可以证明越川身份的物品都没有。手机自不必说，可就连照片、证件、卡和书信都没有，可以推测这是越川本人或是跟案件相关的人刻意处理的。

越川是九年前搬进来居住的，但是户籍却没有一起转过来。从入住时提交的材料来看，他的上一个住址是群马县前桥市。几名警员被派到那里，却没能得到任何关于越川的信息。材料上记载的住址很可能是个幌子，小菅的这所公寓管理松散，入住条件也很宽松。

考虑到越川已经死亡的可能性，警方决定对这一个月内在日本全境发现的不明身份的尸体进行 DNA 比对。而作为比对所需的素材，房间里的牙刷、刮胡刀、旧毛巾等都被悉数取走。

在追查越川行踪的同时，确认死者身份的工作也在同步进行。同尸体一起被发现的虽然还有手提包和旅行包，但是名片、驾照、手机、银行卡等可以证明身份的物品却一件也没有。在这种情况之下，警方将死者的物品和生前穿过的外套拍成照片，再加上体貌特征的描述，做成材料发到了日本所有的警察局。既然解剖推断死者已经死亡约三个星期，那么如果死者有家属，最近向警方提出寻人申请的可能性很大。

立刻有一些警局做出了回应，但在更进一步的细节对比中均判明他们要寻找的人和死者并不是同一个人。在日本几乎每天都会发出寻人启事，这样的情况并不稀奇。

在这个过程当中，滋贺县县警本部送来了一个有价值的消息。一对向彦根警察局提出寻人申请的夫妇在看过遗物照片后，说像极了失踪的妹妹的物品。再详细询问后，发现体貌特征、发型、血型、推测年龄等全部一致。

搜查本部通过滋贺县县警本部同那对夫妇取得了联系，询问他们是否可以拿一些带有妹妹的指纹或毛发的物品来东京。那对夫妇的回答是"马上去"。

如此这般于昨日到达东京的，便是押谷夫妇。松宫去东京站接他们。二人带来的是他们的妹妹押谷道子的梳子、化妆品、首饰等物品，梳子上还缠着头发。押谷文彦提出想看一眼遗体，而松宫则告诉他还是别看比较好。"尸体重度腐烂，面部已经无法确认，而且现在还没完全肯定那就是你的妹妹。"

调查会议上决定通过指纹鉴定和 DNA 比对的方法来确认身份，出结果至少还需要一整天。他们事先征得了这对夫妇的同意，让他们在东京住了一晚。

押谷夫妇昨晚应该住在市区里的城市酒店。那是一个以夜景闻名的酒店，当然他们恐怕没有心情欣赏。而今天，当他们接到松宫的电话，被告知"有重大发现，能否请你们来一趟警察局"时，应该已有了面对一切的心理准备。

押谷夫妇回去后，松宫同小林等人一起留在了会议室。小林和石垣坐在一起说了些什么，接着小林抬起头叫了几个侦查员的名字。松宫听见他向他们做出了一些指示，彦根和滋贺这些地名钻进了他的耳朵。

接着，松宫和同属搜查一科的前辈坂上的名字被叫了出来。两人一起站到小林面前。

"明天你们去一趟滋贺。"小林说着，递过一张名片，是刚才从押谷夫妇那里拿来的那张，"去她的公司，查出她的交友关系、和东京之间的联系等情况，有线索之后立刻报告。必要的话我会派出增援。"

"明白。"坂上接过名片。

"只查公司就行了吗？被害人的家呢？"松宫问。

"不用你操心，那边有其他人负责。"小林不耐烦地说道，"前期准备工作今天就做好。"

"靠你们啦。"石垣说，"我会先打电话通知当地警方。"

"是。"松宫二人回答，敬了个礼之后便转身离开。可刚走了两三步，松宫又转回身来。

小林不解地仰起头。"怎么了?"

松宫摊开记事本。"据押谷夫妇说,被害人三月八日正常上班,从十一日开始缺勤。也就是说,她于九日或十日被杀的可能性很大。"

小林旁边的石垣抱着胳膊,仰头注视着他,那副表情像是在问"那又怎么样"。

"新小岩的那起案件发生于十二日,勒脖子这一作案手法也完全一致,我总觉得两者之间或许有什么联系。"

"新小岩?嗯……"小林沉吟道,"那个流浪汉在河边被杀的案子吗?"

"是的。"

那起案件发生于三月十二日深夜。一个搭建在河边的帐篷小屋被烧毁,里面发现了一具男性尸体。一开始以为是一般事故,尸体被送到东京都监察医院。然而由于发现尸体肺部并没有吸入烟尘,并且颈部有压迫的痕迹,如今已作为他杀案件立案调查。推测死者是以前就住在那里的流浪汉,身份仍旧不明。当初为调查那起案件同此次案件的关联时,警方曾做过DNA比对,但结果证明那个死者并不是越川睦夫。

"那具尸体的死因确实也是窒息,但我听说很有可能不是用绳索,而是用手直接勒死的。"小林说,"光凭案发时间接近这一点就认为两起案件有关联,是否有些为时过早?"

"不仅是案发时间。"松宫的视线落在记事本上,"这个案件的案发地点在荒川附近,新小岩案件的地点也在荒川的河岸。两地相距大约五公里。这难道不是非常近的距离吗?"

"近或者远,这只是个人的感觉。"石垣抱着胳膊说,"不能光凭你个人的感觉,就对其他案件插手,而且那案件也有专门负责的搜查本部。但你的这个意见我记下了。总之,你们明天先去给我好好地调查。"

"明白。失礼了。"松宫二人低头示意,随即便离开了。

虽然没能对上司直说,但松宫感到这两个案件之间有所关联,并不光是因为案发时间和距离接近,还有一个重要的因素——印象。松宫也参与了越川房间的搜查工作,壁橱、衣柜抽屉等他全都搜过。虽然没能找到证明越川身份的物品,却完全掌握了其生活状态。如果用一个词来形容,那便是典型的"苟延残喘"。那里让人感受不到任何对于未来的梦想和希望,相反却有一种房间主人随时准备迎接死亡的感觉。食物也好,日常用品也好,所有东西都没有任何的储备,连个冰箱都没有。

环视越川的房间,松宫觉得它既像一个房间,又不像。浮现在他脑海里的,是流浪汉们用蓝色塑料布搭建的小屋。他觉得越川的房间简直和流浪汉小屋一模一样。越川睦夫是否如同销声匿迹般在这个房间里生活过呢?

所以松宫总觉得新小岩的案件和这起案件有着某种呼应。但正如石垣所说,光凭感觉行动是无法干好警察这份工作的,还是先把注意力集中到自己该做的事上吧,他想。

3

翌日清晨，松宫和坂上一起坐上了开往滋贺的新干线列车。他们昨天就已经商议好今天的行动内容，但为了再确认一遍，两人又聊起了具体细节。

押谷道子工作的地方是一所名为"Melody Air"的公司设在彦根的分公司，网站上介绍该公司的主要业务是房屋清洁、家政代理、环境卫生服务等。公司位于滋贺县彦根市古泽町，从地图上看离彦根站很近。松宫和坂上已经跟对方联系过，分公司的社长森田会直接接待他们。

"被害人好像一直都在外面跑业务，奔波于医院和老年公寓间，从客户那里拿订单。所以不光要在公司内部调查，或许还有必要去她的客户那里看看。"

听完松宫的话，坂上撇起了嘴，凶恶的面相上又平添一分狰狞。"那样的客户恐怕不止两三个吧？就我们两个人跑得过来吗？哼，被派去搜查她家里多轻松。"

"可是那也必须对她家附近区域进行盘查，而且那边可没办法坐新干线，只能开车。据说除了家具、电器和衣物之外，得把被害人房间里的所有东西一件不落地运回东京呢。"

"只是个单身女性而已吧？才不会有那么多东西呢。我看还是那边更好。唉，真倒霉。"坂上狠狠地靠上座位的椅背。

对于前辈的抱怨，松宫只得苦笑。这种时候，他的嘴里总是这些不满的话，工作起来却一丝不苟，该查的地方从来没有遗漏过。石垣等人应该也知晓这一点，才会派他来。

"不过松宫，你小子似乎对新小岩的那个案件有想法啊。"坂上换回正常的口吻问道。他似乎也听到了松宫昨天跟小林等人的对话。

"也没有什么想法，只不过有一点在意而已。"

"那就叫有想法。你该不会觉得两个案件的凶手是同一个人吧？"

"还没到那一步……但难道没有可能吗？"

坂上歪起脖子。"我可不那么认为。"

"是吗……"

"或者说，我希望别是那样。因为如果真是那样，为了哪件案子的搜查本部能先找出凶手这种事，上头的大人物肯定又要生出莫名其妙的竞争心理。"

"那不是很好嘛。如果相互竞争能让案件尽快解决的话。"

坂上苦笑了一声。"真好啊，你还年轻。要是我，与其被旁人抢了功劳，还不如让它变成无头案，解散搜查本部呢。正义感这种东西早不知被丢到哪里去啦。"说完，他耸了耸肩膀。

二人乘坐的是希望号，所以要在名古屋站下车，换乘下一班进站的木灵号，接着继续在米原站换乘东海道本线的快速列车，到达彦根站时已是上午十点半。

去彦根警察局打完招呼后，两人便朝 Melody Air 去了。公司就在距离警察局步行十分钟的地方。两人根据房屋清洁这个主营业务想象公司大楼应该洁白简练，可出现在他们眼前的却是一栋厂房般的低矮建筑。还好排列在停车场里的那些业务车辆都是以白色为基调，没有一台是脏的。

从正门进去后是一个让人联想到街道办事处的办公室，大约十名职员坐在各自的桌前。其中有一个女职员看上去像是前台，松宫正准备上前去跟她打招呼，有人却在旁边抢先道："二位是警视厅来的吧？"一个戴着眼镜的方脸男人正朝他们走来。

松宫回答说"是"，男人便递上了名片。这个人就是森田。之前听说他是社长，松宫心里一直抱着威风凛凛的想象，可本人却意外的平易近人。

松宫二人被带到了会客室。森田首先让他们见的是押谷道子的上司奥村，职务是营业科长。"事情果然还是变成了这样啊。两个星期……不不，前前后后都有三个星期了吧？什么联络都没有，我一直在担心，还说该不会出什么事吧，真没想到。"奥村的眉毛拧成了八字，挠了挠已变得稀疏的头发。

"你没觉得有任何可疑的地方吗？"坂上问。

"嗯，没有。最后见到她是三月八日星期五，但她跟平时没什么两样，看上去反而还挺开心的。"

"开心？"松宫抓住这个字眼继续道，"押谷女士好像跟同事说过类似周末要去奢侈一把这样的话，是吗？"

"啊，是的。当时我也在场，记得很清楚。她确实说过那样的话。"

"她嘴里的奢侈究竟是指什么，你知道吗？像是吃饭、旅行或购物之类的意思。"

"嗯……"奥村歪起头思考，"当时只是随便聊天，除此之外并没听到别的什么。"

他们决定把那名同事也找来,是一名外貌和年龄都跟押谷道子相近的女职员。可问她同样的问题,也没问出什么太有意义的答案。关于这次案件她没有任何头绪,至于奢侈究竟指什么也一无所知。

"我当时以为她并没有什么特别的意思,只不过是在一个星期的努力工作后打算奖励一下自己而已。"这位女职员露出抱歉的神情,但照她那样理解也并无不合理之处。或许"奢侈"实际上只是那种程度的意思而已。

朝这个方向继续问似乎也问不出什么东西,二人决定改为询问押谷道子的工作内容。

"她的工作内容主要是建筑设施业务的销售和运营。"奥村说,"一直都是去签一些定期清洁业务的合同,联络那些长期合作的客户,确认是否有什么问题投诉。如果有第一次签约的客户,那么去现场勘察、决定究竟要进行多大规模的清洁作业也属于她的工作。"

"押谷女士在这家公司工作的时间很长吗?"坂上问。

"是啊。一毕业就开始在这里工作,大概二十年了吧。"

"最近她在工作上有没有遇到什么麻烦?有没有跟别人起过什么纠纷?"

奥村皱起眉毛狠狠地摇了摇头。"从来没听说过。在员工当中,她算特别优秀的。当然,来自客户的投诉是有。清洁工也是人,有时候也会犯错嘛。但即便是那种情形,押谷也会立刻跑到客户那里,非常小心谨慎地处理问题。有很多次都因为是由她负责,客户才愿意继续跟我们签约。"

营业科长的话听上去不像在说谎。说到底,这时候没有理由也没有必要过度褒奖手下的员工。

之后松宫和坂上又见了几个跟押谷道子关系不错的员工,问到的结果也大同小异。人好、爱帮忙、话有些多但从不说别人坏话、性格开朗、表里如一——从他们的话里总结出的被害人就是这样一个形象。

他们说有之前公司旅行时的照片，二人便要求看看。到现在为止松宫等人看过的只有押谷夫妇拿去的照片。在那张亲戚婚礼的照片上，押谷道子穿着厚厚的正装，表情略微拘谨。然而员工们拿来的照片里的押谷道子看上去是那么活泼。她体形略胖，虽然从容貌上看算不上美女，但从那爽朗的表情里似乎能感受到当时那份愉悦的心情。

"押谷女士平常联络过的客户大概有多少？"松宫问。

"客户吗？嗯……"奥村挠着头，"单是客户的话，公司和个人加在一起应该有一两百个吧。"

数量大大超出预料。松宫偷偷瞄了一眼坂上的脸色，他的面颊正在微微抽搐。

"那些都是她一直在联络的吗？"

"不，是会随着季节而变化的，因为有些客户只做一次。现在这个季节顶多二十到三十个吧。"

"押谷女士最后一次来上班是三月八日星期五对吧？那个星期她联络过哪些客户能查到吗？"

"我想应该能查到。先失陪一下。"奥村说完便离开了。松宫将手伸向茶杯。一开始就被端出来的茶如今已经凉得差不多了。

"不知道有没有帮上忙？"问话的是一直在旁听的森田。

"当然。"坂上立刻答道，"很有帮助。非常感谢你们的配合。"

"押谷啊，她真的是一个非常好的人。虽然有时候有些爱管闲事，但都是见到别人有困难于是忍不住要出手相助。为什么这么好的人会是这种结果呢……"

"我们一定会尽全力抓捕凶手。"

就在坂上讲官话的时候，奥村回来了，手里拿着一张A4纸。"那周她一共联络了十三个客户，都是医院或者疗养机构。"他说着将纸放在桌上。纸上记载着客户的名称、地址、联系方式以及负责人姓名，看上去是专门替松宫他们打印出来的。

"押谷女士是一个人在外面拓展业务吗？"坂上问。

"是的，一个人开车在外面联络客户。"

"这样啊。"坂上将目光转向松宫，表情像是在询问该如何将这些地方全都调查一遍。

"那个……"这时森田开口了，"如果你们打算去押谷以前联络过的客户那里，我给你们安排个带路的吧？需要的话，用我们公司的车也可以。"

"哎？"坂上眨着眼，"可以吗？"

"当然可以。像我们这种小规模的分公司，员工就如同家人一样，我们也希望能够尽快抓住凶手，为此我们会鼎力相助。而且，总公司的社长也指示我们要尽力配合调查工作。"

"那可真帮了大忙了。那就拜托你们了。"坂上鞠了个躬。松宫当然也跟着照做。在一片不熟悉的地界跑十三个地方，光是想想就够难受了。

被叫来带路的是公司里的两名男性员工，都是负责清洁工作的，车子也备了两台，于是二人便决定分头行动。给松宫带路的是一个姓近藤的年轻员工，头发很短，皮肤晒得黝黑，让人联想到高中棒球队的队员。

"这么忙的时候打扰你，真是不好意思。"松宫在副驾驶的位置上道歉。

"没事。"近藤手握方向盘，露出略微僵硬的笑容。看来他还有些紧张。

松宫决定先从近的地方开始按顺序来,最初的目的地是位于市内的医院。在办公区的会客室里接待松宫的,是一个职务为设备科长的男人。

"我们这里除了手术室和集中治疗室这样的特殊区域,日常清洁都交给 Melody Air 做。押谷女士最后一次来的时候,也是来谈相关事宜。那时候并没有特别可疑的地方……没想到那位女士竟然会那样死去。"设备科长的神情有些惊讶。遗体身份得到证实这件事在网上并没有传开。东京的早报上虽有刊载,但或许这边还没有报道。

"押谷女士有没有说过最近要去东京之类的话?"

听到松宫的疑问,设备科长立刻摇起了头。"我没听她说过。那位女士性格很开朗,说话经常跑题,但我印象中她并没讲过那样的话。"

看来在这家医院得不到什么信息,松宫伺机打断话题,站起了身。接下来是一家私立幼儿园,但也没什么收获,只听到一些"押谷道子是个好人,总努力想办法替我们压低价格"之类的佳话。

就这样,松宫跑完了六个地方。虽然没有得到什么有用的线索,但他还是将听到的话都写在了记事本上。既然是专程来出差,就有必要整理成报告。

"真辛苦啊,警察的工作。"一直没怎么说过话的近藤一边开车一边开口道。他们正去往第七个目的地。

"今天算不上辛苦,还有你送我呢。"

"可是,跑各种各样的地方,跟不认识的人交谈,应该很费神吧。我肯定做不到,所以我才当了清洁工人。这工作不用说太多话就能做。"

"这样啊。"

近藤又略微沉默了一会儿。"像这样带路,其实我也很不习惯。"

他说,"但我听说是押谷姐的事后,心想如果能帮上点忙就好了,才同意来的。"

"你跟押谷女士很熟吗?"

"也算不上很熟,但她经常找我聊天。我也不记得什么时候无意间提到奶奶住院的事,结果她一直记着,总问我'奶奶的身体怎么样啦'、'奶奶还好吧'。她真是个好人。"

"好像确实是。"

"警察先生,我有一个请求,请抓住凶手,判他死刑。"近藤面朝前方,微微低下了头。

"一定。"松宫点头说道。

第七个调查地点是一家名叫"有乐园"的养老院。那是一栋四层建筑,墙壁上爬着几条裂纹,让人感到岁月的沧桑。在并不宽敞的大厅一角,一个姓塚田的女人接待了松宫。她大概四十岁上下,负责所有设备的管理和维护保养。

她似乎还不知道押谷道子死亡的事。听松宫说完,像是要安抚内心的震惊一般,她的手紧紧地压住胸口。"押谷女士竟然……这太叫人吃惊了,我简直无法相信。是被强盗还是什么人袭击了吗?"

松宫摇了摇头。"还什么都不知道,现在好不容易才确定了死者的身份。所以不管是什么样的事情都可以,如果你想起了什么,请告诉我。"

"就算你这样说,也……"塚田皱起眉,十分迷茫地歪了歪头。

"你最后一次见押谷女士的时候都谈了些什么?她有没有说过要去东京之类的话?"

"东京……"塚田喃喃着,像是想到了什么,下意识地"啊"了一声。

"怎么了?"

塚田眨着眼睛，看着松宫。"该不会是为了那个人……"

"哪个人？"

塚田环视四周，将脸朝松宫靠了靠。"我们这里最近接收了一个稍微有些问题的人。"

"有问题？什么问题？"松宫压低声音问道。

塚田带着若有所思的表情，说出了如下的话：

"那是二月中旬，刚好距现在一个半月。一个女人来到彦根市内的一家餐厅。她看上去六十过半，衣衫褴褛，头发也乱蓬蓬的。但是一个正常营业的餐厅又不能因此将她赶出去，只得带她入座。那个女人点了好几道菜。然而吃完饭后，那女人要么傻傻地看向窗外，要么就掏出随身带的一本旧杂志来读，一直没离开。三个多小时后，她又叫来服务员点了一些吃的。直到这时，店里的人才起了疑心，怀疑她是吃白食的。

"店长打电话报了警。负责那一片的巡警刚好跟店长熟识，很快就到了现场。店长说明了来龙去脉，结果正吃着东西的女人却忽然起身就要出去。巡警立刻追上去，看到女人跑了起来，便从后面抓住她的肩膀。事故就是在那时发生的。女人跌倒了，从店门前的台阶上滚了下去。那名巡警也跌倒了，还压在女人身上。女人发出一声惨叫，脸扭曲成一团，喊着'好痛好痛'。后来女人被送到医院，一查才发现右脚开放性骨折。

"巡警因为工作上的过失伤害接受了审查处理，而难以解决的是那个女人。她当然不承认是去吃白食，反而说自己只不过因为饭吃到一半忽然觉得不舒服，打算出去透透气而已。她身上并没有带够钱，但她坚持说只是'没注意'。

"女人既没有说出姓名，也没有说出住址，而且还一个劲地对前来调查取证的警察嚷：'把我弄成了这副模样，你们打算怎么办？给我赔偿金！'医院则让警方赶紧把这个女人弄走。该治疗的地方已经全治过了，只剩下安心静养，不能总留在医院里。可就算警察想送她回家，没有住址也无济于事。而女人只反复强调，在完全康复之前，必须要有人照顾自己。走投无路的警方最终找到了有乐园。警察局长和园长算是朋友，而这里正好也有空房，于是便安置她进来了。上次押谷女士来的时候，那女人拄着拐杖从她身旁经过，她便跑来问我'那个人是谁'，我就告诉了她事情的原委。结果她竟然说什么'说不好是我认识的人'。"

松宫停下了正记笔记的手，抬起头。"押谷女士认识那个人吗？"

"她说那或许是初中时一个关系不错的朋友的母亲。于是我就托她去跟那个女人谈谈。押谷女士说可以，我就带她去了那个房间。"

"结果呢？"

"刚一进屋，押谷女士就说'果然没错'。她问那个女人：'您是浅居阿姨吧？'"

"那个人怎么说？"

塚田摇了摇头。"回答说'不是'。"

"那押谷女士呢？"

"看上去并不相信，又接着问'您不是浅居博美的母亲吗'，但那个女人只一个劲地说'不是不是，认错人了'。"

"然后呢？"

"没办法，我们只能出来。但押谷女士还是歪着头说'我觉得肯定没错啊'，一副很不甘心的样子。"

"浅居博美……汉字是这样写吗？"

"我没问，不过应该是。"塚田说道。这个姓在滋贺似乎很多。

"那么，因为这件事，押谷女士就说要去东京吗？"松宫问道。

塚田点了点头。"押谷女士说，那个浅居博美在东京从事跟戏剧相关的工作，她似乎是看电视还是什么得知的。她说自己也很喜欢戏剧，一直想找个机会去见浅居。但又觉得在没有什么特别理由的情况下，以前的老朋友忽然找来，只会给人家平添麻烦，所以便一直忍着没有去见。"

"原来如此。这样一来，就有去见她的正当理由了。"

"是这样的。"

"这事你跟警方说过吗？"

塚田摇头说："没有。我跟园长说过。但园长说等押谷女士那边有消息了再说。说到底，那个女人本身是否认的。万一真的是押谷女士不小心认错了人，说不定又会捅出什么娄子来。若真变成那样，麻烦的就不是警方而是我们了。"

看来对于这个问题女人的处置似乎已经到了非常谨慎的地步。

"那个女人还在这里吧？"

松宫问起后，塚田面色难看地点了点头。"她的身体肯定已经没有大碍了，但还是说起身很吃力，整天躺在床上。因为只要留在这里，吃饭洗澡都不是问题，就连衣服都有人帮忙换洗。我们正头疼呢，怕她就算完全康复了，也还是会说这里或者那里痛，找借口赖着不走。"

"帮忙换洗？她还带了换洗衣物吗？"

"怎么可能。都是我们给她买的新衣服。总让她穿着那身脏衣服四处走动，会给其他人造成不便的。"

"费用呢？"

"找警察局报销了。"

松宫不禁仰天长叹了一声。真是摊上了个难缠的瘟神啊，他开始同情起本地警局里的同行。

"我可以见见那个女人吗？"

"你一个刑警……嗯，我想是没什么问题。"

松宫合上记事本，站了起来。"那就拜托你了。"

塚田带松宫去的，是位于二楼昏暗走廊尽头的一个房间。一路上跟好几个老人擦肩而过，塚田都一一跟他们打招呼。老人们看上去也都很信任她。

站在房间门前，塚田敲起门来。"请进。"一个毫无感情的声音传出。于是塚田打开房门，说道："有位来客说想找二〇一女士。"

松宫朝门边扫了一眼，那里贴了一个写有"201"的门牌。所以叫"二〇一女士"啊，他这才明白。

"找我？谁啊？我不想见，让他回去。"口气很凶。

松宫拍了拍塚田的肩膀示意她退后，自己则一脚踏进门里。房间里飘浮着药水的味道，大约有六叠大小，床摆在窗边。除此之外还有架子、小桌和椅子。架子上的电视里正重播历史题材的电视剧。

一个身形消瘦的女人坐在床上，灰色的头发扎在脑后，一张完全没化妆的脸望向松宫。"你是谁？"女人皱起眉头问道。

松宫向她出示了证件。"我是警视厅的松宫，想问您几个问题。"

女人的脸上浮现出几分不解。"警视厅？什么意思？警视厅要替滋贺县的警察局付我赔偿金吗？"

松宫不理她，而是从口袋里掏出了一张照片，那是他从 Melody Air 那里借来的公司旅行照。他将照片推到女人面前。"这个人您应该认识吧。押谷道子女士，右起第三位。我听说，上月初您见过她。"

看到照片的瞬间，女人的目光微微游移了，但她很快便"哼"了一声。"不知道。可能见过，但我不记得了。"

"是吗？"松宫把照片放回口袋，"您是浅居女士……"他说道。

女人的身体瞬间有所反应,这并没逃过松宫的眼睛。"……吧?押谷女士这样问过您吧?其实您就姓浅居,不是吗?"

"真烦人。不是,你们认错人了,我都说过好几遍了。"

"说过好几遍……那应该是对押谷女士说的吧。怎么,嘴上说忘了,跟押谷女士见面时的情景不是还记得很清楚吗?"

"那是因为……因为你那样说,我才想起来的。"女人将脸扭到一旁,愤愤地说道。

"那位押谷女士……"松宫凝视着女人的侧脸,继续说道,"在东京死了,很有可能是他杀。"

女人的眼皮猛地跳动了一下。她微微瞥了一眼松宫,接着又把脸扭向一边。"那……跟我有什么关系!"

"我想您这里或许有什么头绪。"

"神经病。一个不认识的人死在了东京,我能有什么头绪?"女人露出僵硬的笑。

"据说押谷女士可能是因为您的事才去东京的。您的女儿好像也在东京,不知您是否知道?"

"不知道。你说的那些我全不知道。"女人激烈地摇头道。

"不知道?您没说自己没有女儿,而是不知道。那您承认自己有女儿了?"

"烦死了,说不知道就是不知道。出去,你给我出去!"女人抓起身旁的遥控器扔了过去。遥控器砸中松宫的大腿,掉落在地。

松宫缓缓地拾起遥控器,放到床头。女人俯下身子,脸色苍白。这时背后传出了声响,松宫转身,发现塚田正探头望向屋里。"没事吧?"

"什么事都没有。"松宫面带微笑地回答后,又转身看着女人。"感谢您的配合，那我就先告辞了。"

走出房间，松宫立刻掏出手机，当然是为了向小林报告。

"真倒霉，大奖原来在你那边。拜你所赐，我可算白忙活了。我都跑了六个地方啦。"坂上的手指在平板电脑上来回游走，鼻子皱作一团，他身边放着吃了一半的天妇罗荞麦面。

晚上七点过后，松宫和坂上二人来到彦根站附近的一家荞麦面店。虽已接到回东京的指令，但坂上说上车之前还有东西想先查一查。押谷道子为了见名为浅居博美的同学而去东京的可能性非常大。现在，负责搜查押谷道子房间的警察肯定正在确认这个浅居博美的存在。但坂上却说还有更简单的方法，即用浅居博美这几个字或者同音字作为关键词在网上搜索，如果是有名的戏剧演员，或许可以搜出来。据塚田说，道子曾在电视还是其他什么媒体上看见过她，很可能多少有些名气。

终于，坂上拍了拍手。"你看，找到了。不就是这个嘛？"屏幕上显示的是一个免费百科网站里关于"角仓博美"这个人物的介绍文章。她是个导演兼剧作家，也是演员，个人资料栏里写着"本名：浅居博美"，还写着"出生地：滋贺县"。

松宫给特别搜查本部打去电话。接电话的是小林。松宫报告了网上搜索的结果。

"是吗。还特意查了一番，真是辛苦你们了。但那些事情我们已经做了，现在正在确认她的联系地址。别以为我们上了年纪就小看我们。你也告诉坂上别偷懒了，赶紧给我回来。"

"是。"

电话挂断后，松宫将小林的话原封不动地转告给坂上。

"浑蛋！不过也是，本部那帮家伙怎么可能想不到嘛。"坂上的嘴紧紧抱着,继续操作平板电脑,"可是这个信息呢,不知道他们掌握了没有?"

"哪个?"

坂上咧嘴一笑,指了指屏幕。"角仓博美导演的戏剧,现在正在明治座上演呢,名字叫'新编曾根崎殉情'①。参演的名演员一堆,看上去阵容很强大。"

"阵容确实很豪华啊。"看着那张身着演出服站成一排的演员的图片,松宫说道,"可是,那又怎么样呢?"

"问题在这里。"坂上的手指又动了,"公演时间是从三月十日到四月三十日,首演是三月十日。看到这个,你没想起什么吗?"

"三月十日……"松宫打算拿出记事本,然而手刚伸进口袋,他便想起来了,"啊,是被害人……"

"没错。押谷女士自三月十一日起无故缺勤,而三月十日正是前一天。"

---

①《曾根崎殉情》是歌舞伎剧作家近松门左卫门于1703年创作的日本最早的社会故事剧。该剧讲述了卖身女阿初与在酱油店打杂的德兵卫在大阪曾根崎的露天森林中殉情一事,曾被多次改编,影响深远。

4

　剧情发展到高潮。一对男女——名为阿初的卖身女和在酱油店打杂的德兵卫正准备殉情。然而，这只是一个人的想象。同原作不同，这次的剧本是从二人的尸体被发现开始的，主要讲德兵卫的好朋友设法探寻这对恋人究竟发生了什么事情。从剧情结构来看，这也算是个推理故事。跟二人的死有干系的人都对这件事情讳莫如深，在这样的情况下，身为"侦探"的男人查明此事牵扯到金钱问题，从而得出结论：德兵卫其实是为了证明自身清白才带着阿初一起自杀。然而就在他以为谜团已经解开时，一名跟阿初关系亲近的卖身女道出了令人震惊的事实。此时舞台上表演的，便是那个意外的真相。

　帷幕在掌声中落下。博美在无人注意之处将紧握的手绢轻轻拂向眼角。如果被别人看到泪痕，肯定会在背后议论她竟然还做作地为自己导演的剧目而哭。深呼吸后，她站起身。今天也平安无事地结束了，这比什么都重要。

　明治座的观察室设在会客室后方，房间前面安有玻璃，可以观看整个舞台。从那里观察演出质量是博美每日必做的功课。

　从观察室出来走向后台，途中有人打来电话。博美接起一听，是事务所雇用的临时女工。"老师,那个……"她压低声音继续道,"警察局的人来了。说是专程来找老师的。"

"什么事?"

"他们说想直接跟老师面谈……我说您今天有演出,但是他们说要等您回来。您看怎么办?"

"知道了。我大概三十分钟后回去。"

博美挂断电话,做了个深呼吸。大概是为了押谷道子的事吧,她大致可以猜到。小菅公寓里重度腐烂的尸体身份已经查明,这条消息不久前她在网上看过。没有必要逃避——她告诉自己。

在后台跟演员们打过招呼,又跟工作人员稍微叮嘱几句之后,博美离开了明治座。她招了辆出租车,前往六本木的事务所。她漫无目的地朝窗外看去。车已经过了日本桥,正朝皇居驶去。时间快到晚上九点了。

她的脑海里浮现出押谷道子的脸庞。一开始是初中时代的脸庞,紧接着又变成不久前看到的样子。那是一张又胖又圆、皮肤松弛的脸。老了——这是再次见到她后博美的第一印象,当然对方应该也是同样的感觉,再怎么说都已经过去三十年了。

那是三月九日。首演在即,博美的心情难以平静。作为导演使用明治座的舞台,这是第一次,她默默告诉自己无论如何都要成功。排练的时候她总是扯着嗓门喊,天气明明不热,汗水却顺着额头往下滴。所以当明治座的员工在休息时间告诉她"有人来找老师,说想见您一面"的时候,她心里只觉得厌烦。她连对方的脸都没有看,只是挥了挥手说"没那个时间"。

"可是,她说是老师小时候的好朋友,只是想跟您说说话,只要五分钟就可以。"

"小时候的好朋友？名字呢？"

听到押谷道子这个名字，她没能拒绝。这种时候她本该坐立难安，却意外地平静下来。

在明治座的一个房间里，博美见到了道子。看到博美时，道子的眼睛放出光彩。"你变得好漂亮啊。我虽然在电视上看过，但是本人比电视还好看。"说罢，她抬起双手捂住脸庞，眉毛也耷拉下去，"不过我却变成胖大婶啦。"道子还是以前的老样子，还是那个开朗爱笑的女孩子。她完全不给博美插话的机会，所以博美一直搞不清楚她此行的目的。

"所以啊，我可吃惊啦。你真了不起，每次演出反响都那么好，真是老家人的骄傲啊。啊，大家也不是老把博美的名字挂在嘴边啦，是真的。"道子的手来回摆动，随后又放到嘴边，"博美，我是不是话太多了？"

"没关系，挺好。那，你这次就为了见我一面特意大老远地跑来啊？"博美婉转地催她讲正事。

"啊，不好意思，我净聊些无关紧要的。你那么忙。"道子的表情变得奇妙，坐直身子，"其实我有一件很重要的事。"她在这样的开场白后说出的内容，让博美的心深深地沉了下去。"我遇到了一个很像你母亲的人"——她是这样说的。她说那个人如今正在一家疗养院接受看护，且并不承认是博美的母亲。

"但是我觉得，那个人肯定是你母亲。我问她是不是浅居阿姨时，感觉她还惊了一下呢。"

博美保持着无动于衷的表情。"所以呢？"她刻意用平淡的口气问道。

"博美……你能不能帮我去认一下？"

"我？为什么？"

"事关你亲生母亲啊。只要你能帮我确认，既能帮疗养院的忙，警察也……"

为了让快速说话的道子安静，博美将手伸到她面前。"我拒绝。"

"……为什么？"

"理由不是明摆着吗？那个人是怎样对我的，你不会不知道吧？"

"我是听说以前发生过很多事……她借完钱后跟另一个男人跑了，结果你不得不因此而转学……"

"不光是那些。"博美摇头道，"我为什么必须转学，具体原因你并不知道吧？"

"那我倒是没听说过。"

博美咽了口唾沫后继续说道："我爸死了。我妈走后不久，他就跳楼自杀了。"

道子瞪圆了眼睛，眼皮抽动着。"我完全不知道。真的？"

"我干吗要撒谎呢？"

"话是没错……可当时谁也没提起过这件事。"

"因为根本就没举行葬礼。我立刻就被转到了孤儿院，连跟朋友们道别的机会都没有。"

"嗯……老师确实是事后才告诉我们，说'浅居同学转学了'。你还记得吗，那个苗村老师？"

"初二的班主任吧？记得。"

"他是个好老师。你转学之后，提出让大家一起写信鼓励安慰的也是他。可是你父亲的事情他并没告诉我们。"

"是我要求的，我让他别说。我不想让别人知道。"

"原来是这样……"

"所以，那个女人跟我没有任何关系。就算有，也是杀父之仇。那个女人变成什么样子，我才懒得管呢。"博美对道子并无怨恨，可还是狠狠地盯着她，斩钉截铁地说。

"已经完全没有和好的可能了吗？"

"绝对不可能。"

"是吗……那就没办法啦。"事已至此，道子也不好再说什么。

"真是对不起，还让你特意跑来。"

"那倒没什么。能时隔很久再来一趟东京，我还是挺开心的。别的不说，光是能见到博美你，我就很高兴啦。"

"嗯，我也是，能见到你真好。"这是客套话，但也夹杂着一半的真心实意。虽然少女时代过得很艰辛，但并不是没有快乐。"你今晚住在这里吗？"

道子露出略带犹豫的表情摇了摇头。"我原打算如果能说服你就住下来。我很想看你的演出。"

"那就看吧。票我会想办法。"这还是客套话。除了只在现场销售的票，首演的票早已预定完了，就算是导演，想立刻搞到票也很麻烦。最重要的是，博美根本没那个闲工夫。

"不了，你别看我这样，我也有很多事呢。谢谢啦。"道子低头看了眼手表，嘴张得老大，"都这个时间啦，真是不好意思，在你这么忙的时候打扰你。"她匆忙站起身。

没有挽留的理由。博美也站起身，决定送她到内部人员出入口。道子没有再提起博美的母亲，却边走边继续说着以前的种种。她说得头头是道，让人不禁感慨她记得如此清楚。

"刚才提到的那个苗村老师，"道子说，"博美，你跟他有没有互寄贺年卡？"

48

"我没有……为什么这么问?"

"哦,因为几年前打算开同学会的时候,原本想联系苗村老师,却怎么都联系不上。我问了好多同学,大家都不知道。"

博美歪过头,随后又摇了摇。"我最后一次跟他联系还是上高中的时候。"

"是吗。他是个好老师,我倒是很想再见他一面呢。要是我能联系上苗村老师,顺利办起同学会,你会来吗?"

博美露出自然的一笑。这种事对她来说很简单。"嗯,只要时间合适。"

"我很期待呢!"道子说。她的笑容一定是真的。

时隔三十年的相会就这样结束了。原以为一切就这样了结,然而,事实并非如此。

在六本木的事务所等着博美的,是隶属警视厅搜查一科的两名刑警。年轻一点的说自己姓松宫,另一个看上去稍年长的姓坂上。松宫看上去很有气质,而坂上则目光锐利,看上去很难缠。博美的交友圈里也有刑警,她觉得长年干这个工作的人,或许相貌最终都会变成那样。

临时工已经回去,博美在简陋的会客室里接待了二人。坂上拿出一张照片,好像摄于某处旅游景点,上面是年龄不一的一群男女。

"这名女士您认识吗?"坂上指着一个女人问。女人圆乎乎的脸上眼睛笑成了一道弯,看上去真的很开心。

"押谷道子。"博美回答,"是我的初中同学。"

"一眼就认出来啦。"坂上的眉毛一动,"要是我,恐怕就算在街上碰到初中同学什么的都认不出来。"

"当然认得出来。我们最近刚见过面。"

"什么时候？"坂上问。旁边的松宫开始准备记笔记。

"我想应该是三月九日，首演的前一天。"

坂上一直目光锐利地盯着她。"你记得很清楚嘛，而且回答得很流利。一般情况下至少要看一眼日历吧。"

博美坐直身子，朝面前的刑警点点头。"我觉得应该会被问到，在来时的出租车上已经确认过了。"

"出租车上？也就是说——"坂上再次指着照片，"我们是为押谷女士的事而来，你早有预料吗？"

"因为我再也想不出别的理由。"博美依次看了看两名刑警，目光又再次朝向坂上，"我在前几天的新闻上看到了，在公寓发现的那具尸体的身份已经得到确认。"

"是吗？那你一定吓了一跳吧。"

"那当然。真是难以置信，而且我也不愿去相信。报道里虽然写着死者生前居住在滋贺县，但我宁愿相信那只不过是同名同姓的另一个人。直到刚才得知有警察找到事务所来。"

两名刑警对视了一眼，博美也已知晓视线交错的含义。她的话究竟可不可信，他们在那一瞬间应该已交换过意见。

"你这次是自从初中以来第一次见到押谷女士吗？"坂上问道，盯着桌子的另一头。那里放着一个烟灰缸。博美虽不抽烟，但经常在这里一起讨论工作的人当中有好几人都抽。

"是的。"博美一边回答，一边将烟灰缸推到坂上面前。

坂上扬起眉毛。"我可以抽烟吗？"

"嗯，请。"

"那就不客气了。"坂上说着从内袋里掏出香烟盒和一次性打火机，抽出一支烟夹在指尖，另一只手抓起打火机，"那差不多有三十年了，是为什么事情呢？"

"为了什么事情……"博美的视线从打火机重新回到坂上的脸上，"你们难道不是事先调查清楚后才到我这里来的吗？"

"话是没错。"坂上露出一丝苦笑，"不过还是请你让我们再确认一次。"

"明白了。"博美点了点头，将道子来找她回去以及遭到拒绝的过程选择性地说了一遍。

"是这么回事啊，原来是这样。"坂上缓缓地点着头。博美说话的时候，他一直夹着那支还没点火的烟。

"我，"一直沉默的松宫忽然开口道，"去见过那个引起问题的女人，也就是被认为可能是你母亲的人。"

"是吗？"博美应道。她的话语里扼杀了一切情感。

"如果你想知道那位女士的情况，我可以在允许的范围内告诉你。"

"不，不需要。"

"你的亲生母亲如今究竟怎么样了，你都不想知道吗？"

"不想。"博美看着那名年轻的刑警，干脆地回答，"我刚才也说过了，是她抛弃我们离开了。她和我的人生已经没有任何关系。"

"是吗？"松宫说着，再次摆出做笔记的姿势。

"你和押谷女士分开，大约是三月九日的什么时间？"坂上问。

"当时是排练中的休息时间，应该是下午五点左右。"

"押谷女士当时有没有提起她接下来要做什么？"

"她说还有事情，当天就会回去。"

"那是你同押谷女士最后一次对话吗？后来有没有打过电话或者……"

"没有。"博美回答。

"最后一个问题。"坂上换了个语气继续问道,"关于这个案件,你有没有觉得有什么可疑的地方?不管什么都可以。比如当天的对话中,押谷女士提到她很在意的问题之类……"

短暂的沉默过后,博美摇了摇头。"不好意思,我也想帮上忙。"

"那么,如果你想起了什么,请随时联系我们。感谢你今天的配合。"直到最后,坂上也没有点那支烟,而是将它同打火机一起放回了口袋。

两名刑警起身朝出口走去。可是松宫却在途中停下脚步。他打量起挂在墙上的一块木板。木板大概有一米宽,上面用图钉固定了很多照片。虽然没有仔细数,但应该超过了两百张。有博美同演员和工作人员的合影,也有出去采风时的照片。

"有什么问题吗?"博美问。

"没有……你很喜欢照相啊。"

"与其说喜欢照相,不如说我很重视跟别人的相遇。因为我觉得自己能有今天的成就,全是因为这些各有千秋的人。"

博美的回答似乎令松宫满意。"真了不起。"他微笑着说,"这些照片里全都是跟你的人生有关系的人吧?"

或许是在讽刺自己刚才关于母亲的话语吧。"是的。"博美回答。

警察们离开后,博美重新坐回沙发。她的家就在青山,但她此时实在打不起精神立刻就出发。"你的亲生母亲如今究竟怎么样了,你都不想知道吗?"松宫的话仍在博美耳边回响。说实话,她也不知道这个问题的答案。一直到最近,她都不愿想起母亲,那是被她封印了的过去。可如今她又想亲自去问问母亲:当初你怎么忍心做出那样的事来呢?你真以为受到如此残忍的对待,你女儿仍会幸福吗?对于你来说,家人到底意味着什么呢……

"让介绍人给骗啦。"这是厚子的口头禅。

博美的父母是相亲认识的,每当有什么事,母亲厚子都会对着女儿说一些后悔当初的话。她尤其不满的似乎是忠雄的经济能力。

"一开始听说他开了个卖化妆品和首饰的店,生意很好,还以为他赚了不少呢,结果就是个空壳子。店里摆的净是便宜货,来买东西的也都是附近的穷光蛋。即便如此,我还想至少有自己的房子也算可以了,没想到是从别人那儿租的,简直就是诈骗。那个介绍人知道我恨她,结婚之后都不敢来见我。"

厚子面对着梳妆台,一边往脸上抹随手从货架上拿回来的化妆品,一边愤恨埋怨,这是深深地印在博美脑海里的记忆之一。那被抹得血红的双唇蠕动着,让人觉得简直像是另一种生物。

结婚的时候,厚子好像才二十一岁。以前的玩伴们正尽情讴歌青春,这或许令她更加恼火。但即便如此,直到博美上完小学,厚子还算勉强尽到了身为妻子和母亲的责任,偶尔也会去店里帮忙做事。那时她还疼爱着博美,博美也很喜欢她。

一切开始变得不正常,是在博美升上初中的时候。厚子外出的次数越来越多,有时候很晚才回家,而且醉醺醺的。

博美的父亲忠雄是个老实憨厚的人。在博美的爷爷因战争去世后,父亲一直在小本经营的洋货店里帮奶奶的忙,最终继承了店铺。从女儿的角度看,他认真而勤劳,是个善良的人。客人还价的时候他从不抱怨,总是主动让出本就微薄的利润。正因为是这样一个人,对于妻子的夜生活,他一直无法说什么。好不容易开口指责,已是厚子糜乱的生活开始三个多月之后了,原因是他发现博美的校服完全没有洗过。

"吵死啦!"厚子阴阳怪气地回嘴,"就校服脏了这点破事!你看不下去，自己洗洗不就好啦？不就是开个洗衣机嘛，有什么大惊小怪的。"

"我不光说这个。你晚上出去玩也要有个限度。我是让你有点当妈的样子。"

对忠雄来说，这是他少有的强硬呵斥，却正触到了厚子的痛处。她立刻愤怒地瞪着他。"你说什么呢？你要是这么说，你怎么不更有点当丈夫的样子？娶了个年轻老婆却没能耐，少在那儿装男人。"

当时的博美并不理解这些话里的意思，如今再次回想却很容易懂。这是在说两人的性生活吧。忠雄那无法反驳、表情尴尬又一言不发的神情，深深地刻在了博美的脑海里，同时还有"哼"了一声便不把父亲放在眼里的母亲的面容……

一个小地方，洋货店老板的老婆在外面夜夜笙歌，必然会招来风言风语。在一个集会上，博美偷偷听到了大人们关于厚子的议论，那时候忠雄并不在场。

"听说以前是个出了名的不良少女呢。"一个人低声说道，"据说初中的时候就干尽了坏事，让父母很头疼。好像还打过胎，所以父母急着把她嫁出去，才托人给做媒。结果就找到了浅居，他那时候都三十过半了还是单身，正在愁没有合适的对象呢。女方的介绍书上写的全是谎话，可浅居是个老好人，父母又死得早，没怎么多问就相信了。到头来，就娶了这么个难缠的女人当老婆。"

"可是，真要是那么坏的女人，见面的时候能看不出来吗？"另一个男人问。

"这种事，如果一开始就露出本性，当然会被看出来。但那女人又不傻。她肯定早算计好了，先找个人嫁掉，然后再作打算。结婚前就别提了，结婚后好几年都一直在装样子呢。不过演戏终归是演戏，事到如今终于露出真面目啦。我听说她又跟以前一起混过的人搞在一起了。"

"这么回事啊。浅居也真命苦。"

"真是。有个女儿在,还不能跟她离婚。"

听到大人们的闲言碎语,博美更加消沉了。父母如今的关系确实不好,可她一直相信总有一天他们还会变回以前的样子。但如果这些人的话是真的,那么就再也不可能了。曾经的厚子只不过是在假扮妻子和母亲的角色而已。

没过多久,博美便意识到自己并不是杞人忧天。突然有一天,厚子离家出走了。她如同往常一样装扮好后出门,可直到深夜都没有回来。最后她打来电话,而那时忠雄狼狈不堪的声音至今仍盘旋在博美耳边。

"什么叫不回来了?你现在什么地方……怎么可能无所谓呢……啊?你说什么呢,什么精神损失费?我凭什么要付这种钱?!你先给我赶紧回来……等等,喂!"

电话被挂断了。忠雄握着话筒呆若木鸡,不一会儿终于像是缓过了神,开始翻起衣柜抽屉和厚子的梳妆台,发现金银珠宝之类的贵重物品全都不见了。不仅如此,忠雄名下银行账户里的存款也被全数取走,连定期存款也全都办了解约手续,可见厚子策划之精心。电话里提到的精神损失费应该就是指这个。

忠雄马上联系了厚子的娘家。她的父母已经知道了整件事情,好像厚子给他们打过电话。这样的婚姻生活早厌倦了,我要和那个人离婚——厚子这样对她的母亲说。问她在哪里也没回答,似乎她并不想回家,只说了一句"以后要随心所欲地生活",便挂断了电话。

接下来的一段时间,忠雄一直在等待厚子回来。他对妻子平时的活动地点及朋友圈子一无所知,就算想出去找也无从下手。终于,他想到厚子很有可能已经把户籍转走,从档案材料里或许可以找出她的新住址,便去户籍管理处询问,结果却被告知了一个惊人的事实:厚子瞒着他提交了离婚协议书,如今已然生效。

当然这并不合法,撤回离婚的手段也不是没有,但那时的忠雄已经放弃了。一天夜里,他这样对博美说:"没办法,这样的妈妈你还是把她忘了吧,就当她从来没存在过。"这句话博美也表示同意,点了点头。厚子离家出走之前,她一直都在近处观察父亲的苦闷,甚至觉得事情变成这样反而更好,如此一来父亲便可以松口气了。

厚子的事立刻传开了。博美去学校时被同学嘲笑,也不知是谁最先说出口的。在他们嘴里,她成了妓女的女儿。即便如此,还是有人保护她,比如押谷道子。从小学开始就与她很要好的道子还是一如既往地来她家里玩,也邀请她去自己家。毫无疑问,道子肯定也因为这样遭到了大家的排斥,但她并没让博美知道。

班主任苗村诚三也站在自己这一边,让博美感到安心。他一直都关注着博美,发现她的校服好几天都没有洗,跑去问忠雄的就是他。得知厚子出走,他还常常到家里来看望她。他的年纪大概过了四十,但长相和身材完全没有中年的颓势,言行也很有活力,博美很崇拜他。因为他曾经在关东地区上大学,所以说的是标准的普通话,这也令他平添了几分魅力。

虽然在苗村等人的守护之下,博美平静安稳的生活却并没能维持多久,一个更加致命的噩梦正朝她袭来。

一天,忠雄外出去当铺了,博美正在家里看店,两个穿着西服的男人走了进来。男人来这种店本身就很稀奇,而且这两人看上去都不是什么好人。

其中一个人问道:"你爸在吗?"博美回答说"出门了"。"那我们就等他回来。"对方往给客人准备的椅子上一坐,开始抽烟。两人的眼神如同舔舐着博美一般，来回在她的脸和身体上游走，又低声嘀咕了些什么，露出一丝颇有深意的坏笑。

没多久，忠雄回来了。看到那两个人，他也感觉到事情可能不一般，表情严肃起来。

"你去里面。"博美被这样一说，便进屋去了。但也不可能放心，于是在一旁偷听，然而偷听到的对话是如此令人震惊和绝望，几乎令她当场晕倒。男人们是来追债的。当然，借钱的并不是忠雄，而是厚子。离家出走的前几天，她偷偷拿了忠雄的印章，出去借了一大笔钱。虽然忠雄一直强调自己不知情，但对方并不买账。

那天晚上，博美难得地看到父亲喝醉了。他灌着廉价威士忌，大声嚷嚷着什么。他原本就不能喝，不一会儿就跑到厕所呕吐，随后又在那些污秽的包围中昏睡在地，脸上还挂着泪痕。

放高利贷的男人每天都来，目的其实是博美。"如果不能马上还钱，就把女儿交出来。"他们这样逼忠雄。有一天，博美正走在放学回家的路上，一辆车靠近她身旁。车子保持着和她步行一样的速度，副驾驶的位置传来一个男人的声音："我送你，上车。"博美感觉到危险，立即跑开了。车并没有追上来，可恐惧已经贯穿她的全身。回到家后，她把这件事情告诉了忠雄。他什么都没说，只是之后的表情一直都很阴沉，似乎在考虑什么。博美觉得，他是在思考渡过难关以及活下去的方法。

但事实并非如此。没过多久博美便明白了，父亲已经开始考虑死这条路。

5

松宫看了一眼手表,离开了明治座。他并不是来看演出的,而是去了位于剧场旁边的事务所,目的是为了掌握押谷道子来时的情况,以及讯问负责接待她的员工。总之就是确认浅居博美的话是否属实。

押谷道子和浅居博美似乎是单独见面的,过程究竟如何并没人知道,不过有好几个人看到道子被博美送到出口。那些人都说两人当时看上去言谈甚欢。松宫觉得这些话似乎并不假。

博美过去的经历已经大致清楚。她在老家读的小学和初中,初二的时候父母离异,她归父亲抚养。没过多长时间,父亲也去世了,她不得已被送进孤儿院。父亲之所以会死,据说是为债务所困,从家附近的一处建筑物上跳了下来。转学后,她初中毕业,进了县立高中,毕业后来到东京,加入了巴拉莱卡剧团。至此为止的经历均在孤儿院留有记录,而之后的也可以在网上轻松查到。二十岁左右时,她作为演员登上舞台,三十岁之后又作为编剧和导演受到瞩目,推出了几部代表作,一直发展至今。她结过一次婚,对方是巴拉莱卡剧团的法人诹访建夫,但结婚仅三年,两人就协议离婚了,没有孩子。

押谷道子来东京就是为了见浅居博美,这点已确认无疑。但是不管怎么看,博美似乎都没有杀害道子的动机,而且也没有发现她跟杀人现场——位于小菅的那所公寓之间有什么关联。而道子来东京,或许还有另一个目的——这是特别搜查本部现在的主流看法。如今警方正就她在东京除博美之外是否还有其他熟人进行调查,但从她手机的通讯录中并没有发现相关线索。

发现尸体的房间主人越川睦夫至今依然下落不明,也有人认为可能是越川强行将道子带到房间里,目的是强奸或者抢劫财物等。如果越川真是这样一个残暴的人,那么一定早已惹过其他麻烦,可从对周边邻居的调查中并没有发现相关线索。而且就算道子真的是被强行带进房间,前提也只可能是她当时身处现场附近,那么她为什么会去那个地方便成了一个谜。

已经是发现尸体的第十天,调查陷入了僵局。

松宫走在路上,再次看了一眼手表,比事先约定的晚上七点已经晚了一些。不过对方应该清楚自己现在的情况,说到底,对方也不是因为稍稍迟到就计较的人。

约定的地点在甘酒横丁。是一家面向大路的日式料理店,印有店名的布帘后面是镶了玻璃的木制格子门。松宫拉开门,环视店内。正中间的过道两边摆着两张四人桌和四张六人桌,如今有一半桌子旁边坐了客人。

约好要见的人正坐在一张四人桌边,湿毛巾和茶杯放在一边。他正看着报纸,外套已经脱掉挂在椅背上,现在是一副衬衫打扮,没有系领带。

"久等了。"松宫说着拉出那人对面的椅子。

加贺抬起头,开始将报纸折起来。"工作结束了?"

"算是吧。"松宫也脱掉外套坐下,把外套随手扔在身边的另一把椅子上。

店里的大婶来点菜了。加贺要了啤酒,将已经空了的茶杯递给她。

"这附近好久没来了,还挺怀念的。好像没什么改变嘛。"

"没什么改变,才是这条街的魅力所在。"

"确实。"

大婶端来啤酒和两个杯子,还有附送的下酒小菜,今天送的是蚕豆。加贺给松宫倒了杯酒,松宫微微点头道了声谢。

加贺是松宫的表哥,同时也是他在警视厅搜查一科的前辈,不过现在隶属日本桥警察局的刑事科。几年前,日本桥警局设立一起杀人案的特别搜查本部时,两人曾一同执行过侦查任务。

今天是松宫发出的邀约,因为他有事想跟对方确认。

"你说来这边有要紧事,是什么?去哪了?"

"去明治座有点事。"周围有人,也不好说是办案或者取证。

"明治座?是这个吗?"加贺用拇指朝墙上指了指。

松宫顺着看去,发现那里贴了一张大大的海报。《新编曾根崎殉情》——跟明治座官方网站上的宣传图片一样。"啊,是,是。哦,原来这里也贴了海报。真不愧是人形町的店。"

"有点事是指看演出吗?真是份令人羡慕的工作。"

"怎么可能。我去了一趟那边的事务所。"

加贺随意应了一声,似乎并没有多大兴趣。他随即叫来大婶,点了几个菜。这里他好像很熟,都没有看菜单。松宫打量着他点菜时的样子,朝嘴里塞了个蚕豆,喝了口啤酒。

"那,你找我又有什么事呢?"加贺问道。

"哦,其实是跟这个演出有关。"

"跟演出?"加贺再次看向那张海报,"这个演出怎么了?好像最近是挺火的……哦?"他好像注意到了什么,视线凝聚到一个点上。

"怎么了?"

"没什么,里面有一个还算熟悉的名字。"

"果然啊。"

松宫的这句话引来加贺诧异的眼神。"什么意思?"

"那个熟悉的名字是角仓博美吧?那个导演。"

加贺稍稍正起身子。"你怎么知道?"

"我在角仓博美的事务所看到了你的照片。我想那应该是某处道场吧,角仓女士和恭哥一起照的,周围还有一群孩子呢。"

加贺"哦"了一声点点头。"是这样啊。那就对了。"

"浅居女士……不对,应该是角仓女士,你以前就认识吗?"

"不,那个时候是第一次见面。在剑道教室。"

"剑道教室?"

"是日本桥警察局主办的一个活动,青少年剑道教室。"

那是加贺赴任日本桥警察局后不久的事情。日本桥警察局会定期面向青少年开设剑道课程,局长知晓了他的剑道经历,请他无论如何要去讲一次课。作为新人,他也不好回绝,便去了位于滨町公园内的中央区立综合体育中心,那里地下一层的道场就是当时的剑道教室。

来参加的孩子有三十多个。其中很多都学过剑道,但初次来体验的也不少。其中有三个初次学习的人抱有特别目的,他们全都是小演员,因为出演的剧目要求必须会剑道,才匆匆赶来学习,而带他们前来的正是身为导演的角仓博美。

"当时挺想建议她,如果是演出要求,那不如直接找会剑道的小孩演,不过事情好像也不是那么简单,演技和形象似乎也很重要。"

"那是当然。那,最后恭哥教他们了吗?"

加贺用筷子夹了煮款冬送进嘴里，点了下头。"角仓女士拜托我至少教他们学个样子，所以我就对他们进行了特训。虽然跟剑道课程原本的目的有些出入，但我也就当是特别服务了。"

"这样啊。那么从那时候开始，她就一直跟你有联系了？"

"也不是一直有联系，偶尔给我发发短信而已，一般我都会回。嗯，也就是一些节日问候的短信吧。我教了一个多月的剑道课，那之后就再没见过了。但我还真不知道这部戏是她导的，要不要下次去看看呢？"加贺再次看向海报，"哎，已经没剩几天了，得抓紧了。"说完他掏出记事本，往上面写了些什么。

接下来两人都没再说什么，只是默默地动着筷子。加贺并不打算问松宫去找浅居博美究竟是为什么。他肯定知道那是这次调查任务的一环，也一定很在意，但或许是觉得不便多问。

松宫喝着啤酒，看了一眼四周。客人的数量大概少了一半，而且剩下的客人离他们都比较远。"恭哥，"他再次出声道，"我可以打听件事吗？"

加贺应了声"什么事"，筷子伸向生鱼片。

"浅居……不，应该是角仓女士。真麻烦啊，其实那个人的真名叫浅居博美。我接下来可以叫这个名字吗？"

"哪个我都无所谓。"

"那，我就叫她浅居了。那个人，你怎么看？"

加贺皱起了眉头。"这个问题也太抽象了吧。"

松宫再次确认了一下四周的环境，上身略微前倾。"如果她是嫌疑人呢？"他问道。

加贺抿着嘴，眼神锐利起来。"我只见过她几次，私下的交流并没有多少。这叫我怎么去判断？"

"但是恭哥能看透人的本质这一点可是出了名的。"

"少给我戴高帽子。"加贺将瓶里剩下的啤酒均等地分到两个杯子里。

"光是印象也可以,比如说她像不像会犯罪的人什么的。"

"人不能光看外表。干我们这行的尤其要注意,这可是从一次次的实践中得出的教训。"加贺的手伸向杯子,"她被怀疑了吗?"他小声问道。

"还没到那个程度,只是被害人来到东京跟她有很大关系。现在看来,除了浅居女士,被害人在东京并没有熟人。"

加贺微微点头,将剩下的啤酒一饮而尽,叹了口气。"换个地方吧?"他说着,手伸向外套。

从店里出来,路上往来的行人很多,大部分是年长的女性。真有意思啊,真不错啊,类似的话不断地传到松宫的耳朵里。"看来他们刚从明治座出来,应该是演出结束了吧。"加贺说,"似乎《新编曾根崎殉情》的口碑很不错啊,我很期待。"他好像真的打算去看。

松宫和加贺也随着人流前进。走出人形町,两人进了一家快餐店,点过咖啡后上了二楼。除了他们,那里没有其他客人。

松宫将在小菅的公寓发生的女子被杀案以及迄今为止调查到的情况较为详细地说了一遍。一般情况下,如果对方是警察,这样透露调查内容是很少见的,但加贺不一样。

"从你刚才所说的情况来看,重点还是在被害人的行踪。"加贺抿了口咖啡说,"我也觉得被害人被强行拖到遇害房间里的可能性很小。那样做必须有车,还要迷倒被害人,或者为了阻止她抵抗而绑住她。现在并没有发现相关证据吧?"

"尸检报告里并没有写。"

"那么,被害人是自愿去小菅的。角仓……不对,浅居博美女士说,被害人曾说过当天就回去,是吧?"

"是的。被害人原本打算如果从浅居女士那里得到了期待中的回复，就在东京住一晚。"松宫打开记事本，"最终她还是住了下来，地点是茅场町的商务酒店，是在来东京的前一天预订的。遗憾的是，酒店并没有员工记得押谷女士，不过晚上九点后的入住记录留了下来。据酒店的人说，除非有特别原因，否则取消预订是要收费的，我想她是心疼钱才住下的吧。"

"茅场町啊，离这里很近嘛。"

"应该是特意选了离明治座近的地方。她原本打算得到浅居女士的同意后，第二天去看演出。但浅居女士说她手上并没有票。"

"第二天是公演第一天，那么浅居女士肯定也去了明治座。"

"我刚才也确认过了。浅居女士上午就去了明治座，一直往返于舞台、后台和员工室，演出开始后就独自留在观察室里观看演出情况。之后她也因为一些琐事一直在明治座，离开的时候应该已经是深夜了。"

"那就应该没有时间去小菅了。"

"没错。"

"可是，"加贺说，"并不是说她非得当天去那里不可。"

"是啊……"松宫深深地点头，看着表哥的脸，满心钦佩。

"先用某种方法限制被害人的自由……说得极端一些，先杀了她，暂时把尸体藏在附近，然后再找机会用车送到小菅，这样还是有可能的。浅居女士会开车吗？"

"会，开的是普锐斯，公演第一天她就是开那辆车去明治座的。车子当时停在内部人员专用的停车场。"

"她那天在剧场内四处走动，只要事先想好说法，即便去了谁都不知道的地方，也不会引起他人怀疑。她就趁那段时间将被害人带到停车场杀掉,然后把尸体放进车里……"加贺自言自语般说道,随后又摇起了头,"不,那应该不可能。"

"为什么?"

"因为演出就要开始了。"

松宫不明白这句话究竟是什么意思,眉头拧到了一起。

"刚才不是聊到了剑道课程的话题吗?浅居女士经常对来学剑道的孩子们说,不管有多大的烦恼,在演出开始前都必须忘记。前思后想,想要解决烦恼,这种事要留到演出后。我觉得那句话就像是她的信条,应该不会轻易触犯。"

"那,之后呢?演出结束后有没有可能?浅居博美是能做出这种事的人吗?"

加贺闻言,并没有立即回答,只是一动不动地注视着盛有咖啡的杯子。

"恭哥?"

"孩子。"加贺缓缓地开口道,"她好像打掉过一个孩子。"

"什么?"松宫眨了眨眼。加贺在说什么,他一时间没反应过来。

"我是说浅居女士。在教剑道的时候,我曾无意间问过她有没有孩子。当时并没有什么特别的意思。她的回答是'没有',我就说'是吗',我以为话题就此结束了,结果她又继续说'怀过孕,可是打掉了',是笑着说的。"

松宫屏住呼吸,坐直身子。他想象着当时的场景,不知为何竟感到一阵寒意。

"我很意外。那样的话说出来是可以,可是为什么要跟我说呢?我只是个见过几次面的外人而已。于是我就问她,结果她说正因如此才说得出口。如果是接下来还要一直相处的人,就不会说了。"

松宫歪过头。他不能理解。

"'我身上没有母性',她是这样说的。"加贺继续道,"'正因为没有母性,所以我不打算牺牲自己的工作,也不想要孩子'。"

"她打掉的是谁的孩子?"

"当然是当时的丈夫的了。"

"亏她丈夫同意了啊。"

"似乎是瞒着丈夫打掉的,连怀孕的事都没有说。两个人好像从结婚前就决定不要孩子。"

"就算是这样……"松宫不禁沉吟。天底下真有这样的女人吗?

"可是,有一次医院打电话到她家里,刚好是她丈夫接的。"

"然后呢?"

"怀孕和堕胎的事情都被丈夫知道了。丈夫指责她就算是结婚之前有过约定,但是这么大的事都不跟他商量一下,也太过分了。最终,两人就因为这件事情离婚了。"

松宫叹了口气。这种事光是听着就已经精疲力竭。

"我觉得她的心里有一片深深的阴影。"加贺说,"制造出那片阴影的伤口应该还没有完全愈合,所以一旦有人打算触碰那伤口,或者——"

"她就会不择手段吗?比如说杀人……"

加贺带着意味深长的表情抿起嘴,点了点头。"不是还没发现动机吗?接下来的,等万一真找到杀人动机之后再说吧。"

"……是啊。"松宫也觉得这样比较稳妥。松宫喝光了咖啡。就在这时,他的手机屏幕显示有电话打来。是坂上。"喂,夏洛克·福尔摩斯。"他的前辈这样叫道。

"啊?你说什么呢?"

"啧啧啧。"松宫听到了对方咋舌的声音,"我正打算告诉你一件好事呢。你这个福尔摩斯先生的推理,搞不好还真中了。"

"你说什么?"

"你小子,不是很在意另外一个案子吗?那个新小岩河岸边流浪汉被杀后又被烧尸的案子。"

"哦……那个案子有什么进展了吗?"

"嗯,虽然还没有公开。"坂上的声音压低了,"被烧的尸体很有可能并不是什么流浪汉。"

"哎?什么意思?"

"听说有人秘密向那起案件的搜查本部透露了一条消息,曾经住在那个被烧小屋里的人如今还在其他地方好好活着呢。打电话来的男人好像也是个流浪汉,他们似乎有自己的一套情报网。"

"那,得到确认了吗?"

"应该确认了,所以情报才会流传到我们这边的搜查本部。不过详细情况还不清楚。"

"小屋的主人还活着,那么死者又是什么人呢?"

"这就是个问题了。一边是在其他人的房间里发现了一具女性尸体,另一边是在其他人的小屋里烧掉了一具男性尸体,两者之间有共通之处,所以我才说你之前说过的连续杀人的可能性浮出水面了。"

松宫咽下一口唾沫。"我们这边有什么动静吗?"

"现在还没有任何指示,我就想着应该先通知你一下。"

"明白了,多谢。我现在就回警局。"

挂断电话后,松宫长呼一口气,紧接着又操作起手机,重新回顾了一遍关于新小岩案件的消息。

"似乎有了什么变化吧?"加贺问道,"你刚刚提到死者是谁之类

67

的话。又有新的案子发生了吗？"

"不是新案子，是过去的。"松宫将新小岩的案子简洁地说明了一遍，最后又添上刚从坂上那里听来的话，"现在看来还没有什么明确的关联。就算找到了小屋的主人，也并不能说就一定跟我们这个案子有关系。只不过我总觉得有些在意，因为案发时间和地点都很相近。"

"时间和地点，你在意的原因仅仅是这些吗？"

"不……"该怎么说呢？松宫有些犹豫。该不该把那些想法说出来呢？也就是进入越川睦夫的房间后留下的印象。一个毛头小子少在那里装老刑警了——加贺会不会对自己嗤之以鼻呢？

这个人是不会那样说话的，松宫看着眼前的表哥，否定了自己的想法。而且能商量这件事的没有其他人了。

松宫将对小菅那个房间的想法说了出来。那里感觉不到任何梦想和希望，只有迎接死亡的氛围，既像房间，却又不是。那是一处和流浪汉用塑料布搭建的藏身之所有着一样悲哀气息的狭窄空间。

"总之，我就是感觉到了一种相同的氛围。"松宫说着，有些焦躁起来。自己的想法有没有好好地传递出去，他并没有自信。"光靠这样说，是不是没办法理解？"

一直抱着胳膊倾听的加贺若有所思地将双手放到桌子两端。"被烧的尸体跟小菅房间的户主不是同一个人，这个已经得到确认了，你刚才是这样说的吧？是 DNA 鉴定的结果吗？"

"是的。"

"拿去做鉴定的是什么东西？"

"嗯……"松宫翻开记事本，"留在房间里的牙刷、刮胡刀、旧毛巾……之类的吧。这些东西里面很难混进其他人的 DNA。"

"确实如此，但是有没有被凶手替换掉的可能性呢？"

加贺的话让松宫愣住了,这是他从未考虑过的。"为什么要换呢?"

"当然是为了搅乱调查的方向。一个是行踪不明的人,一个是身份不明的被烧尸体,只要案子发生的距离和时间相近,一定有像你这样将两者联系起来考虑的人出现,怀疑会不会是同一个人。有人为了避免这样的情况发生,将警方有可能拿去做DNA鉴定的东西全替换成别人的。怎么样,也不是完全不可能吧?"

松宫在脑子里整理了一下,点了点头。这么说来确实没错。"确实有道理,可是这种事情要如何去确认呢?再怎么说,现在那也是别人的案子,又不能鲁莽出手……"

"你们只需要去做自己能做的事情就可以了。只要能找出用来做DNA鉴定的那些物品真正的主人,到时候自然会有新的路子出现。"

"找出真正的主人?"松宫耸耸肩,做出投降的姿势,"到底要怎么找呢?如果真的是凶手有意换掉的,那肯定是不知从什么地方捡来的东西,怎么可能找得到主人。"

"是吗。我可不那么想。"

"为什么?"

"因为我觉得那并不是随便捡来的东西。"加贺摊开右手,掰起指头,"牙刷、刮胡刀、旧毛巾,从这几样东西里检验出的DNA必须一致,随意乱捡是行不通的,所以只能从其他人的住处拿过来。"

"其他人的住处……"松宫惊叹一声,张大了嘴,"是那间被烧掉的小屋吗?"

加贺咧开嘴。"你终于明白我想要说什么了。"

"小屋原来的主人已经找到了。或许正是那个人用过的东西。"

"我觉得这个可能性很大。"

松宫猛地站起身，慌忙收拾好杯子和餐盘。这样下去可不是办法。
"不好意思，我就先走一步了。"
"哦，好好干！"
松宫听着背后加贺的话语，跑下台阶。

6

　　浅居博美到后台跟演员打了声招呼，便在另外一个房间同明治座的制作人谈事情。制作人是一个戏剧专业毕业的男人，虽比博美年轻近十岁，却是个值得信赖的人。《新编曾根崎殉情》是博美酝酿许久的创意，四年前她在大阪的一个小剧场里进行了首次公演，正是这个制作人关注到她当时的作品，给了她今天能够在明治座完成演出的机会，因此博美对他一直心怀感激。"要干就要干得漂亮"，制作人抛下这句话，提议网罗大牌演员并进行前所未有的五十天超长公演时，博美心里其实有些想退缩，现在她却觉得当初选择这种做法真是太好了。即便是从商业演出的角度讲，这次公演也可说是获得了巨大成功。

　　"昨天的报纸看了没有？反响越来越好啦。"制作人的眼睛开心地笑成了一条缝，"社长也很开心，早早就提出要进行重演。老师，您看怎么样？"

　　"只要你们找我，我自然十分愿意。"

　　"是吗。那么我就先跟上面的人商量一下。总之这次的票除了当日限购的部分，一直到最后一天的几乎全卖完啦。哎呀，这次真的是反响很好。"制作人直到最后都保持着兴奋的状态。

同他握手告别后，博美决定去看看观众席的情况。公演期间她几乎每天都要从观察室看舞台，在那之前先看一眼观众席也早已成为习惯。不去观察观众的脸庞就无法做出令他们满意的作品——这是前夫灌输给她的。

明治座观众席的第一层实际上是整栋建筑物的第三层。博美透过右边的十号门偷偷观察场内的情形。虽然距离演出正式开始还有大约半个小时，但观众们已经早早地入座。她发现果然还是年长的女性较多，应该有不少是朋友相约而来。明治座的观众统计名单上大约有十万多个名字，其中一大半是女性。如果要重新上演此剧，到时候如何吸引男性观众将成为一个新的课题。更进一步说，还应该吸引更多年轻观众。不过即便如此，启用偶像明星出演这种肤浅的手段她却不愿意用。

博美边思考这些问题边朝观众席眺望，忽然发出了一声轻轻的惊叹。因为她发现了一个熟识的人，高个子宽肩膀，深邃的面部轮廓——

博美慢慢地朝那个人靠近。对方似乎并未察觉，仍手握门票寻找座位。"好久不见。"她从后面打了个招呼。

那个人——加贺，忽然直起身子转过来。只见他"啊"了一声，眼睛睁得老大。"没想到竟然会在这里遇见你，真是久违了。"他低头行礼。

"找不到座位？"

"不，没关系。我只是想先记住座位的大致方位而已。"

"是吗。那和你一起来的人呢？"

"我一个人来的。"

"要是这样，先过来喝杯茶怎么样？反正离开演还有一段时间。"

"我是没关系，不过你应该很忙吧？"

博美苦笑道："到了这种时候，导演就算再忙也于事无补了。"

"那我就恭敬不如从命了。"加贺一笑，露出洁白的牙齿。

二楼有一处休息厅，两人幸运地从中找到空位坐下，各自点了一杯咖啡。

"上次真是给你添了很大的麻烦。多亏你的帮助，那出戏很成功，外界评价也很高。真是太感谢了。"

"上次"指的已是五年前了。当时博美请加贺教小演员们剑道。

"能帮上忙就好。也不知道那些孩子后来有没有继续练习剑道呢？"

"你记不记得那群孩子里有一个小女孩？那孩子上初中后好像进了剑道部。"

"那真是厉害。果然现在已经是女人的时代啦。"加贺眯起眼笑着。

锐利的眼神和精悍的面庞，却又令人感到一种亲切，他的这种气质仍和五年前一样。当时他不仅接受了博美强人所难的请求，还说"既然要教，就不能糊弄，为了能让大家看上去像真正的剑士，我一定尽自己所能"，哪怕上课时间已然结束，仍教得很认真。每次说出"时间差不多啦"的，都是博美。他为人不仅亲切，还很诚恳。

"不过，"加贺说着看了看四周，"这还真是盛况啊。我为了弄到一张票，也下了番功夫呢。"

"其实你要是事先告诉我一声，我一定会想办法的。"

"不用不用。"加贺摆手说，"这种辛苦也是看演出的乐趣之一。这样一来，觉得不好看的时候，我也可以理直气壮地吆喝'还钱'之类的。"

"哎，那可不得了。那样的话，落幕之后会变成什么样子就叫人放心不下啦。"

"怎么会呢。观众的眼睛是雪亮的。如今这个时代,如果没有口碑，什么东西都流行不起来。这样高涨的人气就是这出戏质量高的证据。"

"回去时你如果还能这么说就好啦。"

"别看你嘴上这样说,其实一定很有把握。"

"嗯,多少吧。"

"对吧。"

咖啡送过来了。博美没有加任何东西,直接喝了一口。"不过我还是挺意外的。之前见你的时候,还觉得你对戏剧并没有多大兴趣,怎么,最近开始看了吗?"

加贺微微一笑,摇了摇头。"我很久没有不因工作需要而来看演出了。"

"那,为什么……"

"我在一家经常去的餐馆里偶然看见了这出戏的宣传海报。看到你的名字时,忽然觉得挺怀念,而且公演地点又是明治座。"

"我也是第一次在明治座办演出。"博美说,"这是长久以来的梦想——在这个剧场上演自己导的戏。"

"这样啊。这确实是一个很气派的剧场。"

"不光因为气派,我还有一个特别的原因。在我还是个初出茅庐的演员时,第一次走上真正的大舞台就是在这里。那之前全是一些小剧场。所以当我开始做导演的时候,就想着什么时候能再回明治座就好了。不过再次得到机会并没那么容易。"

"原来是这样,还有这层原因。那真是恭喜了。"加贺又换回严肃的表情,低头行礼道。

"谢谢了。"博美也回应道。

之后,博美简单地聊了些关于明治座历史的话题。加贺听得津津有味。他对日本桥这个地方抱有强烈的兴趣,这一点上次跟他见面时博美就感觉到了。但即便是这样,博美啜饮着黑咖啡时心里也在想:加贺来这里只是单纯的偶然吗?时机太过巧合。可他明明是日本桥警察局的刑警,跟押谷道子被杀的案子不可能有关系。

"怎么了?"不知是不是因为博美露出了沉思的表情,加贺问道。

"没什么,那个,其实……"她略带犹豫地开口道,"前两天,有警察来过这里。"

"啊,是吗?为什么……是交通事故之类的吗?"

"不,不是的。"博美的视线扫向四周,确定没有别人在一旁偷听之后,压低声音继续说道,"是凶杀案的调查。"

"哦……"加贺露出一丝疑惑的神情,"为什么要到你这里来呢?"

"因为被害人是我的老友。小菅的一所公寓里发现了一具腐烂的尸体,这件事你没听说吗?大概是两星期前的事情。"

"小菅……说起来,好像是有这么回事。也不知道那案子现在进展如何了。"加贺歪着头说。

"被害人的身份已经查清楚了。她是为了见我才从滋贺县来东京的。其实,在她被杀之前我们见过,就在这个明治座。"

"是这样吗?那真是太可怜了。"加贺露出让人琢磨不透的表情。

"由其他警察局处理的案件,你们果然不知道具体情况吗?"

"不知道。调查情况之类的基本不能向外界透露。不光是外界,即便是一起参与调查工作的同事,也不会做必要之外的情报交换。"

"这样啊……"

"该不会是……你还想知道更多那个案子的调查情况吧?"加贺问道。

就是如此。跟加贺攀谈,并不只是单纯地为了叙旧。"啊,嗯……"博美欲言又止。

"如果是这样,那我就尽可能地去打探一下吧。搜查一科那边我有好几个熟人。如果顺利,他们或许会告诉我。"

"那就麻烦你了,可以吗?"

"当然了。不过你也别抱太大希望。"加贺说着,掏出了记事本和笔,"调查的进展情况也分很多种,你想知道哪方面的?"

"嗯……"看着加贺的那只大手,一缕不相关的思绪不经意间划过了博美的心。"啊,那个,加贺先生。"她开口道,"不好意思。还是算了吧,别费心替我去做那些事情了。"

加贺不知所措地眨了眨眼睛。"没关系吗?可是,你不是想了解吗?"

"一开始是有点想,可实在是个麻烦事。我不能做出这样的请求。"

"也不会多费事,我也只是去问问熟人而已。"

"还是算了吧。不好意思,我净说些莫名其妙的话。加贺先生来明明只是为了看演出……"博美说完,咬住了下唇。

加贺点了点头,将纸笔重新塞回怀里。"那么,如果你改变了想法就告诉我一声,联系方式还是以前那个。"

"多谢了,但我想应该没什么事要麻烦你。加贺先生……"博美注视着那张棱角分明的脸庞,继续说道,"加贺先生对我来说是剑道老师,并不是警察,所以我不应该跟你说这些话,真的对不起。"

加贺沉默不语,似乎在回味她话里的含义,不一会儿,他便微笑着说:"明白了。"

博美拿起桌边的账单。"这里就让我来吧。"

"不,那多……"

博美伸手制止了面露难色的加贺。"《新编曾根崎殉情》,希望你看得愉快。有机会的话,让我听听你的感想。"她站起来,转身走开了。

7

我将来的梦想,是成为一名护士。因为阑尾炎住院的时候,医院里的护士姐姐对我十分亲切。她工作时的利落模样很帅气,给人安全感。奶奶去世时,一直照顾她的护士姐姐还安慰了哭泣的我。我想成为像她们那样伟大的人。

松宫从作文集里仰起头,伸手揉着脖子。他正读的是押谷道子初中毕业时写下的文章。她确实去上了护士学校,最终却没能成为一名护士,而是去了Melody Air工作。可她那乐于助人的心一直和当初一样。如此善良的人却被杀害,真是叫人无可奈何。松宫觉得无论如何一定要抓住凶手。

他此时身处警察局里的一间小会议室。看着堆积在桌子上的材料以及地板上那摆得老高的纸箱,他不由得叹了口气。不远处,坂上正紧盯着电脑屏幕。

门开了,小林走了进来。他来回看着松宫和坂上二人。"喂,进展如何?"

坂上愁眉苦脸地挠起了头。"不行啊。我正把长相相似的都找出来,可并没发现什么线索。话说回来，这玩意儿画得真的像吗？"他说着，手里拿起一张男性的面部素描。那是警视厅素描组在那些声称见过越川睦夫的人的协助下制作的。

"素描组的实力是一流的。而且如今线索毕竟有限，你就别挑三拣四了。"

"唉，这我也知道。"坂上撇嘴道。

"你那边也没什么进展吗？"小林问松宫。

"到现在为止还……"

"是吗。唉，不过应该也不是那么简单就能找到的。"小林事不关己似的说着，从口袋里掏出手套戴上，开始翻箱子，"还真有不少可爱的小物件哪。"他这样说着，拿出来的却是一本挂历。那是从越川睦夫的房间拿回来的。那个房间单调得近乎可怕，称得上装饰的东西几乎没有，只有挂在窗边墙壁上的印有小狗照片的挂历勉强可算。

"据取证组说，那是一家连锁宠物店搞活动时制作的东西，发行量似乎很大。"松宫说，"附近居民的证词里没有提到越川曾经养过宠物，他的房间里也没有类似痕迹。应该是他从别处捡回来的吧？"

"嗯，不过我可不觉得他的生活需要挂历……"小林翻了几张，问道，"这里写的是什么？"他指着四月那张右边的一角。那里像是用签字笔写了三个字：常盘桥。

"那地方，取证组的人也注意到了。"坂上说，"好像其他几张上也写了一些东西。"

小林表情严肃地又翻了几张。"确实……"

这个细节松宫也知道。所有的月份上都记了东西。一月的一角上写了"柳桥"，二月是"浅草桥"，三月是"左卫门桥"，而四月是"常盘桥"。接下来的五月是"一石桥"，六月是"西河岸桥"，七月是"日本桥"，八月是"江户桥"，九月是"铠桥"，十月是"茅场桥"，十一月是"凑桥"，最后十二月是"丰海桥"。

"那些桥全部位于日本桥附近。"坂上说，"因此取证组觉得可能是那些桥附近曾经举行过什么活动，越川去看了。他们就此调查了一番，但最终什么也没查出来。"

"所以才没有往上报告吧。"小林放下挂历，抱起胳膊，"这些到底是什么意思呢？"

"嗯……"松宫也只得歪起脑袋。

"唉，算了，或许过两天还会出现新的线索。"小林看了一眼手表，"哦，都这个时间了。这样下去可不是办法。你们也别浪费时间，接下来的工作可就拜托你们了，世事无常常盘桥嘛。"小林似乎对自己的这句话很满意，哈哈笑过后，拍了拍坂上的肩膀便出去了。

坂上撇嘴道："什么话啊。世事无常常盘桥？亏他说得出口。"

"真难得啊，他的心情似乎不错呢。"

"好像是因为被管理官夸奖了。虽然功劳是你的。"

"不，其实我也没……"

"你就少谦虚了，我都明白。"坂上说着，又继续开始工作。

松宫也继续拿起手边的一份材料。那是将押谷道子电脑里所有的电子文本都打印出来后整理出的材料。此举当然已经得到了家属的许可。因为电脑里曾经被删除的材料也都复原了，所以量很大。

如今松宫和坂上的工作是找出押谷道子和越川睦夫的共通点。坂上负责调查道子所有的照片里是否有跟越川相像的人。松宫则负责翻阅各种文字材料，寻找跟越川有关联的记述。

两项工作都十分无聊，他们却没感到一丝疲劳。至今的所有工作都像是盲人摸象，手头工作是否真的正朝正确的方向前进，他们之前并无信心。可现在不一样。他们坚信此时的工作一定有结果在前方等待。押谷道子被杀，不是为财，也不是普通的施暴，她和越川睦夫之间一定有着某种联系。

这几天，调查有了巨大的进展。正如加贺所料，警方调查了曾经在那所被烧的小屋里生活的男人的 DNA，发现同从越川睦夫房间里的牙刷、刮胡刀和毛巾上采集的 DNA 完全一致。男人自称田中，但这究竟是不是真名并不清楚。他没有固定住所，现在连籍贯是哪里都搞不清楚，甚至连自己的年龄都记不清。看上去大约有七十岁，也许年轻一些。大约十年前他当过建筑工人，自从失业之后就没了住处，开始在各种地方辗转，现在仅靠每天收集易拉罐赚点零钱。

关于小屋被烧的事，田中回答说他什么都不知道。当天他为找吃的出去转了一圈，回去时已经很晚，却发现小屋附近因为失火正一片嘈杂。他怕自己会被追究责任惹上麻烦，于是决定暂时躲到别处生活。至于牙刷、刮胡刀和毛巾等物品是什么时候被偷走的，他也不清楚。

虽然不能确定田中所说的究竟有多少是真话，但应该跟事实相去不远，这是主流看法，至少大家都认为他本人跟这个案件相关的可能性微乎其微。

警方决定再做一次 DNA 鉴定，为此又彻底搜查了一遍小菅的那个房间，目标是找到能检测出越川 DNA 的物品。如果有毛发或者血迹等当然最理想，沾染有唾液、汗液或体液的布条也可以，指甲、表皮或头皮屑也行。可松宫听说那个房间被清扫得很彻底，怎么也找不到能够确实检测出越川 DNA 的物品。正因如此，当初警方才使用牙刷和刮胡刀等采集 DNA。松宫不得不由此佩服凶手行事之冷静和蓄谋之深远。他觉得如果没有加贺的建议，恐怕自己和其他人至今还蒙在鼓里。

就在搜索房间的行动结束两天后，正式的 DNA 鉴定结果出来了。从越川的被褥和枕头等处检测出的 DNA 和在新小岩发现的尸体 DNA 吻合。至此，两个案件完全关联了起来。

"真的很感谢恭哥。全靠你，案件才有了很大进展。我当初说用来鉴定 DNA 的样品可能被调过包的时候，那些满不在乎地说我想得太多的家伙，如今的态度也大不相同了。"

"你没有说那是日本桥警察局的刑警提出来的吧？"加贺将咖啡杯放到嘴边问道。

"我倒是想，但还是没说。不说应该比较好吧。"

"那当然。被不在一个辖区的不相关的刑警说三道四，谁听了会开心？"

"可我总有种抢了别人功劳的感觉，心里过意不去呢。"

"那点小事你就忍着吧，都已经是步入社会的人了。"

"我知道，所以我才什么都没说嘛。"松宫将牛奶倒进咖啡杯，拿勺子搅了起来。

松宫再次来到人形町，正待在以前同加贺一起执行任务时经常去的一家咖啡店。这是一家从大正八年起便开始经营的老店，红色的座椅给店里平添了几分复古的韵味。

"你叫我出来就是为了跟我道谢？我告诉你，这可是在浪费我们两个人的时间。你别看我这副样子，我也有好多不得不做的事呢。"

"你现在很忙吗？"

"算是吧。卖鲷鱼烧的店钱被偷啦，烤串店有人醉酒闹事砸坏了招牌啦，我要管的事情多着呢，可没闲工夫大白天陪老弟你喝咖啡。"

松宫下意识地盯着正滔滔不绝的加贺。于是加贺问道："怎么了？"

"没什么,我在想你是不是真的在管那些事情。"

"当然是真的,我跟你说谎干什么。"

"恭哥你自从来到日本桥就变了。你拼命想要融入这片街区,关注街区的每一个角落。总觉得你想要掌握生活在这里的人的一举一动。"

"你以为你有多了解我啊,我本身一点都没有变。以前你就应该很清楚吧?俗话说入乡随俗,就算是刑警,也必须要配合地方特色来改变行为方式。"

"我知道,可我觉得恭哥的情况有些不一样。"

加贺放下咖啡杯,微微摆了摆手。"这种事情都无所谓。别净说废话了,你还有没有其他事情?给我说清楚。"

松宫稍稍挺了挺腰,端正坐姿。"接下来就说正事。请日本桥警察局加贺警部补指示。"

加贺也正色道:"什么事?"

"前两天你去明治座了吧?去看演出。"

这个问题似乎有些出乎意料,加贺露出困惑的神情,但他立刻又想通了似的点点头。"哦。我被负责监视的刑警看见了?"

"有人轮流负责监视浅居的行踪,只要她有任何不同寻常的举动,立刻就会向搜查本部汇报。"

"那她见我的事情也被汇报了吧。"

"推测只是单纯的熟人见面,负责监视的人是这样汇报的,不过他还是拍了照片。我们那边的人几乎都认识恭哥,股长看到照片后好像还吓了一跳,所以我就被叫去了。他问我知不知道加贺警部补跟浅居博美是什么关系,我觉得没有什么隐瞒的必要,就照实说了。"

加贺点了点头。"那样就可以。什么问题都没有。"

"股长他们也认可了。听到剑道课程的事情后,还笑着说'加贺也挺辛苦的呢'。"

"能给你们那里带去一丝轻松愉悦也不错。"

"但是我不可能不管不问。因为加贺警部补对小菅案子的情况知道得很详细。"他压低声音,继续道,"你和浅居博美都说了些什么?"

加贺眼珠子一转,瞪了松宫一眼。"对方又不是嫌疑人,你就这样直呼其名了?"

松宫舔了舔嘴唇。"你和浅居女士都说了些什么?"

加贺喝了一口咖啡,舒了口气。"也没说什么大不了的,就是寒暄一下。"

"真的?"

"我跟你说谎干什么?她很开心地说了一些关于明治座的事情,说在那里举办公演是她长久以来的梦想。"

"梦想……是吗。"

"然后……"加贺抓起咖啡杯,咕咚喝了一口,"也说了一点关于案子的事情,是她主动提起的。"

松宫将手按在桌子上,身子稍微前倾。"然后呢?"

"一开始,她似乎以为可以从我嘴里套出些案子的进展情况。当然,你的事情和案子的事情我多少知道一点,这我都没告诉她。然后,我就试探她,说如果有什么想知道的,我可以帮她去查。"

加贺的目的松宫也明白。如果浅居博美真的跟案子有关,那么她一定想知道搜查本部究竟掌握了什么线索。

"她怎么说?"

"她稍微想了一会儿,说'还是算了吧'。她还道歉,说净说奇怪的话真是不好意思。"

"再然后呢?"

"就结束了。她让我好好看演出,还替我付了咖啡钱。"

"就这些……"松宫整个身体倒在椅子里。他觉得自己像个泄了气的皮球。

"不好意思,让你空欢喜一场,但真的只有这些。其他什么也没说。"

"是吗。那,你的印象如何?你跟浅居女士应该很久没见过了吧。再次见到她,没有什么特别的感想吗?"

听到松宫的话,加贺板起脸。"又是这一套。我可不希望自己的印象被这样利用。不过,跟五年前比起来,我觉得她变得更沉稳了,或者可以说更豁达了吧。"

"有没有掩饰罪行的感觉?"

"嗯……暂时无法评价。"加贺从钱包里掏出硬币往桌面上摆。他们一起吃饭的时候一定是各付各的。

松宫看着那些硬币,失神地嘀咕道:"钱究竟是怎么回事……也是个谜。"

"钱?"

"就是住在小菅的越川睦夫啊。他的收入究竟从哪里来,我们完全不知道。他看上去不像有过工作,房间里也没有存折,这些地方倒是跟流浪汉很像,但房租和水电费都每月不落地按时交。你觉得这到底是怎么回事?"

加贺稍加思索。"有什么人在给他钱。"他说,"或者,他手上有一大笔钱。"

"房间里可是一分钱都没找到。"

"一分都没有?那就可疑了。这种情况考虑钱被什么人拿走了才比较妥当吧。"

"我也这么认为。只是光靠想象,什么也办不成。"松宫一边点头,一边打开钱包,取出咖啡钱,"因为恭哥的帮助,案子的确取得了重大进展,可是我觉得到现在为止,我们都还只是在门口打转呢。寻找两个被害人的共通点也一无所获。押谷道子先不提,越川睦夫这个人的情报少得有些过分了:照片没有,户籍没登记,健康保险的记录也没有,跟他有过交流的人也找不到。他是怎样生活的,现在一点头绪都没有。这究竟是怎样一种人生啊。"

"嗯。但反过来想,只要这些东西能搞清楚,或许问题就可以一口气解决。"加贺看看表,站了起来,"好了,我要回警察局了。刚才就讲过,我可是有很多事情要处理的。"

"我也回本部去了。世事无常常盘桥嘛。"

加贺露出不可思议的表情。"你说什么呢?"

松宫耸了耸肩膀。"最近在搜查本部内传开的,是小林说的一句俏皮话。"

"那人还会说俏皮话?真难得。"

"在越川房间里发现的挂历上写了一些东西,常盘桥啊日本桥什么的,也不知道是什么意思。"松宫把桌子上的钱摞到一起,准备去收银台付钱。就在这时,他的右肩膀忽然被抓住,接着又被朝后拉,力道很大。

松宫转过身。"干什么?"

面对他的是加贺凝重的表情,那眼神似乎要射穿他的身体。"刚才的事情再跟我详细说说。"他抓住了松宫的袖口。

"刚才的事情……"

"挂历的事情。上面的东西是怎样写的?"

"你先放开我。"

推开加贺的手,松宫又坐回原先的位置,加贺也同之前一样坐到他对面。松宫将印有小狗的挂历上写有文字的事情大致说了一遍。

"四月是常盘桥没错吧。然后,你刚才说一月是柳桥吧?那二月呢,是哪里的桥?"加贺一股脑地问道。

"是哪里呢……"松宫歪了歪脖子。他当然不可能按顺序记得那么清楚。

"不是浅草桥?"

"啊,好像是的。"

"那,三月就是左卫门桥了。四月是常盘桥,那五月就是一石桥。"

松宫屏住呼吸,注视着眼前表哥的脸。他的身体开始燥热。"恭哥,那些字眼的意思你已经知道了?"

加贺并没有回答。刚才的那股杀气已然消失,取而代之的是如同面具般死板的表情。

"你要是知道就告诉我,那些字究竟是什么意思?我问了很多熟悉日本桥的人,但是谁都不知道。为什么恭哥你会知道呢?"

加贺缓缓地将食指放在唇边。"别说那么大声。"

"可是……"松宫看了一眼四周,压低声音,"你一定要协助我的调查工作。"

"我又没说不帮你。而且能不能帮上你还不知道,也可能是我猜错了。"

"究竟是怎么回事?"

加贺略微颔首,直勾勾地注视着松宫。"我有个请求,这辈子再无二次的请求。"

8

远方的山顶上残留着薄薄的雪。天还阴着，可眼前无垠伸展着的草原却是一片油绿，让人感受到顽强的生命力。

"真没想到，这次的案子我竟然要跟恭哥一起行动了。"松宫握着装有咖啡的纸杯说道。

"我也是一样。原本只打算提点一下你的工作，没想到一发不可收拾，这火最终竟烧到了自己身上。风云突变，说的应该就是我现在这样的处境吧。"坐在一边的加贺应道。他手上拿着这起案件调查报告的复印件。

"这样一来，或许离案子解决又近了一步。"

"真是这样就好。"加贺的口吻很慎重。

两人正坐在东北新干线的疾风号上，目的地是仙台，是去见一个人。

昨天傍晚，松宫同加贺一起坐在警视厅的一个房间里，对面是小林和股长石垣，还有管理官富井。富井是这次案件的实际负责人，他见到加贺后温和地说了一句："好久不见。"加贺也低头行礼道："好久不见。"加贺还在搜查一科的时候曾是富井的部下，这件事松宫还是头一次听说。

但是寒暄就此打住,谈话立刻进入了正题。首先是小林,他将十几张照片摆在桌子上。照片里是一些被放大了的文字,分别是"桥"、"浅草"、"日本"等等。

"我从结论开始说起。"小林盯着加贺开口道,"在越川睦夫的房间里发现的挂历上写的字,以及加贺交上来的纸张,从这两样东西的笔迹鉴定结果来看,可以断定是同一个人所写。"

松宫感觉到身旁加贺的身体瞬间绷紧了。松宫自己也兴奋起来。

"你说拿来的纸张是你母亲的遗物,没错吧?"石垣问加贺。

"是的。准确地说,是留在我母亲房间里的纸张,所以是不是我母亲的东西我也不知道,但笔迹明显跟我母亲的不一样。"

那是一张 A4 纸,上面的文字如下:

　　一月　柳桥

　　二月　浅草桥

　　三月　左卫门桥

　　四月　常盘桥

　　五月　一石桥

　　六月　西河岸桥

　　七月　日本桥

　　八月　江户桥

　　九月　铠桥

　　十月　茅场桥

　　十一月　凑桥

　　十二月　丰海桥

从加贺那里看到这张纸的时候，松宫震惊了，因为这和越川睦夫日历上的内容完全一致。加贺也一样惊讶，便提出了一个"这辈子再无二次的请求"，希望松宫向搜查本部提议，将两样东西进行笔迹鉴定。

加贺对富井等人说，自己的母亲曾经跟一个叫绵部俊一的人交往过。

"因此那张纸很有可能是绵部留下的。但是绵部究竟是什么人，这个问题我至今仍然一无所知。这些文字的意思我自己也做过一定的调查，也没弄清楚。"

"那你母亲的遗物里还有其他看上去跟绵部有关的物品吗？"石垣问道。

"我不知道。或许有，可是我分辨不出来。但如果出于对这次的调查工作或许有帮助的考虑，需要我把母亲的遗物全部作为调查材料上交，我也没有任何问题。"

加贺的回答让三个负责调查工作的官员满意地点了点头。

"关于这件事情，我已经跟搜查一科的科长和理事官说过了。"富井说道，"我们有必要解开这道文字的谜题，因此我已经向日本桥警察局发出了协助调查的请求。现在那边的局长肯定已经同意了。从现在开始，你也参与调查工作，没问题吧？"

"我听从指示，还请各位多多关照。"加贺说完鞠躬行礼。

"我有一个问题要问你。"小林说，"虽然你对绵部是怎样一个人一无所知，但认识绵部或者见过绵部的人，你有什么头绪吗？"

"有，只有一个人。"加贺立即回答。

"那个人还活着吗？"

"肯定还活着，如今住在仙台。"

"好！"小林底气十足地回应，随即递给加贺一张纸，正是越川睦夫的面部素描，"工作立即开始，你去见见那个人。"

松宫看了一眼表，马上就到上午十一点了。

"应该快到了。"加贺也确认了一下时间，将手上的资料放进包里。

"哎，恭哥你到底知道多少啊？"

"什么？"

"关于去世的母亲啊。我只知道你一个人去把在仙台去世的母亲的骨灰和遗物取了回来，仅此而已。"松宫听说这件事情是在加贺的父亲隆正因病卧床不起的时候，是母亲克子告诉他的。

"你问这些干什么？"

"也不想干什么，想知道不行吗？或许你不记得了，我们可是亲戚，而且还不是一般的亲戚！舅舅曾经帮过我和我妈的大忙，他可是我们的恩人。这样一个人为什么跟妻子分开？我想搞清楚也是理所当然吧。"

加贺一直苦着脸听着松宫的话，最后他像是想通了似的，点了点头。"是啊，也差不多到该说的时候了，反正我爸也不在了。"

"难道还有什么特别的秘密吗？"

"那倒没有，只不过总有些难以开口。"加贺苦笑过后，表情又严肃起来，"我带着骨灰回到东京后，去见了很久未碰面的爸爸，为的是告诉他这些年我妈在仙台的生活情况。我妈一直在一个窄得无法想象的房间里过着清贫的生活。我告诉他之后，又问出了那个很久没有提及的问题——在我还是个孩子的时候，到底发生过什么，我妈究竟为什么要离家出走？一直到那个时候，我都坚信原因在我爸那边。因为他完全不顾家庭，家事、孩子，还有一团糟的人际关系，全都一股脑地推给了我妈，于是我就猜想我妈是受不了才离开了那个家。可是去了一趟仙台之后，我觉得事情可能并不是我想的那样。因为我妈曾经告诉她身边的人，一切都是她的错。"

"舅舅怎么说？"

加贺耸了耸肩。"一开始他没有回答我，只是含糊地说都已经是过去的事了，现在再提还有什么意思。然后我朝他吼了几句：'难得一个女人愿意成为你这样一个人的妻子，你却没能让她幸福。事到如今，哪怕是谎话也好，至少应该在骨灰面前安慰她的在天之灵吧？'"

"哦……恭哥朝舅舅……真是少有啊。"

加贺无奈地笑了笑。"只不过是个毛头小子一句不合时宜的话而已。斥责自己的父亲，那也是最后一次了。"

"那舅舅呢？"

"他终于语重心长地开口了。最开始，他是这样说的：'百合子说得不对，她没做错任何事情。错，终究还是在我自己。'"

松宫的眉头锁在一起。"什么意思？"

"接着我爸说起了以前的事情。首先从和我妈的相识开始。他们俩是在新宿的一家夜总会认识的，我妈曾经在那里陪过酒。但我爸当时并不是客人，而是查出某个案子的嫌疑人经常出入那里，去找我妈要求她协助办案。结果两人就因为这一面之缘开始了交往。"

"哎？舅妈曾经也陪过酒……"

加贺看着松宫，轻轻地点点头。"这么一说我想起来了，姑姑好像以前也在小酒店里上过班吧。"

"是在高崎的时候，还是舅舅资助我们之前的事情。说到底，家里的亲戚都讨厌我妈，也没其他人可求。一个单身女人想把孩子养大，到头来也只能干那一行。"

"从现实的角度出发也只能那样吧。但被亲戚们讨厌的并非只有姑姑,我家的情况其实也差不多。"

"恭哥家也是?为什么?"

"所以我才要说陪酒的事情。我爸当时一直受到家里亲戚们的攻击,说身为德高望重的加贺家长子,竟然娶了个陪酒小姐当老婆,像什么话。加贺家竟然还是个德高望重的家族,这事我当时还是第一次听说。"

"那是职业歧视啊,太过分了。"

"那时候的观念跟现在不一样嘛。而且据我爸说,我们家的亲戚大部分都思想保守、顽固不化。我跟他们也没有太多交流,并不十分清楚。"

"说起来,舅舅两周年忌日的时候,好像亲戚一个都没来呢。"

"我也记不太清楚了,好像我妈还在家里的时候,我爸跟亲戚们闹得很厉害。我爸因为工作太忙,亲戚之间的交往只能全部交给我妈,但是我妈好像经常会受到亲戚们赤裸裸的歧视。这些她全都一个人忍下来了,可最后风言风语还是传到了我爸的耳朵里。我爸很气愤,打算跟亲戚们断绝关系。结果这事闹大之后,关于我妈的评价却比之前更加苛刻了。其实那时候我爸只要带我妈稍微避避风头就好,可他却因为工作太繁忙而常常顾不上家。同时,我妈因为外婆病倒卧床必须照顾,再加上又要抚养一个还什么都不懂的儿子,精神上受不了也理所当然。"

"确实,光听着就受不了。"

加贺表情严肃,长长地叹息了一声。"到最后外婆还是去世了。要说我妈终于可以减轻一些负担,其实也没有。可能是因为失去了心灵上的支撑吧,这是我爸的推测。之前她遭受了种种苦难,但一直有外婆把她当作自己人,愿意听她倾诉,恐怕她也受到过不少来自外婆的鼓励。可是那样一个存在也消失了,她完全变成了孤零零一个人,一个不懂事的儿子也无法成为她的精神支柱。话说回来,我爸认识到这一点已经是很久之后的事情了,当时他根本没有注意到我妈的变化。"

"变化?"

"精神上的变化。在我爸看来似乎一切都没有改变,但我妈的内心产生了巨大变化。我爸开始意识到这一点,是因为某天晚上我妈的情绪波动。晚饭吃到一半,我妈突然哭了起来,说她是一个没用的人,做不了好妻子,也做不了好妈妈,这样下去只能给两人带来不幸。我爸呆住了。但是哭了一阵,我妈又恢复了平静跟他道歉说'对不起,刚才的事情请你忘记'。那时候的事情,我也隐约记得一些,虽然也可能是错觉。"

"那……"松宫有些犹豫,不知道该不该把此时出现在脑海里的词说出口,但他觉得现在并不是顾虑的时候,还是开口了,"是……抑郁症吗?"

加贺缓缓地叹息,点了点头。"我觉得可能性很大。过低地评价自己,失去面对生活的动力,这是抑郁症的典型症状。在事情过去很久之后,我爸似乎也这样考虑过。但是在当时,几乎所有人都对抑郁症没有认知,恐怕就连我妈也没觉得自己病了吧。"

"要是这样,她当时应该很痛苦吧?"

"恐怕是的。我妈并没有表露出她的痛苦,又坚持了好几年,可最终还是到了忍耐的极限,离家出走了。我当时并不知道,但她还留下了一封信,信上写着'我已失去了作为你的妻子和恭一郎母亲的自信'。看到信之后,我爸虽然对抑郁症一无所知,但仍然感觉到我妈的精神上似乎承受着某种巨大的压力。"

"舅舅为什么没去找她呢?"

加贺扬起嘴角,笑了起来。"顺其自然,他觉得那样才对两个人都好。不过，就算我妈离家出走真的是因为她得了抑郁症，但没有注意到这一点，没能替她分担精神上的负担，我爸仍觉得所有的错都在他身上。'百合子没有错'，我爸是这样说的。他还说我妈死之前一定想孩子了，哪怕只见儿子一面也好。他说每当想到这些，他的心都会痛。"

这些话，松宫并不是第一次听到。他想起了几年前的事情。

"舅舅和恭哥之间好像有过一个约定吧。即便舅舅到了病危的时候，恭哥也不可以留在他身边。舅舅应该是下决心要独自一个人面对死亡吧。而且舅舅临终的时候，恭哥也确实在医院外面。"

"那应该是他对我妈迟到的歉意吧，还有作为一个男人的尊严。虽然我明白他的心思，也配合了他……"加贺的脸上露出些微苦楚。

那时他的行为究竟是否正确，或许他还没有最终的答案，松宫看着表哥的脸想道。"舅舅或许想以此做最后的了断吧。"

"对我爸来说或许这样就足够了，但我不一样。"加贺目光如炬地盯着松宫，"离开家之后，我妈究竟是抱着怎样的心情过完了一生，我无论如何都想知道。如果她完全忘了我和我爸，开始了一段崭新的生活，那样也无所谓。但是，如果她还对我们留有哪怕一丝怀念，那么将其好好地收集并珍藏起来就是我的使命。因为如果没有她，我就不会来到这个世上。"一番坚定的话语之后，加贺似乎有些害羞，微微一笑，"不好意思，我有些过于投入了。"

"不，你的心情我很理解。而且，舅妈究竟是如何生活下去的，我也很感兴趣。"

"总之就是这么回事。无论如何，我都想知道绵部究竟是怎样一个人。我一直都在想，如果可以，一定要通过什么方法将他找出来。"

"是啊。其实，昨天恭哥回去之后，我从富井管理官那里听说了从前的事。恭哥，好几年前他就邀请过你，问你是否愿意回搜查一科吧？"

加贺板起了脸。"他找你就为了说那件事啊。"

"不知道为什么，恭哥一直都志愿在日本桥警察局任职。其实就是为了要找出绵部这个人吧？"

"算是吧，我一直想解开写在那张纸上的十二座桥的真正意思。为了这件事，我必须投身于那片土地。不过你也不用担心，我自然会注意公私分明。我可不打算妨碍你们的调查工作。"

"我从一开始就没那么想过。"松宫摆了摆手，紧紧地注视着加贺的眼睛，"谢谢你告诉我这么重要的事情。"

"我一直想着一定要找个时间告诉你，只告诉你一个人。"加贺笑了，露出洁白的牙齿。

这次并没有打算在仙台市内调查，跟当地警方打招呼这个环节应该可以省略——上司这样交代他们。到达仙台站后，两人便乘坐JR仙山线前往东北福祉大前站，那个车站离他们的目的地最近。

从车站出来后的路只能靠步行，而且是一段很长的上坡路。松宫觉得身为刑警自然要习惯这样在外来回走动，可这路放到平常每天的生活当中该是怎样的感觉呢？但当看到一群小学生模样的孩子欢快地路过时，他才发现这样的路对住在这里的人来说早已司空见惯。

国见丘是一片悠闲宁静的住宅区，这里的每一所住宅看上去都既气派又有品位。在一栋挂着"宫本"名牌的住宅前，加贺停下了脚步。按下门铃后，他听见旁边的喇叭里传出了一声："喂？"

"我们是从东京来的。我是加贺。"

"啊，好的。"

没过一会儿门便开了，一个头发花白的女人探出头来。她先是惊讶，随后脸上又堆满了笑容，缓缓地走下台阶。她穿着白色针织衫，外面披了一件薄薄的紫色开衫。

"加贺先生,你变得更威武啦。"她金丝边眼镜后的眼睛眯成了一条缝。

"好久不见。一直以来承蒙您关照。"加贺低头行礼,"这次突然来麻烦您,真是非常抱歉。"

"那有什么关系,反正我也很闲。不过昨天接到电话时,还真是挺意外呢。"她说话的同时,视线落到了松宫身上。

"我来介绍一下,这是警视厅搜查一科的巡查松宫。"

听到加贺介绍自己,松宫也行了个礼道:"我是松宫。"

"你就是加贺的表弟吧。我姓宫本。今天真是太开心了,一下子有两个年轻小伙子来找我。"白发老妇人的双手轻轻放在胸口。她叫康代,松宫在来之前就听说了。

二人被带到摆放有沙发的客厅。康代为他们沏了一壶日本茶。听到她独自一人在这个家里生活了四十年,松宫十分吃惊。

"因为丈夫死得早。或许正因为这样,那时候才生出了要雇百合子的念头。我那时候也很孤单。"康代说完,朝加贺露出一个浅浅的笑容。

"我觉得我妈是被宫本女士救了。如果那时候您没有收留她,她不知道会变成什么样子。"加贺将百合子可能患有抑郁症的事一五一十地告诉了康代。

"这么回事啊。这么一说,好像也不是完全没有可能。"康代像是回想起了当时的事情,缓缓地说道。

"然后,就是我昨天在电话里跟您提到的事情,关于绵部俊一先生,您还是没有他的任何消息吗?"

"是的,真是非常遗憾。"

加贺点点头,朝松宫使了个眼色。松宫从包里取出了五张纸。"那绵部俊一先生的模样,宫本女士还记得吗?"

康代闻言,稍稍挺直了腰,点了一下头。"见到他的话,我应该能认出来，照片也可以。"

"好的。"

在上身略微前倾的康代面前，松宫将素描图逐个排开。为了让自己也无法掌握排列的顺序，他先将纸翻过来打乱了。他注意到，看到第四张的时候，康代的眼睛突然睁大了。即便如此，他还是不动声色地将第五张素描图摆到了桌上。只见康代简单扫了一眼那张图，再次将视线移回第四张。

"怎么样？"看来已经不需要多问了，但松宫还是问了一句。

康代的手毫不犹豫地伸向第四张素描图。"这张画得很像，像绵部先生。"

"请让我再跟您确认一下。这里只有五张图，如果硬要从里面选一张像的出来，就是这一张吗？还是说，这一张很明显就很像呢？"

"像。我认识的那个绵部先生如果上了年纪，我想应该就是这个样子吧。微微向下的眼角，还有偏大的鼻子，这些特征都表现得很明显。还有一种无形的东西，怎么说呢，那种不太表露内心情感的样子也画得很传神，我觉得很像绵部先生。"

松宫和加贺对视之后，点了点头。康代的答案令他们满意，因为她拿在手上的那张素描画的正是越川睦夫，而她看到后说出的感想同样符合他们的期待。她并不是只看脸型，而是在描述看到素描之后的印象。以前经常被警察们采用的拼贴式肖像画法之所以被废弃，就是因为它太过写实，无法传达抽象的感觉。反过来，现在这种肖像素描是由听过目击者描述的专业人员发挥想象力画出来的，以传达印象为第一标准，这样可以更容易激发人们相关的记忆。

虽然大老远特意跑来仙台，但总算可以带份好礼回去了，松宫心里想。越川睦夫，就是这个曾经名为绵部俊一的男人。

"这个人是在什么地方被找到了吗?"康代问道。

"是的。上个月,他被杀了。"

松宫又进一步向她说明了事情的概要。她听完后捂住了嘴,保持这个姿势看向加贺。

"是真的。"加贺凄凉地笑道,"虽说终于找到了绵部先生,但他已经不在人世了。"

康代将素描图放到桌子上。"我也不知道该说什么好……"

"可是恭哥……"松宫刚说出口又觉得不合适,于是用手背擦了擦嘴角后重新道,"加贺想调查绵部俊一先生的心情还是没有变,而且我们一定要抓住杀害他的凶手。关于这个案子,如果您觉得有什么可疑的地方,还请一定告诉我们。"

康代皱起眉头,看上去思索得很吃力,无数细小的纹路在她的脸上扭曲着。"我是想帮你们的忙,可是绵部先生的情况我真的一点都不知道……他住在那种地方我也是第一次听说。"

加贺从上衣的内袋里掏出一张纸。"这个东西呢?"

康代接了过来。松宫在一旁瞄了一眼,上面写的正是那些文字——"一月、柳桥,二月、浅草桥……"

"这是照着我在母亲遗物里找到的纸抄下来的。"加贺说,"完全一样的文字出现在了小菅那个房间的挂历上。这些字眼是什么意思,我们完全不知道。宫本女士您呢?有没有想起什么?"

"嗯……"她歪着脖子,小声地说了一句"对不起"。

"宫本女士没必要道歉,倒是我这个做儿子的看不懂母亲的遗物,是我不好。"加贺将那张纸放回怀里。

"那个……"康代略带迟疑地开口道,"事到如今我才开始这样想,我觉得百合子跟绵部先生的关系似乎并不是单纯的男女朋友。不光是这样，我甚至觉得他们之间根本就没有过恋爱关系。"

加贺讶异地皱起眉头。"您这是什么意思？"

"当时我并不这么认为，但是如今回过头来看，我总觉得他们两个人之间并没有那种卿卿我我或者幸福愉快的气息。就像是两个心灵受了创伤的人在互相安抚对方的伤痛……我是这样觉得的。"

"安抚心灵的创伤……"

"不好意思，这或许只是我的胡思乱想，还是请忘记这些话吧。"康代面带歉意地合起双手。

"不，既然宫本女士这样认为，我觉得一定不会有错。我会好好考虑的。"加贺说着低下了头。

肖像素描图得到了确认，这的确是一个很大的收获，但从康代身上似乎也得不到更多线索。松宫于是开口告辞。

"好不容易见面，真是非常抱歉。下次一定在没有工作的时候再来，到时候我请你们吃仙台有名的料理。"康代将二人送到门口说。

松宫和加贺一同说了声谢谢，便离开了宫本家。同来时一样，两人步行前往东北福祉大前站。看了一眼手表，还没到下午两点。照这个情形，傍晚就能回到东京。

"能不能稍微绕一下路？"加贺一边走一边问道。

"可以是可以，但是去哪儿呢？"

"去一个叫荻野町的地方。"加贺回答，"是我妈曾经住过的地方。"

松宫停下了脚步。"恭哥，你怎么能这样？！"

加贺也停住，转过身。"怎样？"

"我的意思是那不能叫绕路，必须去。不管是作为儿子，还是作为刑警。"

加贺一笑，点点头。

离荻野町最近的车站是仙石线的宫城野原站，从东北福祉大前站出发，需要在仙台站换乘后再坐两站。到达宫城野原站后，加贺露出一丝迷惘的表情。他看了一阵子手机上的地图，终于迈出脚步。

道路右侧是一个很大的公园，再往前是一处看似运动场的地方。道路左侧则排列着几栋看起来很庄严的建筑物，可以看到建筑物上写着"国立医院仙台医疗中心"几个字，旁边的停车场也很大。

"和你上次来的时候不一样了吗？"松宫问道。

"是啊。印象中是有一处像是医院的建筑物，但总觉得好像并没有这么气派。"

笔直地走了一段，可以看见前方有一条铁路，看上去像是货运铁路。道路则从铁路下方穿过。再往前就是荻野町了。加贺时不时停下来观察四周，面带迟疑地前进着。他看上去并不十分有把握，但松宫也只能跟着。

这片街区同国见丘不同，各式各样的建筑杂乱无章地挤在一起。既有被院墙包裹着的独门独户，也有如同小石子般随意分布的小民居。巨大的集体住宅旁边是一个两层的老旧公寓。这里不光有餐饮店和小商店，还有工厂和仓库。那所建在美容院旁边的托儿所大概是为了做那些在夜总会上班的小姐的生意。

穿梭在一条条看上去都一样的道路之间，加贺最终在一处紧挨着细长水渠的停车场前停下了脚步。停车场看上去能停十几辆车，但现在里面只停了四辆。地面是光秃秃的泥土地，可能因为最近才下过雨，地上还残留着几个水洼。

"就是这里了，一定没错。"加贺打量着停车场，自言自语道。

"这里原先是公寓吗？那应该是被拆掉了吧？"

"应该是。"

"是吗。应该是受地震的影响吧。"

"谁知道呢。我来的时候那栋楼就已经很旧了,在地震前就已经被拆掉的可能性应该很大。"

一边听着加贺的话,松宫一边环视四周。想到舅妈就是在这里去世的,他忽然有种不可思议的感觉。这里对舅妈来说一定只是一个非亲非故的地方。"她死之前一定想孩子了,哪怕只见儿子一面也好。每当想到这些,心都会痛"——他想起了舅舅的话。

"走吧。"加贺说着,迈出了脚步。

9

男演员正念着台词，诹访建夫却踢翻了旁边的椅子。"太晚了！这样就跟不上节奏了。你到底要让我讲几遍？在那里停顿是最要命的。你小子站在观众的角度好好想想，接下来到底会发生什么，他们正满心期待哪。台词结束之后，只要稍有一点点的停顿，这段戏就全毁了！"

诹访训斥的似乎并不是念台词的演员，而是那个在旁边桌子后的年轻男人。只见他正缩着脖子，十分愧疚地道歉。

周围的其他演员都面无表情。他们看上去正专注于打磨自己的演技，但又像是害怕随意插嘴会引火烧身，所以才选择沉默不语。

松宫来到了位于北区王子附近的巴拉莱卡剧团排练馆。在一处看上去像小型体育馆的场所里，摆了几张桌子和几个纸箱。剧团的演员把它们当作布景进行排练。下个月就要举行公演了，他们一定正处于最后的冲刺阶段。

"那个……"有人叫松宫。一个小个子的年轻女人站在他旁边，身披防风衣，手上还戴着劳动手套。"照现在这个情形，也不知道什么时候才能休息，能不能麻烦您先到其他房间等等？"

"还有其他房间吗？"

"有，虽然不怎么干净。"

"明白了。那走吧。"

女人带他去的房间里有一张大约能坐下八个人的桌子和一些椅子，四周的架子上摆放着各种小道具和工具。桌子上烟灰缸里的烟头已经溢出了，这样的景象如今已很难见到。

女人提议要给松宫倒杯茶或者咖啡，松宫拒绝了。她肯定还有很多必须去做的工作。松宫已经听说了，巴拉莱卡剧团的大型道具都是从外面定做，但一些小道具或者服饰之类的东西都要演员自行准备，这是规定。女人如今虽然在台下，但肯定也有上台演出的时候。

松宫百无聊赖地抱着胳膊，叹了口气。

在新小岩被烧死的是住在小菅的越川睦夫，这个人的真实身份又是曾经跟加贺的母亲有过紧密联系的绵部俊一——能弄清楚这些情况已经是很大的进展了。但更深入的调查工作又一次陷入僵局。押谷道子和越川睦夫之间一定有关联，但两人的交集至今仍未找到。虽然已经要求宫城县警方协助调查，试图取得绵部俊一的相关信息，可称得上线索的却一条都没有。

松宫来见曾和浅居博美结过婚的诹访建夫，其实也并没有什么特别的目的，只不过因为他是消除法中的一个选项而已。松宫来只是为了确定从这里也得不到什么有用的线索。

无所事事地等了大约一个小时之后，松宫正站起身准备去买些东西喝，门打开了，走进来的是在Polo衫外套了一件羽绒背心的诹访建夫。"让你久等了，不好意思。今天并没空出额外的时间。"他语气平淡地说完便坐到椅子上，那样子似乎在说，"所以你有什么事就赶紧说"。

"百忙之中打扰您，真的非常抱歉。我是警视厅搜查一科的松宫。"

"之前也有其他警察来过，说什么浅居初中时的同学被杀了，问我有没有什么线索，我除了回答什么都没有之外也没什么好说的。跟浅居结婚已经是很久以前的事了，而且她在滋贺县时的情况我一概不知。"诹访跷着二郎腿说。锐利的眼神、高挺的鼻梁、结实的下巴，这副模样站到舞台上一定熠熠生辉——诹访以前也是一名戏剧演员。

"不会麻烦您太久的，我只是有一件东西想让您看一下。"松宫从包里抽出一张纸放到诹访面前，那自然是越川睦夫，或者说绵部俊一的肖像素描图。

"这是谁？"诹访问道。

"我就是想知道答案，才这样四处奔波。诹访先生认识的人当中有没有跟这幅素描图上的人比较像的？"

"不光是我认识的人，而是跟浅居有关系的所有人吧？"

"那些您暂时可以不用管。"

"你嘴上这样说，可还不是顺着浅居这条线才找到我？"诹访扫了一眼素描图，又放回桌上，"没有。我认识的人当中没有这样的。"

"可以麻烦您再仔细看看吗？可以不用很像，只是感觉上像也可以。如果有类似的人，还请您告诉我。您放心，我一定不会给对方添什么麻烦。"

诹访的视线再次落到那张纸上，叹了口气。"因为工作关系，我认识很多演员，其中很多是有经验的男演员。让他们看一眼这幅图，然后告诉他们演出相似的感觉，他们立刻就能做到。从这层意思上来讲，人数可就多得数不过来了。"

"但是这张脸肯定是一张毫无修饰的脸，既没有化妆，也没在演戏。"

"都是一回事。演员中也有一些即便在平时都不会显露本色的人，平时的自己也只不过是一个塑造出来的角色。那种人的真面目，即便是我也看不清楚。"

原来如此！松宫终于明白了他的意思，同时在心里感叹：真不愧是个导演。抱有这种想法的人，特别搜查本部里可是一个都没有。"那么在那些人当中，有没有最近忽然见不到了，或者忽然断了联系的人呢？"

这个问题让诹访稍稍摇晃了一下身子，苦笑起来。"这种人也是数不过来啊。说到底，这毕竟是个竞争十分激烈的世界，你应该也非常清楚。一个艺人即便忽然不在电视上出现了，也是很难察觉到的。跟那个感觉一样。"

这样说好像也有道理。松宫只能点头表示认可。"那么排除演员，其他的人呢？有没有相似的？"

诹访带着不耐烦的表情再次看了一眼那张肖像素描画。"这个人，大概有多大呢？"

"确切的年龄还不清楚，但我们认为他应该有七十多岁。"

"七十啊……硬要说的话，我觉得有点像老山吧。"诹访嘀咕道。

"老山？"

"一般都叫他山本先生，是负责舞台照明的专业人士。我以前经常和他一起工作，浅居应该也有好几次演出都是靠他帮忙。"

"这位先生的联系方式您知道吗？"

"知道是知道，不过号码可能已经换了。"诹访从后裤袋里掏出手机操作起来，"就是这个人。"他说着，将手机转向松宫。

屏幕上显示的是一个姓山本的人的电话号码和邮件地址。松宫将这些记了下来。

"不好意思，可以请您现在给他打个电话试试吗？"

"嗯？现在吗？"

"真是非常不好意思。"松宫低头致歉。

诹访十分不满地操作电话，放到耳边。"呼叫音是有的……啊，老山？我是诹访。真是好久不见……其实，我这里来了个警察，好像找你有事呢。我把电话给他。"

松宫接过诹访递过来的手机。"您好，请问是山本先生吗？"

"是的。"一个低沉的男性声音略带疑惑地回答道。

"我是警视厅的松宫。这次突然给您打电话真是非常抱歉。只是想做一个简单的确认，请您不要放在心上。那我就把电话交还给诹访先生了。"

诹访不解地接过松宫递来的电话，再次放回耳边。"喂，啊，就是这么回事，所以给你打了个电话……不，我也不是十分清楚……好，下次再慢慢聊……好的，再见。"电话挂断后，诹访满脸讶异地看着松宫。"打这通电话到底是为什么？"

"您确定刚才的人是山本先生本人吗？"

"我想是的。以前他的声音就是那样。"

"是吗。"当然，松宫还有必要再去确认一下，不过恐怕那就是山本本人，也就是说他又扑了个空。

"警察先生，你不适当地告诉我一些情况，我可没办法协助你。"诹访的声音里带着一丝愤怒。

"抱歉。其实这幅图上的男人已经死亡，警方认为是他杀。"

诹访的表情有些僵硬。"他杀……跟浅居的同学被杀的案子有关系吗？"

"我们觉得有关的可能性很大，但是现在无法确认他的真实身份，我们也很着急。"

"原来是这么回事,所以才会拿肖像素描图来……你一直都在干这么麻烦的事吗?"

"没有办法,这就是我们的工作。对了,诹访先生,您对越川睦夫或是绵部俊一这两个名字有什么印象吗?"松宫打开记事本,摆到诹访面前,那里已经事先写好了两个名字。

"越川……绵部……不,我不认识。"诹访摇头道。

松宫合上记事本,手伸向那幅肖像素描图。"那么还有没有其他跟这幅图相像的人呢?"

"我想不出来,不好意思。"

"是吗。"松宫点点头,将素描图放回包里。

"那家伙,是不是被怀疑了?"诹访问道,"我是说浅居。"

"不是,所有跟案件相关的人,我们都会进行一次这样的排查。"

"那么,我的情况你们也在查吗?"

"嗯,相应地吧。"松宫含糊道。

诹访咧开嘴轻声地笑了一下。"我已经不是相关的人了。"

"但是您跟浅居女士结过婚。"

"刚才我也说过,那是很久以前的事情了。而且我们的婚姻也只维持了三年而已。"

"好像是。"离婚的理由已经从加贺那里听说过了,但此时松宫选择了沉默。因为一旦被问起为什么会知道这些事情,回答起来很麻烦。"但是还有结婚之前的交往期呢。你们曾经在同一个剧团,应该比其他任何人都了解对方的情况吧?"

诹访摆了摆手,好像在说"根本没那么回事"。"其实什么都不知道。我们在一起的时间确实很长,但就算聊天,谈的也是表演的事。她的过去我根本不清楚,而她对我的过去似乎也不感兴趣,从来都没有问过。"

"在我看来，如果喜欢一个人，就会想了解对方的一切。"

"那是正常的恋人之间。我们不一样。我们结婚，是因为被对方的才华吸引。"

"那你们之间并没有相爱的感觉了？"

"要说完全没有也是谎话。我对她也抱有爱意，但她是怎么想的就不知道了，应该从一开始就没有过爱这种情感吧。"

"那怎么可能。你们现在离婚了，您才会这样觉得吧。"

"警察先生，你是什么都不知道才会这样讲。浅居她从一开始就没想过要给我生个孩子，如果她真的爱我，绝对不会那样。"

听加贺讲述时，松宫其实也这样想过，但此时他不能这么轻率地表示认同。"您的心情我能理解，但也不能光靠这个就下定论吧。"他尽量顺着诹访的话说，同时试着让对方再多讲一些。

"并不止这件事。"果然，诹访继续开口了，"浅居在我之前还有过一个关系很深的男人，我想她应该一直都没有办法忘记那个男人。"

这可是个不能忽视的情报。"能请您再说得详细些吗？"

诹访耸了耸肩。"哪还有什么详细的，我知道的也仅此而已。那个男人是谁我也不知道，连她曾经有过别的男人这件事，我都是从别人那里听来的，是一个跟她关系很好的女演员说的。啊，不过她现在已经不演戏了。"

诹访说，女演员的艺名叫月村瑠未。"那应该是浅居二十四五岁的时候吧。有段时间她很奇怪，总是一个人发呆，排戏的时候也不能集中精神。有一天我斥责她到底在搞什么，然后惠美子才告诉我的。啊，惠美子是月村瑠未的本名。她说浅居似乎跟男朋友之间有什么事情，可能是分手了。"

"那真正的情况又怎样呢?"

"不知道。没过多长时间,浅居的状态就恢复了正常。不久,我们就开始交往了。"

"也就是说,她和上一个恋人分手之后,开始和您交往喽?"

"表面上看是这样,不过究竟是什么情况就不知道了。"

"您是说,浅居女士可能一直都忘不了上一个恋人吗?"

"嗯,差不多吧。"

"这样判断的理由是什么?"

"理由啊,只能说我就是这么感觉的……"诹访歪头思考着,不一会儿像是忽然想到了什么,抬起头,"一句话,因为她是演员。"

"这是什么意思?"

"就是字面上的意思。因为她是演员,所以会根据需要扮演不同的角色。演员表露在外的那张脸是不能相信的。"诹访看看表,站了起来,"快到时间了,就先到这里吧。虽然没有浅居那边那么隆重,但我们马上也有个大型公演。"

走出排练馆后,松宫站在路边打了个电话。对方是加贺,刚一接通就问有什么事。

"我就是想了解下进展。"

加贺等日本桥警察局的调查人员应该正在查月份和桥之间的关系。

"我们这边的行动方针都已经跟特别搜查本部的石垣股长汇报过了,现在就是按计划进行。"

"那个我当然知道。我就是想你们那边有没有什么新发现。"

"你管好自己手上的任务就好了。"

"我就是在意。再怎么说,这也是牵扯到自家亲戚的案子啊。"

松宫听到了加贺的一声叹息。"你还真会找借口。坦率地说,没什么进展。我们拿着那张肖像素描图四处询问,并没得到什么有用的情报。我马上要出去转一圈,不过你也别抱太大期望。"

"转一圈?"

"那些桥啊。那些字里出现的桥涉及神田川跟日本桥川这两条河,我正准备乘船去转一圈。"

"船?"松宫握紧了电话,"船在哪里出发?"

"浅草桥。"

"几点出发?"

"三点。"

松宫看了一下时间,就快两点半了。"恭哥,求你了,也带上我吧。"他说着就抬起了手。出租车来得正好。

"你?为什么?"

"我也想去啊。能把那些桥全都转一圈,这样的机会怎能放过呢。"

"可以是可以,但你别迟到,可没闲工夫等你。"

"我知道,已经朝你们那边去了。"松宫钻进出租车,跟驾驶员说了一声"浅草桥"。

松宫到达神田川旁的乘船码头时,离三点还差几分钟。加贺正在入口处等他。"你还真能赶上啊。再等一分钟你不来的话,我就打算出发了。"

"其他人呢?"松宫问。

"没有其他人,就我一个。"

"那多等一会儿又有什么关系。"

"那可不行。船是我以协助调查的名义让别人从行程安排里找空当特别调来的，不能配合你的时间。"

松宫跟在加贺身后上了台阶，走进码头。经过一个小办公室后，等在摇摇晃晃的路前面的，是一艘挤一挤大约能坐二十人的船，甲板上有一把长椅。

上船后，松宫便坐在长椅上环视四周。神田川边停靠着大大小小的船只，而且理所当然地，河岸边的建筑物如今都在他的视线上方。他在东京住了这么长时间，这样的风景还是第一次见。

一个头发染成茶色的男人也上船来了。年龄大概三十过半，体格强壮，手臂看上去很有力。

"那就拜托你了。"加贺跟那人打招呼说。两人看上去似乎认识。

松宫正准备递上名片，男人却摆了摆手。"不用不用。是加贺先生的朋友吧？知道这点就行了。"男人说他姓藤泽。

"你跟加贺认识很久了吗？"松宫问道。

"怎么说呢，应该是加贺先生到日本桥警察局之后才认识的吧。"

"是啊。"加贺点头道。

"一来就问一些奇奇怪怪的事，什么如果像拜七福神一样把桥都转一圈，是不是会有好运气之类的。我都说了从来没听说过那种事情，可他就是不肯罢休。"藤泽苦笑着说。

果然，加贺从很久以前就开始调查十二个月份跟桥之间的关系了。这样想着，松宫觉得胸口似乎有一股热流涌过。接着他突然想起了什么，打开了包。"有件东西想请你帮我看一下。"

"如果是素描图，我已经拿给他看过了。"加贺说。

"啊，是吗？"松宫抬头看着藤泽。

"刚才加贺先生已经拿给我看过了。不过不好意思，我不认识跟画上长得像的人。我这船载过很多客人，或许那里面的确有容貌相像的，但不要总盯着客人的脸看也是干我们这行的规矩……不好意思。"

"啊，不，完全没关系。"松宫将包收了回去。

"靠素描图这种东西确认身份是很困难的。"加贺说，"因为它需要发挥人的感性去判断。像宫本康代女士那样的情况其实很罕见，你最好有心理准备。"

这话松宫也完全认同，他默默地点了点头。

一阵巨大的响动之后，船启动了，船身开始缓缓移动。只见它超越了刚才还排在旁边的屋形船，朝着神田川的上游进发。

"你看看河两边的那些大楼。"加贺说，"这些楼里，有的有很多窗户，有的窗户却非常少。你知道为什么吗？"

"嗯……"松宫歪起头。

"这跟建造时间有关。以前，大家都觉得面朝着河的那一侧只不过是建筑的背面，所以很少设窗户。而现在，能俯视河川也成了楼房的一种价值，所以才开始大量地设置窗户。"

"哦，你知道得还挺清楚啊。"

"那当然，这些都是从藤泽先生那里听来的。"加贺说完，笑着看向驾驶室。像这样乘船去看那些桥，他应该已经做过很多次。

前方已经接近第一座桥了。

"是左卫门桥。"加贺伸手指着，"现在，河的右边是台东区，左边是中央区。但过了那座桥后，左边就是千代田区了。"

"按照挂历上写的来算……"松宫翻开记事本，"三月的左卫门桥之后，是四月的常盘桥。"

"我想你应该也知道，常盘桥是建在日本桥川上的桥。"

"这艘船去日本桥川吧？"

"当然。过了水道桥之后会有分岔口。"

接下来,船开始笔直地前进。从河面眺望的景色对松宫来说很新鲜,万世桥那里的火车站遗址散发出明治时代的气息,而圣桥过去后则是一段充盈着绿色的溪谷,如果没有两旁的建筑物,甚至会让人忘记这里是东京。

"这样看东京,我还是第一次。"

"只从一个角度去观察,根本无法掌握本质,不管是人还是土地。"

听到加贺的这句话,松宫点头说道:"确实。"他继续道,"我去见了浅居女士的前夫,那个姓诹访的人。他这样说:'浅居是一名演员,表露在外的那张脸是不能相信的。'"他又跟加贺说,诹访怀疑浅居博美一直对以前的恋人念念不忘。

"心灵上的恋人啊。对她来说,这种情况或许有可能发生,因为她看上去意志很坚定。"加贺将脸转向松宫,"特别搜查本部对她仍抱有怀疑吗?"

"还是在关注她,但对她的怀疑也确实有所减轻。押谷道子先不提,如今大部分人都认为,杀害越川睦夫是女性绝对无法完成的犯罪。如果有共犯,那自然另当别论。"

"那张素描图拿给她看了吗?"

"坂上前辈拿去给她看了,她也列举了几个觉得相似的人的名字,但那些人都还活着。"

"关于绵部俊一这个名字呢?"

"她好像不知道,但是她的话也不能全信。说到底,她毕竟是个演员。"

船经过水道桥后继续行进,河川在前方分岔了。一条支流几乎呈直角拐向左侧,那就是日本桥川。"以前还真没意识到日本桥川的存在。"松宫不禁低语道。

"其实我也一样。"加贺说,"至于理由,一会儿你就明白了。"

船改变航向,开始沿着日本桥川下行。周围忽然暗了下来,因为首都高速公路就在河流正上方。一根根支撑着道路的粗大水泥柱排列在河的正中央。

"就是因为它。"加贺指了指头顶,"一直往前到差不多跟隅田川交汇的地方,都是这条毫无生机的高速公路。当初为了举办东京奥运会不得不建高速公路,但是用地问题却无法解决,千辛万苦选出来的就是这条路线。即便在谷歌地图上,日本桥川也因为首都高速公路而显得毫无存在感。路过这些桥的时候,与其说是在过河,不如说是在穿过公路的下方。所以即便是生活在东京的我们,平常也几乎意识不到日本桥川的存在。"

"这样啊,我懂了。"

"不过在江户时代,这条河流应该对经济和文化发展做出了很大贡献吧。"加贺注视着昏暗的河面叹息道。

船继续下行,逐渐接近常盘桥。

"一月柳桥、二月浅草桥、三月左卫门桥、四月常盘桥……"松宫翻开记事本读了起来,"这到底是什么意思?是不是每座桥的竣工时间?"

加贺也翻开记事本。"柳桥的竣工时间是昭和四年七月,浅草桥是昭和四年六月,左卫门桥是昭和五年九月。完全不一样。"

也是,这些东西他应该早已查过。

船从常盘桥下经过,石质桥拱让人感受到历史的韵味。

"你之前说过,在小菅那个房间里发现的挂历是每月一翻的吧?"加贺合上记事本问道。

"是的,是一本印有小狗照片的按月翻的挂历。"

"而桥的名字则是写在挂历的角落,每月一个,是吧。"

"是的,有什么问题吗?"

"嗯……"加贺低声沉吟,"比如现在是四月,挂历的角落上写着常盘桥。也就是说,四月份就不需要考虑其他桥了吧?"

松宫想象着挂历挂在墙壁上的情景,点了点头。

"如果只看那些字的表面意思,应该是这样。"

"越川睦夫虽然是三月被杀的,可是四月之后的挂历上已经写好了桥的名字,恐怕是挂历一到手就写上了。由此可见它的重要性。"

下一座桥也近了,是一石桥。

"到了五月,翻过一张挂历。"加贺说着,手上同时做出翻挂历的动作,"然后出现了写好的一石桥。看到这些字,越川睦夫会想些什么呢?"他抱起胳膊,"五月是一石桥,那么这个月必须去一石桥……他是不是这样想的呢?"

"或许是这样,可又是五月的哪一天呢?"

"不知道。我一开始总觉得是五月五日,但是儿童节和一石桥没有任何关系。五月三日宪法纪念日也和桥没什么关系。"

一石桥过去了,接下来是西河岸桥。松宫环视四周,打算找找有没有什么跟六月相关的事物,可河的两岸全是高楼。

西河岸桥之后,终于要到日本桥了。

"七月首先想到的是七夕,不知道日本桥会不会举行什么活动?"松宫问。

"有'七夕浴衣祭'。"

"是吗?"

"七月七日还是'浴衣日'。那一天在银行和旅行社柜台上班的人好像都会穿浴衣。"

"那越川睦夫有可能在那一天来过日本桥。"

"不过很遗憾,这些活动跟桥都没有直接关系。它们的举行范围很广,往东一直能到浅草桥,所以我想它们跟桥应该没有什么关联。"

"说了半天原来是这样。"松宫有些失落,但又暗自佩服加贺早已调查过很多。他在船上仰望日本桥,灯饰下的麒麟像散发着庄严的气息。

在那之后,船依次经过江户桥、铠桥、茅场桥和凑桥,最后穿过丰海桥到达隅田川。沿着隅田川往上游前进,就到了和神田川交汇的地方。如果是观光路线,还要继续顺着隅田川往上,最后一直行到东京晴空塔附近,但今天船直接进入了神田川。

经过柳桥之后,船回到了起点浅草桥。

"怎么样?"下船后,藤泽问松宫。或许是觉得不应该打扰警察之间的对话,开船期间他几乎没有开口。

"是一次很好的经历。下次我想在没工作的时候再来坐一次。"

"请一定来。我推荐从隅田川进入小名木川的路线,那里的扇桥闸门使用两个闸门控制,让船可以在水位完全不同的两条河之间往来。我想你应该会觉得很有意思。"

"明白了。下次我一定来。"

藤泽笑着点了一下头之后,略带犹豫地开了口。"我听了二位的对话,对一个地方有些在意。"

"什么地方?"

"你们刚才不是谈到七夕嘛,说虽然有浴衣祭这样的活动,但是跟日本桥本身没什么关系。"

"那个地方啊。"松宫接着问道,"难道实际上有关系吗?"

"不,浴衣祭跟桥本身应该是没什么关系的,我也从来没听说过。

我是想说，如果问题在桥本身，那七月其实还有一个更大的活动。"

"什么活动？"

"洗桥。"

"啊！"加贺发出一声惊叹，"对啊，还有洗桥。那确实也发生在七月。"

"洗桥？"

"是用刷子清洗日本桥的活动。"藤泽回答道，"还会有洒水车向桥面喷水。"

松宫取出手机搜索，不一会儿便找出很多照片来。其中有人们成群结队地聚集在桥附近，观看水车喷水的照片。

"真的，真是规模不小的活动。"

"让我看看。"加贺说。

松宫于是把显示着图片的手机递了过去。

加贺一动不动地注视着手机屏幕，然后又若有所思地将手机还了回来。

"怎么样？"松宫问。

"如今这个时代谁都可以带着照相机四处走动。如果不问专业或者业余，专门去找那些拍摄过洗桥场面的摄影师，应该能够搜集到数量庞大的照片吧。"

"应该能，光网上就已经有这么多了。"

"反过来说，如果去观看洗桥，那么也有可能被什么人的照相机拍下来。"

"话是没错……你是说，越川睦夫可能被其他人拍到了？"

加贺默默地点头，然后转身面向藤泽道谢："今天真的非常感谢你。"

"能帮上忙就好。"

"帮大忙了。那么我们就先回去了。"加贺大踏步地走了起来。

松宫也向藤泽道谢,随后匆忙追加贺而去。"要搜集洗桥的照片?"

"我打算尝试一下,首先去主办方看看。"

"搜集到了又能怎样?越川到底长什么样子我们又不知道。"

"只能把跟素描图上的形象相似的人全都挑出来。找到一定人数后,再拿去给认识越川睦夫的人辨认。如果有需要,也可以去找宫本康代女士。"

"慢着慢着。你以为那是怎样的数目?话说回来,越川是不是真的去看洗桥了还不知道呢。"

"没错,所以一无所获的可能性也很大。"

"那还要坚持做?"

"当然了,这就是我们的工作。"

加贺走上马路,朝远处眺望着,似乎想要打车。松宫看着他的侧脸,忽然想起了什么。"'无用功的多少会改变调查的结果'——是吧?"

加贺看着松宫,笑了起来。"嗯,是。"

松宫说的,是加贺亡父的口头禅。

10

约好见面的地方在银座,是一家一楼卖点心、二楼卖咖啡的店。走上台阶,对方已经坐在窗边等着了。他正盯着放在桌上的电脑,一脸认真的表情。

"啊,果然已经来了。我就说吧,那个人很少迟到。"金森登纪子对跟在身后的佑辅说。点着头的佑辅看上去似乎有些紧张,他还是第一次跟警察见面。

两人走近时,加贺似乎察觉到了,抬起了头。看到登纪子后,他起身问了声好。"特意把你叫来真是不好意思。"

"好久不见。最近还好吧?"登纪子道。

"嗯,还行吧。"

"有没有好好去医院体检?"登纪子抬头盯着加贺。

"准备下次去……嗯。"加贺露出尴尬的表情后,将视线移向登纪子身后。

"介绍一下,这是我弟弟佑辅。"

"是吗。这次我有些强人所难了,真是不好意思。"加贺递上名片。

"我拍的照片能有什么用吗?"佑辅也递上名片。他的脸上还留有学生的青涩，尽管他已经是一家知名出版社的摄影记者了。

"现在还处于收集资料的阶段，总之照片越多越好。"

三人坐定之后，服务员过来了。加贺让二人随便点一些喜欢的东西，于是登纪子点了一杯冰奶茶。佑辅则说还有事，一会儿就离开，谢绝了。

"感谢你在这么忙的时候对我工作的配合。"加贺谦逊地低头行礼。

"是日本桥洗桥时的照片对吧。"佑辅从外套口袋里掏出一张存储卡，放在加贺面前，"这个就是。我想里面应该有差不多一百张照片。"

"可以让我确认一下吗？"

"当然可以。"

加贺用读卡器将存储卡连接到电脑。他的嘴角挂着笑容，目光却很锐利。那表情让登纪子想起了当初她负责的那名病人加贺隆正——加贺的父亲。那是保有尊严和铁一般意志的人，因为妻子孤独地去世，便决心独自面对死亡。其实在内心深处，登纪子很想跟这对决定分别面对这场人生永别的父子说，这样不对。

登纪子收到加贺的短信是在昨天傍晚，内容是希望她有空时可以联系他。登纪子在医院的工作告一段落之后给他打了电话，而他则说："我有点事情想问你弟弟。你弟弟在出版社担任摄影师吧？"

登纪子很意外。加贺说得没错。

"你怎么知道？"

"父亲葬礼的时候你来帮忙，那时听你提到的。"

加贺给父亲举办葬礼时，登纪子的确去帮过忙。当她听说加贺不准备办一周年祭和两周年祭时，虽觉得不应该多嘴，可还是责备了加贺。但是她并不记得谈论过自己的弟弟。

"是摄影师没错，怎么了？"

于是加贺又问了一个更加奇怪的问题："他有没有去拍摄过日本桥

的洗桥活动?"

"洗桥?那是什么?"

"是一个挺有名的活动。我想,如果他在出版社担任摄影师,或许去拍摄过。能帮我问一下吗?"

登纪子并没有拒绝的理由,答应下来后就挂断了电话。随后,她立即打电话问佑辅,对方则回答:"啊,有啊,大概三年前出江户特刊时去拍过。那又怎么样?"

登纪子让佑辅稍等,挂断电话后又立即联系了加贺。她将佑辅的话转告他,而他则说无论如何想借当时的照片看看,问她能不能帮忙联系。总是站在两人中间负责联络也很麻烦,于是她决定今天三个人一起见面。

"不愧是职业摄影师,照片真不错。"加贺将笔记本电脑转过来,液晶屏幕上显示的是放大了的日本桥。日本桥——以那三个雕刻出来的大字为目标,洒水车的水正喷射而出。

"这似乎是个历史挺悠久的活动呢。"佑辅说,"啊,出版社那边我虽然已经说过,不过如果您打算用这里面的照片……"

"请放心,我一定会事先联系的。"加贺肯定地说。

"那就拜托了。"

饮料端了过来。可能觉得时机刚好吧,佑辅抱着行李站了起来。"那,我就先走了。存储卡您用完交给我姐姐就可以。"

"明白了,我会小心保管。"

"另外还有一件事……加贺先生是单身吗?"

这个问题让登纪子十分意外,她抬起头看着佑辅。这小子想说什么?

"是的。"

"如果是这样,"佑辅说,"下次您能不能约我姐姐出去?不管是吃饭也好,喝酒也好。"

"喂，你说什么呢！"

"姐，你现在可很危险了。虽然看起来还年轻，但早过了三十。爸妈也说让你适可而止，早点解决个人问题。所以，你就当试试看也好……"

"浑球！什么试试看。你赶紧走吧。"

"那，就这样，我先走了。"佑辅单手打了个招呼，便离开座位下楼了。

加贺有些不知所措。

"真是不好意思。"登纪子道歉说，"那小子总是这副模样，净说些无聊的话。他是开玩笑的，你别当真。"

"你弟弟挺有意思的，而且摄影技术也很好。"加贺说着，视线转向了电脑屏幕。

登纪子喝着冰奶茶。"加贺先生现在负责的案子跟洗桥有关系吗？"

加贺锐利的目光转向了她。

"对不起！"她立刻抬手道，"那种事情是不能说的吧。因为那是工作上的机密嘛。"

加贺合上电脑，喝了一口应该早已凉掉的咖啡。"因为跟案件有关。更主要的是，跟我自身的问题也有关。"

"嗯？"登纪子问道，"跟加贺先生有关？"

"现在我还什么都不能说。但最近发生的一起案件的被害人，跟我那在仙台去世的母亲有关系的可能性很大。所以，如果能解决这起案件，或许也能了解更多母亲的事。"

"原来是这样……"

"当然，首先不能公私混淆。"加贺用轻松的口吻说道。

"你母亲的事，你果然还是放不下啊。"

登纪子的话让加贺露出一丝苦笑。"我觉得现在已经为时过晚了，不过能知道的我还是想尽量多知道一些。我想知道母亲当时究竟是怎样的心情。唉，你就当作是一个老大不小的男人的恋母情结吧。"

"虽然我什么都不明白，但我觉得你母亲去世的时候，应该一直在想她唯一的孩子。"

"会吗？"

"一定是这样的。"登纪子不经意地噘起嘴，"以前，我曾经听一位病人跟我说过。那位病人已经知道自己没救了，但她看上去甚至对即将要去的另一个世界充满期待。你知道那是为什么吗？"

加贺无言地摇了摇头。登纪子注视着他，继续说道："那位病人有孩子。'一想到我以后会在那边看着孩子今后的人生，就开心得不得了'——她是这样说的。为了这个，她说即便失去生命也无所谓……"

回想起病人的事，登纪子似乎有些哽咽得说不出话。深呼吸后，她再次注视着加贺。"所以，我想加贺先生的母亲一定也是那样的。"

加贺报以真诚的目光，微笑着点了点头。"谢谢。"

"对不起，我净说些不自量力的话。"

"怎么会。你总是教给我一些警察不知道的事情。"

"因为我是护士嘛。"登纪子挺起胸脯，"要是能找到就好啦，跟你母亲相关的线索。"

"嗯。"加贺说完喝光了咖啡。他像是想起了什么，看着登纪子说："刚才你弟弟说的话，先别把它当笑话，你觉得怎么样？"

"啊？"

"嗯……这次的案子结束后，我想或许可以一起去吃个饭什么的……"

"嗯……"登纪子点点头，"好，我很乐意。到时候你应该可以告诉我更多关于你母亲的事情了吧？"

"要是那样就好了。"加贺面对窗户，视线投向远方。

11

昨夜下起的雨直到午后才停。因为寒流的侵袭，空气里满是跟四月不相符的凛冽。松宫十分后悔没有穿外套出来。

离开特别搜查本部之前，他跟小林谈起此行要去的地方和调查目的。小林虽一直点头，表情却很凝重。应该是觉得无法期待什么成果吧，连松宫自己都这么认为，小林那样也理所当然。跟去谏访建夫那里时一样，这次也不过是消除法的一个步骤而已。

调查工作仍然处于毫无进展的状态。一连几日都有大量人员四处探访，却没能得到什么有用的线索。加贺那边也没有任何消息。以他的作风，肯定已经着手收集洗桥的照片了。松宫眼前浮现出加贺盯着一张张照片时的模样。这个表哥为了查明真相，可以发挥常人难以想象的耐力，这一点松宫通过迄今的来往早已了然于心。

松宫来到代官山。这是一处从车站步行几分钟就可以到达的住宅区，排列着一座座装修精美的独栋住宅。由于事先做过确认，他找到目的地并没有耽误太多时间。这是一所以茶褐色为基调的西洋风格住宅，门牌上写着"冈本"两个字，看上去建成的年头并不久。

松宫按下了门铃。"来了。"一个女人的声音传来。

"我是刚才给你打过电话的松宫。"他没有报上警视厅等头衔。周围虽然不见人影,但谁也不知道会不会有人在一旁听到。

"请进。"听到对方这样说,松宫推开门,径直走到玄关。不一会儿玄关的门也开了,可以看到一张女人的脸。不愧曾经做过演员,五官长得恰到好处,皮肤也很好,根本看不出有四十岁。

"是冈本惠美子女士吧。"

"是。"女人回答道。

松宫亮出证件,又递上名片。"我再自我介绍一下,我是警视厅的松宫。这次突然登门,十分抱歉。"

"没事……"

"你看怎样比较好?如果需要出去边喝茶边聊也可以。"

"不用,请进吧。家里比较安静。"

"那我就失礼了。"

"请进。"对方再次邀请,松宫便迈步走进室内。玄关处飘浮着一股淡淡的空气清新剂的味道。脱鞋处很宽敞,并没有什么多余的鞋子,只有稍大的运动鞋和凉鞋摆放在一角。

"家里还有其他人在吗?"松宫问。

"刚才我儿子放学回来了。"她看了一眼旁边的楼梯。客厅是天井式的,可以看到二楼走廊的扶手。

松宫被带到跟餐厅相邻的客厅。冈本惠美子招呼说请随意,又泡上茶。松宫说了声谢谢,喝了一口。

松宫放下茶杯后环视着室内,惠美子则问道:"怎么了?"

"哦,我以为房间里会挂一些你还是演员时的照片。"

惠美子露出苦笑。"那种东西我才不会挂呢。虽说曾经当过演员,但其实时间很短,而且演的净是些小角色,也没有什么代表作。月村瑠未这个名字,现如今应该没有人知道了。"

"也不是。我在网上搜过,马上就能找出好多呢。"

松宫的话让这名曾经的演员那优雅的眉毛锁到了一起。"网络已经够让我头疼的了。我从来没跟儿子说过自己曾经是演员,但就是因为那东西,以前的好多事情都被他知道了……真的很头疼。"她的语气很是恳切。

惠美子出生于神奈川县川崎市,曾经是巴拉莱卡剧团的一名演员,结婚前的姓氏是梶原。只要搜索月村瑠未这个关键词,很容易就可以找到这些信息,甚至还能看到她年轻时的照片。确实,网络对于普通民众来说很方便,但对于曾经的艺人来说,或许就是个只会惹麻烦的工具。

"我从诹访建夫先生那里听说了你的事情。"松宫说,"刚才我在电话里也已经说过了,关于浅居博美女士,我有一些问题想问你。在你还是演员的时候,跟浅居女士的关系很近吗?"

"是啊。嗯,我觉得算是近的吧,但现在几乎不联系了。"惠美子慎重地回答道。

"我就是想问你跟她关系还近时的事,是浅居女士和诹访先生结婚之前的事。浅居女士好像跟其他男人交往过吧?这件事情你当时知道吗?"

惠美子露出疑惑的表情。"要问那么久以前的事?"

"我是从诹访先生那里听说的。他说有一段时间浅居女士状态不太好,他正担心的时候,你告诉他那可能是因为浅居女士跟男友分手了。"

惠美子的脸色变得有些难看。"确实有这么一回事,那时候我才二十多岁。诹访先生还记得这些事啊。"

"当时浅居女士有男友,这件事你确定吗?"

"我想是确定的。"

"对方是什么样的人?你知道名字吗?"

"不,名字我没听说过。至于是什么样的人,我也不太清楚。"

"那么你可以就你知道的情况谈一谈吗?"

惠美子点点头,眼睛不安地朝上方瞟了一下。"这到底是在查什么案子?如果想知道这些事情,直接去问博美本人不是更好吗?"

"之后应该会去跟她本人确认,但是在那之前需要先询问一下她周围相关的人,这是我们的办案方式。"

"博美牵扯到什么案子了吗?"

松宫露出笑容。"我们现在正在寻找跟一个案件的被害人有关联的所有人,询问一些情况。浅居博美女士也是其中之一。浅居女士跟案件有没有关系现在还不知道。你可以把我们的调查看作是为了搞清楚这个问题而做的工作。"

"那么久以前的事情也能有帮助吗?"

"不知道。从结果来看或许没有任何帮助。我们的工作就是这个样子,还请你理解。"松宫低头行礼道。

惠美子露出些许不满的表情,也点了点头。"因为年纪相同,我跟博美的关系不错,这是事实。但是她有男友这件事却一直没有对我说过。我也是偶然知道的。"

"是怎么回事?"

"有一次她过生日,我想给她送礼物,于是当晚去了她家。因为她之前说过生日当天没有其他事情,会一直在家。"

"大约几点?"

"八九点钟。"

"你是一个人去的吗?"

惠美子微微扬起嘴角。"我当时也有男友,我和那个人一起去的,但他一直在车上等我。"

"这样啊。那接下来呢?"

"但是博美不在家。我很失望地回到了男友的车上,结果她那个时候刚好回来,而且是同一个男人一起。因为我们在车里,她似乎并没有察觉。我当时很迷茫,不知道该怎么办。就在我犹豫的时候,他们在公寓门前停下了脚步……"惠美子带着有些俏皮的表情继续说道,"在黑暗中吻别。"

"哦,是这样。"

"那个男人见博美走进公寓后便转身离去了。然后我又重新拿上礼物去了她的房间。她十分意外,也很开心,不过好像也有些疑惑,可能在想为什么她刚到家我就来了。那时候我就跟她直说了,说我刚才看见他们两个人。她有些害羞,只告诉我不要对别人提起。"

"你看到那个男人的脸了吗?"

惠美子摇了摇头。"当时很暗,而且角度也不好,看得并不清楚。"

"关于那个男人,你没有从浅居女士那里听到更详细的情况吗?"

"她说那是从前就一直很照顾她的人,除此以外就没有别的了。我也不大喜欢对别人的事情刨根问底。"

"和那个男人分手的事情,也是从浅居女士本人那里听说的吗?"

"不,那只是我的想象。因为我发现她开始不戴项链了。"

"项链?"

"是一条宝石挂坠的项链。她很多时候都戴,但从某个时期开始忽然就不戴了。啊,对了,她的生日是在七月。"惠美子像是忽然想了起来,补充道,"那个宝石就是七月的诞生石,所以我才觉得,那或许是男友送她的礼物。"

"诹访先生提到觉得浅居女士有些奇怪的时候,刚好就是那个时候吗?"

"是的。"

松宫点点头。惠美子的话有一定可信度,她关于项链可能是来自男友的礼物这个猜想,很有可能是准确的。

"这些就是我知道的全部了,除此之外我也没有什么好说的。"

"那么除了你,还有其他人知道浅居女士男友的情况,或者可能知道吗?"

"嗯……我不清楚。"

"最后一个问题。绵部俊一,或者越川睦夫,听到这两个名字,你会联想到什么吗?汉字是这样写的。"松宫摊开记事本,将写有两个名字的那一页展示给惠美子看。

她皱紧眉头盯着记事本看了一会儿。"很抱歉,这两个名字我都没有印象。"她一边说还一边摇头。

松宫回到特别搜查本部后,发现里面的气氛似乎有了微妙的变化。以小林为中心,好几个刑警正聚集在一起讨论着什么,其中也有坂上。松宫从坂上的神情举止中感觉到了许久未有的活力。

"哦,怎么样?"小林问松宫道。那声音听上去也是乐观而开朗。

松宫将从冈本惠美子那里听到的事情报告给小林。

"男人的真实身份还不知道啊……嗯,这也是没办法的事。我想跟这次的案子也没什么关系。大致情况我知道了,这件事就到此为止吧,辛苦你了。"

松宫低头行礼,顺便瞟了一眼旁边的桌子。上面放了一份时刻表,而且看起来十分老旧,显示的印刷年份是距今大约二十年前。

"这份时刻表是……"

"鉴定组有了重大发现。首先,他们对时刻表上的指纹进行了对比,发现有好几处都跟从越川睦夫家里采集到的指纹一致。"

松宫瞪大了眼睛。"真的吗?"

"应该没错。这样一来,越川睦夫和曾经生活在仙台的绵部俊一是同一个人,这件事已经得到了客观证明。鉴定组报告说,从指纹附着的数量和位置来考虑,经常使用这张时刻表的,很可能不是加贺的母亲,而是绵部俊一。"

听了小林的话,松宫也直点头。"据加贺警部补说,他的母亲似乎并不是一个爱出门的人,应该不需要什么时刻表。这确实算得上是一个重大发现啊。"

"现在就吃惊还太早。鉴定组替我们检查了附着在这份时刻表所有页面上的指纹,结果发现,指纹竟然集中附着在特定的页面上。"小林拿起桌上的一张照片给松宫看。

照片上是翻开到某一页的时刻表,由于拍摄时的光线很暗,看不清是哪一页,但是页面两端却可以看到好几个凸显的绿色指纹。这应该是用特定的光源和胶卷拍摄的照片,是最新的指纹鉴定技术。

"就是这一页。"小林摊开时刻表说。那是记载着仙石线运行时刻的页面。仙石线是连接仙台和石卷的铁路。"而且鉴定组通过进一步的检查还发现,有一个车站的名字似乎被指尖频繁地触摸过,就是这个车站。"他指着的正是"石卷"这个站名。

"也就是说,他曾频繁地往来于仙台和石卷之间吗?"

"是否频繁还不知道,但他肯定在两地之间往返过。问题是他为什么要去石卷。"

"要说石卷……那里最有名的应该是渔业吧。"

"哈哈！"后方传来了笑声，是坂上，"跟我说了一样的话。唉，通常应该都会这样想吧。"

"不是吗？"松宫问小林。

小林的脸上挂着得意的笑容。"你们这些网络时代的人都没有用过纸质的时刻表，只会这样单纯地思考。眼前摆着的是从仙台发往石卷的时刻表，又听说石卷这两个字上有被触摸过的痕迹，就认定那里是最终目的地。"

"啊！"松宫不自觉地叹道，"对啊，也有可能是在那里换乘。"

"正是。其实，还有其他附着了不少指纹的页面。"小林将时刻表翻到下一页。上面记载着石卷线的运行时刻。那是连接小牛田站和女川站的线路，途经石卷站。"报告说这一页也有被指尖触摸过的痕迹，是这一站。"他指了指。

"女川站……"

松宫低吟着，而小林则表情严肃地点了点头。"是石卷线的终点站。从这里再也去不了其他任何地方，是不是应该认为绵部的最终目的地是女川呢？"

"女川的话……"

"核电站。"后方再次传来声音，不过这次不是坂上。松宫转身一看，发现加贺正走过来，手里提着一个纸袋。

"加贺，劳烦你跑一趟真是对不住了。"小林说。

"没事，我在电话里也说过，我也正打算联系你们呢。"加贺来到松宫等人身边，将纸袋放到地上，"时刻表上发现指纹了吗？"

"是的，问题就出在这一页上。"小林指了指石卷线的时刻表。加贺将时刻表拿在手上，低声沉吟起来。

"在我手上放了这么长时间，我竟然毫无察觉。"

"也不奇怪，因为光靠肉眼也没办法确认指纹的存在嘛。而且这么长时间你一直都没有直接用手触摸过它，这真是帮了我们大忙了。"

"这个嘛，早成习惯了。"

"怎么样，你说关于核电站你有些想法是吧。"

加贺将时刻表还给小林，回答道："是。以前，我听宫本康代女士说，母亲曾经告诉她，绵部俊一从事的是跟电力建设相关的工作。刚才，我又打电话给宫本女士确认了一下，果然没错。但究竟是不是核电站，她就不知道了。"

"现在由于受地震的影响交通不便，但是当时在女川和仙台之间往返只需要一个半小时。绵部俊一作为核电站的工作人员，平时在女川，休息的时候则去仙台的可能性很大。"

"我也这样认为。据宫本女士说，绵部因为工作地点较远，有一段时间是不在宫城县内的。大部分核电站的工作人员在定期检查维护工作结束之后，就会视工作情况转移到其他核电站。"

"那就这么定了，去找女川核电站的工作人员问问看吧。喂，你安排一下。"

被叫到的刑警应了一声"明白"，便和其他人一起围在桌边。

"终于又进了一步，这样一来股长在面子上也过得去了。"小林带着如释重负的表情将时刻表放回桌上。

"今天石垣先生去哪儿了？"加贺问。

"同管理官一起去警视厅了。对了，你说你也有事要报告是吧？就由我代他听吧。"

加贺从放在地上的纸袋里掏出一个十分厚的册子。"或许你们已经从松宫那里听说了，我正在调查七月份在日本桥举行的洗桥活动，收集相关照片。这些就是其中的一部分。"

"我听说了。着眼点是不错,但总觉得结果很难说啊。你究竟收集了多少张?"

加贺稍稍歪着头答道:"四处收集了一圈之后……总共大约有五千张吧。"

小林惊讶地张嘴看着松宫,松宫也说不出话来。"你打算从中找出跟越川也就是绵部俊一相像的人吗?光靠一张素描图……"

"确实是一件困难的工作。年轻部下手上暂时没工作时,我也让他们帮我做,但进展还是不顺利。素描图这种东西,不同的人看起来可能感觉也不一样。"

"是吧。那今天是为了什么事呢?"

加贺翻开手上的册子。"能不能找出绵部还不知道,但是我发现了一张拍到重要人物的照片,就拿过来了。"

"重要人物?"

"看一下就知道了。"加贺指着的,是一张孩子们正拿着刷子清洗桥面的照片。附近的大人们正举着相机对他们拍照。但就这张照片来说,以上这些只不过是背景,拍摄者很明显将焦点对准了他眼前一个女人的侧脸。稍显浓密的眉毛、长而深邃的眼角、轮廓柔和的鼻梁,还有紧闭着的令人感受到其坚强意志的双唇——正是浅居博美无疑。

"啊,是吗,这张照片也在里面啊。真是没想到。"矢口辉正将照片拿在手里,缩了缩脖子。他的年龄看上去大约四十五岁。个子较小,身材较胖,毛衣下的肚子圆滚滚地凸着。

"看日期的话,应该是八年前照的吧?"听到加贺的提问,矢口轻轻点了下头。"没错。那已经是第三年被委托去拍洗桥的照片了,该拍摄的点等细节也掌握了不少。"

"这张照片看上去并不像是偶然拍下的……"

"那个……嗯,是特意拍的。"矢口不好意思地笑着,右手挠着后脑勺,"当时正在拍摄孩子们洗桥的照片,结果忽然发现旁边的不是角仓博美嘛。之前她一直戴着太阳镜,所以我也没注意到,但那个时候眼镜是摘下来的。我以前就很喜欢她。如今她自己好像并不怎么演戏了,不过演员就是演员啊,脸上的神采跟一般人完全不一样,我就偷偷地按下了快门。这张照片我倒是完全忘记了,在交给警察之前自己先看一遍就好了。"

松宫和加贺来到了银座的咖啡店。他们是来见自由摄影师矢口的。矢口受某家旅行社所托,从十年前开始便一直在拍摄日本桥的洗桥活动。就是在那些照片里,加贺找到了有问题的那一张。

"照下来的就只有这一张吗?"加贺问道。

"角仓博美的照片就只有这一张。如果被她本人发现,惹了麻烦也不好嘛。而且我刚才也说过,她拿下太阳镜也只有那一瞬间而已。"矢口抿嘴吸着吸管,喝了一口冰咖啡。

"她当时是一个人吗?没有人跟她一起?"

"嗯……"矢口歪起了头,"或许有其他什么人,但是我没有注意到。我也记得不是很清楚了,但感觉她好像是独自一人站在那里的。"

"是吗。独自一人……"

"那个……"矢口来回看着加贺和松宫,"这到底是关于什么的调查?这张照片有什么问题吗?"

"不,绝对不是这个原因。"加贺回答,"前几天我也跟你说过,现在有一个案子可能跟洗桥活动有关联。而我们在对借来的照片等进行分析的时候,发现只有这张里面出现了一名女演员,就猜测是不是因为这一年有什么特别之处。"

"哦，原来是这么回事。没有啊，我觉得没什么特别的地方，跟以前一样。就像我刚才说的，只不过因为偶然发现角仓博美才拍下来了。"

"是吗。那么你当时跟角仓女士交谈过吗？"

"没有。"矢口摆手道。

加贺给松宫使了个眼神，意思像是在说你有没有什么要问的。

"在洗桥的时候看见角仓女士，只有这个时间吗？"松宫问。

"是的。也许她每年都来，但是我没有碰到过。"

听到矢口的答案后，松宫低头行礼道："非常感谢。"

走出咖啡店后，加贺问道："你怎么看？"

"这次中大奖了，绝对没错。"松宫立刻答道，"挂历上的文字跟浅居博美有关。八年前的七月，她曾经去过日本桥，而且很显然是偷偷去的。搞不好，她一月还去过柳桥，二月去过浅草桥。三月嘛，嗯……"

"左卫门桥。四月是常盘桥。"

"对对。她会不会按照挂历上写的顺序去过所有的桥呢？搞不好她每年……"

"可能性是有的。"

"如果这个推理没错，那就说明浅居女士同押谷道子和越川睦夫这两个被害人之间有关联。"

"算是吧。"加贺的声音有些低沉。

"恭哥的心情我是可以理解的，你不希望怀疑浅居女士吧。但是事情既然已经到了这一步，就必须要舍弃私人感情了。"

"要说完全没有私人感情那是骗人的，不想怀疑她也是事实。但正因为这样，我才不得不去确认。盯着那五千多张照片的时候，或许我的心里一直都希望不要看到她的身影。"

"她的身影？恭哥，你不是在找素描图上的人吗？"

"表面上是。那种时候我如果轻易插手对浅居女士的调查，对你们也太不尊重了吧。"

"原来是这样。我当时也觉得不合理呢。"

"就算再怎么厉害，光凭一张素描图，我也不认为能从五千多张照片里找出一个自己从来没见过的人。"

"那你不是说还让年轻的部下帮忙了吗？"

加贺苦笑道："撒个小谎而已。"

"什么啊，原来是这样。那恭哥其实一直觉得浅居女士很可疑？因为你一直很在意她，所以反而更容易注意到吧。"

加贺面色凝重地指了指松宫的胸口。"正是这点。有个问题我一直很在意：这次的案子跟我个人的相关之处太多了。越川睦夫就是绵部俊一这点就先不说了。长年干刑警这一行，自己刚好认识被害人的事情多少也会发生，但是连嫌疑人都是我认识的，这不是太巧合了吗？我知道这两个人完全是因为不同的事情。"

"我倒也是这样想的，但是真的发生了也没有办法。只因为太过偶然，就把浅居女士从嫌疑人名单中剔除，那可不行。"

加贺摇了摇头。"我可没有那样说过。"

"那，你说的是什么意思？"

"这不是偶然，而是必然吧。我是这个意思。"加贺望向远方。

12

博美如同往常一样走进明治座的事务所，一个熟识的女员工叫了一声"角仓女士"后走上前来。"有一位客人进来找您，就是这个人。"

看到她递过来的名片，博美忽然有种不祥的预感，但还是若无其事地"哦"了一声，爽朗地问道："他现在什么地方？"

"在会客室。我给您带路。"

博美打开房门，看见一个背影。只有一个人。对方还未转身，博美便说着"让你久等啦"，朝那个宽阔的背影走去。

加贺转过身，站了起来。"百忙之中多有打扰，真是抱歉。"说着他行了个礼。

"时间确实是有些紧，但如果是来谈观后感，那绝对欢迎。"博美招呼他坐下，自己则坐在他的对面，"怎么样，《新编曾根崎殉情》的感觉如何？"

加贺猛地坐直身子。"一句话，太感动了。除了完美之外无话可说。回家后我才发现，两只手都红了，因为鼓掌鼓太久了。"他说着摊开两只手让她看。

"听你这样说我就放心了。这下子不用叫我退钱了吧。"

"给双倍的钱都没问题。我还想推荐别人来看呢,不过公演快结束了吧。"

"感觉真是一眨眼的工夫。现在看来好像可以平安无事地结束了,我也松了口气。不过说是这么说,现在还不能松懈。"

"因为这和电影不一样,是靠有血有肉的人现场表演。衷心希望到最后一刻都不会出现问题。"

"谢谢。那个,加贺先生。"博美看了一眼时钟,"我还想多听听你的感想,可是时间……"

"啊,真是不好意思。"加贺起身道。

有那么一瞬间,博美还以为加贺真的只是来聊自己的感想。但他像是又改变了主意似的停止了起身的动作。"我可不可以问一个比较奇怪的问题?"说完他再次坐下。

"什么问题?"

"这个,你还记得吗?"

接过照片一看,博美愣住了。因为照片里正是她自己。只看了一眼背景,她立刻明白了那是什么时候的照片。"为什么加贺先生手里会有这……"

"因为一个案子的调查需要,我搜集了日本桥洗桥活动的照片,结果很偶然地发现了这张。"

加贺将修长的手臂伸了过来,博美于是将照片递还。"真是意外,我完全不知道自己被拍下来了。"

"是吧。这似乎是八年前呢。洗桥活动你每年都去看吗?"

"不,仅那一次而已。"

"跟别人一起?"

博美有些迷茫,不知道该怎么回答,但最后还是说道:"就我一个人。"

"那你是专程为了看洗桥,才去日本桥的吗?"

"不,只是偶然路过。看到好多人聚在一起,我觉得好奇。那个……有什么问题吗?"

"没有,只不过我在想你是不是对桥很感兴趣。"加贺将照片放回怀里。

"桥……吗?"

"今年一月份,你好像去过柳桥吧。"

"啊?"博美的眉头紧锁,"柳桥?什么意思?"

"没去过?那就怪了。"加贺拿出记事本翻开,歪头思考起来。

"你在说什么呢?"

"没什么,只不过有人说今年一月曾在柳桥附近见过你,说肯定是你没错。不过具体是一月的哪一天,那个人好像并不记得了。你再好好想想,是不是忘记了?"加贺紧紧地盯着博美的眼睛问道。

博美也继续跟加贺对视,微笑着轻轻摇头。"没有,我没去过那里。柳桥那里我连靠近都没靠近过。那个人一定是认错人了。"

加贺点头。"是吗。如果你这样说,那应该就没错。真是失礼了。我还以为如果你一月去过柳桥,那你一定知道关于巡桥的规矩呢。"

"巡桥的规矩?那是什么?"

"是这个。"加贺翻开记事本,指给博美看。"一月柳桥,二月浅草桥,三月左卫门桥……"上面如此排列着十二个月份和桥的名称。

"这个,其他警察也拿给我看过,他说他姓坂上。当时他拿着一张怪怪的素描图,还就这个问题问我知不知道什么。加贺先生,你也在查那个案子吗?押谷道子被杀的案子……"博美此时的神情仿佛多少有过怀疑,但如今终于恍然大悟。

"我只查这一件事情,因为这里写的桥全都在我的管辖区域之内。"

加贺用指尖戳着记事本，"你觉得这究竟是什么意思呢？"

"我完全不知道。而且如果是关于日本桥，加贺先生应该比我清楚得多吧。"

"有时候当局者迷嘛，所以我还是想问问你的看法。"

"那要让你失望了，真是不好意思。"博美再次看表，"你想问的就是这些吗？"

"就是这些。你这么忙还耽误你的时间，真是非常抱歉。"加贺合上记事本，站了起来。他刚迈步朝门的方向走去，又马上停下脚步。"我再问一个问题可以吗？"他转身说。

"什么问题？"

"当初，你为什么去滨町？"

"滨町？"

"滨町公园的那个体育中心。你跑来说，希望我可以教孩子们剑道。但如果只是学剑道，去附近的道场就可以。为什么非要特意到离你家和事务所都绝不算近的滨町来不可呢？我觉得这很不可思议。"

"你这么说，我也……那个时候我在网络上搜索，偶然发现了日本桥警察局主办的剑道课程的信息。如果非要问我为什么不可，那我也只能回答没什么特别的原因。为什么你要这样问呢？"

"来这里的路上，我看到了滨町公园，就产生了这个疑问。如果没有什么特别的理由，那就没事了。请忘记我刚才的话吧。那我就先告辞了。祝今晚的演出顺利。"

"我也祝加贺先生的调查工作进展顺利。"

"多谢，我会努力的。"加贺打开房门，走了出去。

博美又看了看表，差不多已经到非走不可的时间了，可她却完全不想起身，看了看手心，全是冷汗。"有人说今年一月曾在柳桥附近见过你"——那恐怕是他在虚张声势吧。不可能有那样的人存在，因为她今年一月真的没有去过柳桥，但是加贺怀疑她去过。恐怕他还推测她是按照那个顺序每月去一座桥吧。所以他认为只要说出目击者的存在，她或许就会承认。

虽然已经很接近了，可加贺什么都不明白。

不过，如果那个问题是"今年三月，有人在左卫门桥见过你"，结果又会如何呢？自己还能像刚才那样表现得若无其事吗？博美想。

13

在东海道新干线和东海道本线新快速列车上颠簸了将近三个小时后,到达目的地车站已是下午两点过后了。

"终于到了。"坂上在站台上伸了个懒腰,"真没想到还会再次来到滋贺县。哎,这次又会有什么发现呢?"

"真是很期待,希望那条消息有用。"

"当然啦。但如果那条消息真的有用,那么它跟这起案件有什么关联,这个问题就必须查清楚。"一贯爱开玩笑的坂上今天却一直保持着严肃的神情,恐怕他也觉得这次的出差任务至关重要。

由于加贺找到的那张照片,浅居博美跟这起案件有关的看法得到进一步支持。这样一来,押谷道子和浅居博美都认识被杀害的越川睦夫即绵部俊一的可能性就很大了。但是两人的交集只在初中时代,于是搜查本部要求滋贺县警协助调查,希望找出当时她们周围年龄在三十岁以上的男人中如今是否有人行踪不明。

他们得到这条颇有价值的消息是在昨天傍晚。押谷道子等人初二时的班主任苗村现在已经失去了联系,而当警方试图调查他留在当时居住地的档案时,发现他的档案由于本人变更住址后长期没有上报,早在十五年前就被强制销档了。由于现阶段还没有找到其他行踪不明的人，特别搜查本部当然不能对这个线索视而不见。于是松宫二人被紧急调派到这里。

从车站的东口出来后，旁边就是一个派出所。或许出去巡逻了吧，里面并没有穿制服的警察，只有一个戴眼镜、穿西服的男人坐在那里，年纪四十左右，黑色短发，个子不高，肩膀却很宽。

看到松宫二人走近，男人站了起来。"是警视厅来的吧？"他操着大阪口音问道。

松宫回答说"是"，男人于是从内袋里掏出一张名片。"远道而来真是辛苦你们了。我是从东近江警察局来的。"

他姓若林，是刑事科的巡查部长。松宫二人也递上名片，分别做了自我介绍。

"这次非常感谢你们给我们提供了重要线索。"坂上又道谢说。

"能帮上忙就好。"

"从您今早发过来的邮件看，苗村老师似乎没有家属啊。"隔着桌子相对坐下后，松宫首先开口。

"是的。他好像结过婚，但是十九年前就离婚了，随后就离开了之前住的房子。但他并没有转户籍，所以别人住进他的房子后，还是会收到一些民政机关寄给他的信件。那人于是去投诉，这才销了他的户籍档案。大致情况就是这样。"

"十九年前……"松宫从包里取出文件夹，"苗村老师辞去初中的工作，好像也是那个时候吧。"

"没错，他是三月三十一日离职的。离婚就是在那之后不久，我想或许有关系。"

"他前妻的联系方式您知道吗？"今天早上送过来的资料里并没有

这一项。

"知道是知道,不过很遗憾,她已经去世了。"

"啊,是吗。"

"离婚之后她就回了位于大津的老家,之后一直在家教授裁缝手艺。但是八年前被确诊为大肠癌,两年后就去世了。"

"这些消息是听谁说的?"坂上插嘴道。

"是她的妹妹。现在她妹妹和妹夫还住在那个老家。"

"不知道我们可不可以去问问她妹妹相关的情况?"

"我想没问题,之后我会试着联系。"

"不过,"松宫道,"苗村老师的照片您找到了吗?之前您说可以找学校要。"

"那个嘛……"若林说着,将放在脚边的纸袋放到大腿上,"再怎么说都是很久以前的事情了,现在只剩下毕业纪念册,我先借了两本过来。"他从纸袋里掏出册子放到桌上,"这个是押谷女士等人毕业时的,这个是苗村老师辞职那年的。"

"请让我看看。"坂上说着便翻开了较新的那一本,松宫则将手伸向了较旧的。里面的黑白照片和彩色照片大概各占一半。男学生穿的是立领制服,女学生穿的是水手服。找到押谷道子稍微花了些功夫,因为光看脸没能认出来——照片里是一个大眼睛、面庞可爱的少女,身形消瘦。

正准备再找浅居博美,松宫又意识到这里面并没有她,于是放弃改为找苗村老师。在三年级三班的照片上,松宫找到了那个身影。年龄大概三十过半,可能还更大,头发稍长,身材和脸有些圆。

松宫回想着那张素描图。眼前这个人在三十年后会变成什么模样呢?会变成那个面色阴沉、身形瘦弱的老人吗?

"你那边怎么样?"坂上问。

"我总觉得有些不一样。"松宫将摊开的相册推给坂上。

"是吗?我倒是觉得找对了。"

看了坂上指着的照片,松宫倒吸一口凉气。那张也是集体照,但照片里的苗村老师却瘦得惊人,表情也很阴暗,简直和松宫手里的那张判若两人。

"人竟然会有如此大的变化……"松宫不禁叹道。

"照这样下去再过二十年,成为素描图里那样的人就不足为奇了。"

"确实……"

"这个,可以由我们暂时保管吗?"松宫问若林。

"那当然。"若林回答。不知什么地方响起了电话铃声,只见若林从怀里取出手机,放到耳边。"喂……啊,真不好意思……是吗……嗯,这边他们也已经到了……好,那么再联络。"挂断电话后,他将脸转向松宫二人。"各位,人已经齐了。其中有个人是经营餐馆的,他愿意给我们提供场所,从这里步行过去大约十分钟。"

"是苗村老师的学生吧。"松宫确认道。

"是的。是押谷道子女士初二的同班同学。"

"老师那边怎么样呢?"坂上问,"就是跟苗村老师在同一时期执教的老师。"

"那边也在准备。"若林看了一下手表,"会让那些人在其他地方集合,因为他们的住处十分分散。我想要不了多久,我们局里就会有人开车过来,到时候就由那个人带路。"

"是吗……那,我就在这里等吧。松宫,那边就由你去,把相册留下就算是帮我忙了。"

"明白了。"松宫拿着包站起身。

出了派出所,松宫便跟在若林身后。他边走边打量四周,发现这

145

里的车站已经改成崭新的拱门式设计,这让他略微有些意外。他将这个想法告诉若林,对方则显得很开心。"最近这里的人口增加了不少,很多地方都焕然一新了。交通也更便捷,从这里出发去京都、大阪或者神户上班都很方便。"

若林说,现在车站后面开发得很迅速,建起了购物中心等一系列设施。所以反过来,原本车站的正面,也就是东口这边倒显得有些落寞了。

二人顺着一条排列着小商店的道路前进,那一间间拉下了卷帘门的店面确实令人忧心,宣传着黄金周期间大降价活动的喇叭声在街道上空洞地回响。

若林停下脚步。"你们问起的'浅居洋货店',以前就在这条街上,就在那处空地附近。"他指着道路对面说。

松宫看了看那片杂草丛生的方形空地,又环视四周。三十年前这里的景象,他怎么也想不出来。

在浅居博美被送到孤儿院后,浅居洋货店很快就被转交给别人拆掉。虽说店面原本就是租借来的,但其所有权最终是如何处理的就不得而知了。父亲去世,又失去了家,浅居博美究竟是以怎样的心境熬过之后的那段时间呢?松宫想着这些,心里有些苦闷。

又走了几分钟后,若林在一家餐馆前停了下来。"就是这家店。"

展示橱窗里摆着拉面和亲子饭等料理的模型,看上去是一家开了很多年的店。店门口挂着"准备中"的牌子。

松宫跟着若林走进店里,里面摆着一些方桌,其中一张桌子周围坐着一个男人和两个女人。三人理应和浅居博美年龄相同,但看上去老不少,应该是因为浅居博美太过特别。

"对不起,让各位久等了。这是从警视厅来的松宫先生。"若林向三人介绍道。他接着又指着那个男人说:"这位是经营这家店的滨野先生。"

"这次能获得你的协助,真是太感谢了。"松宫低头行礼。

滨野摸了摸已略微有些稀疏的头发。"警察告诉我让我把初中同学召集起来,能联系上的我都打过招呼了。另外还有几个男同学,但是因为工作今天不能过来……"

"足够了。麻烦你了。那么,能否先请各位告诉我你们的名字和联系方式呢?"

"那个早就写好了。"若林从怀里掏出一张折好的纸,上面写有三个人的姓名、住址以及电话号码。松宫对着纸一一叫过名字,确认了他们的长相。

"首先我想问的是,"刚坐到椅子上,松宫便立刻切入正题,"押谷道子女士死亡的事情,各位知道吗?"

三个人一起摇头。

"完全不知道。这是头一次听说,吓了一跳呢。"这番话出自那个稍稍有些胖的女人,名叫谷川昭子。那张纸上写着她的旧姓是铃木。

"我也一样。押谷我记得很清楚,但是她如今在什么地方做什么事情就不知道了。"头发烫成大波浪的桥本久美答道。

"我们听说她是被杀的,是那样吗?"餐馆老板滨野问。

"这种可能性很大。"

三人的脸上同时布满阴霾。

"各位小学和初中都和押谷女士同校吧?"看到他们点头后,松宫继续道,"押谷女士当时是怎样的学生呢?"

三人对视了一番,还是女人先开了口。

"要说怎么样……"

"不是很醒目,但也不是很土……"

"嗯……硬要说的话,应该算活泼那一型的吧?"

"成绩倒是很普通。"

"嗯,不是那种当班长的类型。"

两个女人你来我往地说完这些,滨野又轻声说:"我不怎么记得了。"

"关于押谷女士的事情,有没有什么让各位印象深刻的?"

这个问题让三人思考了很久。

"有什么吗?"

"嗯……"

"除了她会玩躲避球,我没有任何印象。"

还是老样子,女人们不停地说着,滨野则闷不作声。

"那么,跟押谷女士没有什么特别关系的事情也可以。总之当时发生过的事情里,如果有什么让各位印象深刻的,可以告诉我吗?"

这个问题的回答就相当多了。商店街上发生的小火灾啦,闯进小学里的小偷啦,初中学园祭的时候原籍当地的歌手回到校园啦,这些事情从他们的嘴里娓娓道来。松宫虽将这些全都记了下来,但心里有种深深的徒劳感。因为不管怎么看,这些事情都跟押谷道子或者浅居博美没有关系。

这时,一个看上去应该是滨野妻子的女人出现,给所有人端上了咖啡。"承蒙关照。"松宫道谢。他决定直接切入话题的核心。"那么,各位还记得浅居博美女士吗?"

或许是出乎意料的关系,这个名字出现后,三人都露出了些许惊讶之色。

"是角仓博美吧?以前是个演员。"谷川昭子说。

"是的。她在这边算是名人吧。"

"嗯……不好说。"滨野歪着头道,"大概是十年前吧,同年级的同学告诉了我她的事情,在那之前我什么都不知道。浅居的事情几乎不记得了，有个叫角仓博美的演员这件事，我更是从一开始就不知道。"

"可能因为是个戏剧演员吧，也不怎么上电视，应该是属于那种'懂的人才知道'的演员。而且不知从什么时候开始就不怎么出现了，当时我还想着演艺圈真的不好混呢。"桥本久美道。

这样看来，押谷道子跟浅居博美的关系果然特别亲近。恐怕从浅居博美当演员开始，押谷道子就一直在关注她的动向。

"浅居博美女士是个什么样的学生呢？"

"嗯……"滨野沉吟起来，"我啊，恐怕跟她连话都没说过。"

"二位呢？"

"我还记得。"谷川昭子说，"我觉得那时候，与其说她长得漂亮，还不如说长得挺凶的。可能就是因为这样，她看上去很要强，让人感觉很难沟通。"

"嗯，也不是个行为浮夸的人。"

"关于浅居女士，有没有什么印象深刻的事呢？"

这时，谷川昭子露出了些许为难的神情。"这……该不该说呢？"

"曾经发生过什么事？"

"嗯……算是吧。但浅居怎么了？押谷被杀跟她有什么关系吗？"谷川昭子用疑惑的眼神看着松宫问道。

"因为案子是在东京发生的，所以押谷女士认识的、现在生活在东京的人，我们都要从各方面进行调查。这只是工作的一部分。浅居博美女士也生活在东京。"早料到会有人问这个问题，松宫回答得很流利。

谷川昭子似乎仍然有些难以接受，不过还是点了点头。"那么久以前的事情，能有什么帮助吗？"

"不管是多琐碎的事情都可以，麻烦你们了。"

"嗯……反正已经是很久以前的事情了，我想也没关系吧。按照现在的话来说,应该算是校园欺凌吧,类似这样的事情。"

"欺凌?是谁被欺凌了?"

"就是浅居啊。说是欺凌,但也没有暴力行为,就是大家都说她的坏话,大概是那种程度。"

一旁听着的滨野问道:"还有过这种事情?"

"有、有,我记得。"桥本久美睁大了眼睛,"虽然时间不长,但我想滨野应该也跟大家一起干过。"

"啊?是吗?完全没印象。"滨野摇摇头。

都是这样吧,松宫听着他们的对话想道。被欺凌的人心里留下了永远的伤口,可施加了伤害的人却连事情本身都不记得。

"欺凌的原因是什么呢?"

"应该是因为她家里的事情。她母亲离家出走,后来家里的店好像也出了问题,经常有黑社会的人进出……大致就是这样吧。"

"那押谷女士也参与了吗?"

"押谷……有没有呢?"谷川昭子眉头紧锁。

"不,我想她应该没有。"桥本久美笃定地说道,"那两个人关系一直很好,我感觉当时只有她一个人站出来保护。"

"啊,好像是的。"

"那会不会连押谷女士也被欺负了呢?"松宫问道。

"不,我没有欺负过她的记忆。"谷川昭子说,"而且对浅居的欺负时间并不长,当时的班主任好像有所察觉,找了好几个学生训话。"

班主任——重要的关键词出现了。

"后来没过多久,浅居就转学了吧?"桥本久美跟谷川昭子确认道。

"是,是,"谷川昭子点头,"那之后她很快就转学了嘛。"

"哦,是吗。"滨野若有所思地抱着胳膊,"所以我才不怎么记得浅居的事情啊。"

"转学的原因知道吗？"

"知道吗？好像不知道吧。"谷川昭子在桥本久美表示赞同后看着松宫，"她突然间不来学校，后来才听说是转学了。"

"她因为父亲去世而被送到了孤儿院，这件事情各位不知道吗？"

"孤儿院？是这样吗？完全不知道。"对方冷冰冰地说。

看来对于他们来说，浅居博美并不是什么大不了的存在。

"啊，不过……"桥本久美似乎想起了什么，"就一次，我们被要求给浅居写信来着。老师让写的。"

"写信？为什么？"

"记得不是很清楚，但好像是让大家一起写信鼓励转学的浅居。我还记得大家确实一起弄了类似慰问信的东西。"

"啊，你说的我好像有点印象。那时候的信，原来是这么回事啊。我今天还是头一次知道呢。"谷川昭子说。滨野好像还是不记得，板着脸没有说话。

"老师也就是班主任苗村老师了？"松宫觉得时机正好，于是开始了最为重要的话题。

"是的。"三人一起点头。

"现在还有联系吗？"

老同学们互相看了看对方的脸，都是一脸茫然。

"自从毕业以后，我好像就再没见过什么老师啦。"

"我也是。在高中同学会上见过一次高中的班主任，但是小学和初中的就比较疏远了。"桥本久美说道。

这时候，谷川昭子忽然"啊"了一声。

"怎么了？"

"一说同学会我想起来了,几年前我接到过一次押谷的电话。"

"是为什么事?"

"就是同学会啊。我记得应该是她打算举办同学会,问我愿不愿意参加。我当时回答说只要时间合适一定参加。那是七八年前了吧。"

"那么,你最终去参加同学会了吗?"

谷川昭子摇了摇头。"没参加。而且,根本就没有什么同学会。"

"没有?是因为大家的时间不合适吗?"

"不是,因为老师来不了。"

"老师?"

"班主任啊。我接到押谷电话的时候,她还问我知不知道班主任的联系方式呢。但是我没有,就告诉她不知道。结果到最后她也没打听出班主任的联系方式,同学会的事也不了了之。"

滨野嘭地拍了下桌子。"那件事我记得。我刚才想起来了,她也打电话来问过我。"

"那,现在是什么情况呢?联系方式已经知道了吗?"

"再往后的事情我也不太清楚了,但我想还是不知道。"谷川昭子说。

松宫点了点头。苗村老师不但隐藏了自己的行踪,还断绝了跟过去学生的联系。

"稍微说点题外话,当时各位认识的人当中,还有没有像苗村老师这样的、现在不知道下落的人?年龄比各位大二三十岁,男性。"

三人交头接耳地讨论着有没有这样的人。

"有好多人都离开家去外地生活了,当中也有人是跟着父母一起走的。说实话,那些人如今是什么样子,我不怎么清楚。"滨野的语调听上去没什么底气,其他两个人也带着不置可否的表情点头。

松宫从包里取出一张纸,是那张素描图。"各位觉得,当时认识的人当中,如果上了年纪,会不会有人变成这幅素描图里的样子呢?这里就需要各位发挥一下想象力了。"

三人盯着那幅图,还是一样迷茫的神情,然后回答说完全没有印象。

应该也是吧,松宫想。他们上初中已距今三十年了,再怎么发挥想象力也得有个限度。

"那比如苗村老师呢?如果上了年纪,会不会变成这个样子?或者说,不管怎么变都不可能变成这个样子?不必有所顾虑,我只是想听听各位的意见。"

这个提问似乎让三人更加迷茫了。滨野的嘴已经痛苦地歪了起来。

"那时候的苗村老师好像更胖一些。"

"但是上了年纪就不好说啦。要是一瘦下去,整个人都会不一样的。"

"嗯……看上去不是一个人,但要说像也不是不可以……"

结果还是没能得到一个明确的答案。三十年过去,样貌的变化实在是太大了,而且面前的还不是照片而是素描图,他们有如此反应也是情理之中。

松宫觉得再执着下去也没什么用,于是将那幅图重新收回包里。

"真是不好意思,我好像完全没帮上什么忙。"滨野愧疚地说道。

"没有,请不用在意,各位的话都有很大的参考价值。最后,我还想了解一些苗村老师的情况,他是个什么样的老师呢?"

"什么样的……嗯,算是个不错的老师吧?啊?"滨野征求着两位女同学的意见。

"印象中觉得他对教学很热心,但好像有些认真过头。"谷川昭子说,"也不怎么开玩笑。他又是文科老师,说实话,历史课挺无聊的。"

"可以那么说。"桥本久美也表示同意,"但他确实是个慈祥的老师,几乎没有见过他生气,对几乎没救的学生也悉心教导。当他提出要给浅居写信的时候,虽然我觉得很麻烦,但心里还是感到他真的是一个很重视学生的老师。而且,那封信好像还是他自己拿去的。"

"拿去?"

"就是没有邮寄,而是直接去浅居那里,亲手交给了她。确实是那样的。我还记得老师在教室里说过他把信送过去时浅居很开心呢。"

"你的记忆力还真好。"滨野十分佩服地看着她,"我根本什么都不记得了。"

"你怎么一直重复这一句。"谷川昭子愣愣地说。

"那个……"桥本久美有些狐疑地看着松宫,"刚才的素描图是干什么用的?那是杀害了押谷的凶手吗?"

"啊?"松宫微微朝后仰着身子,"不,不是那么回事。"

"真叫人放心不下。那幅图有可能是苗村老师,对吧?"

"不知道,所以才要问你们。其实跟这起案件相关的一个人被目击到了,但是我们既不知道那个人的名字,也没有照片。所以才弄出了这幅素描图。仅此而已。"这画上的人也被杀了——这话他还是决定先不说了。

"都要画素描了,肯定是凶手啦。"谷川昭子用胳膊肘捅了一下桥本久美,"而苗村老师呢,被怀疑了。"

"哎?不会吧。真不敢相信……"

"我都说了,绝对不是……"

"唉,那谁说得清。"松宫的话说到一半时,滨野插嘴道,"再怎么说也三十年了,这期间发生过什么谁也不知道。不光是脸,可能连性格都完全改变了哪。"

"哎呀,真可怕。"桥本久美的脸都扭曲了。

松宫觉得再多说什么也没用,放弃了反驳。

14

仰望着眼前这栋灰色建筑,茂木和重深深地叹了口气。虽然已是四月,但今天从早晨开始就很冷。即便是这样,他的腋下还是被汗浸湿了。

"别那么紧张嘛。"啪的一下拍他的肩膀的正是加贺,"又不是去现场抓捕凶手。"

"再怎么说,这种事情我还是不习惯啊。"

"为什么?案件或者事故发生的时候,不是经常同时面对十几个记者嘛。你应该也接过投诉电话吧?跟那些比起来,这简直小菜一碟。"

茂木的手在加贺面前摇动。"你什么都不懂。"

"什么?"

"我们的工作是发布消息,而不是收集情报。讯问什么的不就是在收集情报嘛。不管说几次我还是要强调,我根本没有查案的经验。"

"不用担心,你只要按照我事先教给你的话说就行了。"

"真的没问题吗?"

"都到这儿了,还担心这些干什么。好了,走吧。"

加贺朝大门走去,茂木则不情愿地跟在后面。两人在大厅确认目的地的位置——健康出版研究所在四楼。这里好像主要出版一些体育杂志，但茂木从未听过这个公司的名字。

他们乘电梯上了四楼。一出电梯便是公司入口，现在门正开着。

"先拜托你去打个招呼。"加贺说。

"我知道。对方的名字，嗯……"

"榊原先生，出版部长榊原先生。"

茂木将这个名字牢记，迈步走进公司。房间里大约有二十多个员工。有人在打电话，有人对着电脑，有人在看类似文件材料的东西，每个人做的事情都不相同，也有人好像只是在单纯地发呆。文件柜和桌子上杂乱无章地堆放着书、杂志和纸箱。一名正在旁边处理事务的年轻女员工问二人有什么事，看上去她同时兼任前台的工作。

茂木拿出名片。"我约了榊原先生面谈。"

"请稍等。"女员工拿着名片离开座位。只见她走近一个坐在窗边的男人，打了声招呼。男人颔首打量着茂木二人，立刻反应过来，随后又对女员工说了些什么。

女员工回来了。"这边请。"

二人被带到房间里面一处单独隔出来的空间，那里摆着一些简单的待客用品。"榊原先生有一个很重要的电话要打，应该马上就好。能请二位在这里稍等吗？"

回答"明白了"之后，茂木便和加贺并排坐下。

女员工端来茶水。"不好意思，谢谢了。"茂木道谢。"加贺你也是第一次到这里来吗？"他将茶杯拿在手里问道。

"当然。"

"你不是接受过他们的采访吗？"

"那时候是直接在道场采访的，因为他们说想拍下我穿剑道服时的样子。"

"这样啊。你竟然还会接受那样的请求,不像你的作风。"

加贺闻言皱起眉头,直盯着茂木。

"干吗,怎么了?"

"我当时也不想接受,但是有人求我说这可以提升警视厅的形象,非让我接不可,我只得应承下来了。"

"谁啊?"

"你那个部门当时的部长。"

"哦,"茂木的嘴巴圆张着,"是这么回事啊。那还真不好意思了。"

"真是的,当时坚持不做那件事就好了。"

"但或许正因为这样,你才能拿回你母亲的骨灰吧?"

"嗯,虽说是这样……"

加贺和茂木同一年考进警察学校,但两人之后的道路却相去甚远。加贺一心想着侦查办案,茂木则几经辗转,最终选择在宣传科任职,主要负责一些案件和事故的新闻宣传工作。平时他要面对的不是嫌疑人或者被害人,而是记者和媒体的相关人士。

有一天,茂木接到了加贺的电话,说希望得到他的帮助。听加贺说完,茂木很吃惊,新小岩的凶案被害人竟然是跟加贺有关的人。十几年前加贺母亲去世时,将加贺的联系方式告诉葬礼负责人的就是那个被害人。

加贺一直在想,那个人为什么会知道自己的住处。他搬过好几次家,去世的母亲肯定是不知道的。当时他的父亲还活着,但只说并不记得有什么人来问过他。

警察不会无缘无故地公开自己的住址,加贺也一样。究竟怎样做才可以查出一个毫不相关的人的住址呢?加贺苦想了很久。而他想起来的,是自己在更早的时候曾经接受过一家剑道杂志的采访邀约。加贺在全国警察柔道及剑道大赛上获得冠军,他们想就此对他进行采访。

当然，那本杂志上不可能登出他的住址，但是他曾经告诉过出版社的人自己的地址，因为对方说想将登有采访文章的杂志寄给他。加贺当时虽然还在警视厅搜查一科，但并不常在办公室。

据加贺说，他多次想找出版社谈谈。但他之所以一直没有来，是因为他觉得若以普通人的身份来，出版社肯定不会认真应对，但又不能因此利用警察的身份来处理私事。听到他这样说，茂木的第一反应是这真是典型的加贺作风。加贺以前就这样，不管什么事情，如果没有正当理由，他一定不会心安。

就算如此，那为什么又需要茂木的协助呢？对于这个问题，加贺回答是因为他不想让出版社觉得这是什么大事。如果他们知道这和某个案件相关，或许就不会完全讲真话了。茂木听完再次觉得很佩服——原来是这样啊，刑警都得经过多重考虑才能开始调查讯问。

方才的那个男人面带笑容地出现了。"不好意思，让你们久等了。"茂木和加贺再次起身跟对方寒暄。

"加贺先生，最近还好吧？"榊原坐下之后说，"这个现在怎么样了？还在继续吗？"他做出挥舞竹刀的动作。

"嗯，会定期练习。"

"是吗。最近在大赛上都看不到加贺先生的名字了，还真有些落寞呢。"虽然他显得很熟络，但从加贺的话来看，这肯定是他们第一次见面。

"那么，关于之前提到的采访报道的事情……"茂木开始了正题。

"就是这个吧。"榊原翻开拿过来的杂志，放到桌上。那上面刊登的正是身着剑道服的加贺。照片里的人看上去要年轻许多，身材也更结实。

"我看一下。"茂木说着将杂志拿在手里，扫了一眼采访文章。在母亲的建议下开始练习剑道，从中习得的收获被运用到了警察的工作当中——大体写的就是这些内容。

"那个时候的事情我记得很清楚。"榊原说,"负责采访的是一名女记者,因为加贺先生太过帅气,回来之后还很兴奋。这篇文章有什么……"

"其实这次我们打算对这类宣传工作的成果进行一次总结整理,比如就这篇文章来说,我就想了解当时它的反响如何。"茂木说。当然,话全部是按照加贺事先的指示说的。

"反响……吗?那个嘛,我想应该很不错。"榊原的脸上露出应付的笑,很明显只是随口回答一句。

"比如说,关于这篇报道,有没有人来找你们反映过或者谈过什么?想见加贺先生,或者想要他的联络方式之类的。"

"这个嘛……如果有拥趸来信什么的,我想都已经直接转寄给加贺先生了。至于想要联系方式嘛……偶尔是会有这种比较特殊的读者,但是我想那时候应该是没有的。"

"那同行之间呢?"茂木又问道,"比如跟你说他们也想采访加贺先生,有没有人这样来问过?"

"这个嘛……"榊原歪脖子,"如果有,应该先联系加贺先生吧?"

"是,当时其实有过好几个。"加贺回答道。

"果然是吧。"

"但比较出乎意料的是,还有人直接寄信给我,说想要进行采访。我想难道那些人是从这里问到我的住址的?"

"我们这次绝不是来追究责任,而是调查此类宣传活动的反响效果,所以你回答的时候不必有任何顾虑。"茂木连忙补充道。

榊原表现出一丝犹豫,看上去像是不知道该如何回答。"要我现在立刻回答有点……毕竟是很久以前的事了,我得先问一下其他人。"

"那么能麻烦你现在问一下吗?"加贺说,"如果得不到确凿的回答,那我们只能判断为好不容易进行的宣传活动只不过是无用功。作为警视厅来说，今后或许无法继续在宣传方面提供协助了。"

榊原的眼神游移起来。"请稍等。"他说着便起身离席。

"没问题吗？他看上去好像有些意识到事情不对劲。"茂木轻声问道。

"已经说过不追究责任了，应该没事吧。"加贺沉着地端起茶杯。

刚才加贺说有过几个要求采访的联系电话其实是谎言，并没有那样的事。但是茂木觉得，能心平气和地在那个时候说出那样的话，或许正是这个男人被称赞为有能力的原因所在。

过了许久，榊原仍未回来。先前那名女员工中途又来添了一次茶，他们这才确信他们还没有被忘记。女员工还向二人致歉，说"让你们这样等着真是不好意思"。

结果等了三十多分钟后，榊原终于回来了，身后还跟着一个戴眼镜的女人。

"哎呀，耽误得太久了，非常抱歉。我们也查了很多东西。"

"有什么结果吗？"茂木问道。

"有。那，就由她来说明吧。"

榊原介绍了一下那名女员工，她直接负责个人信息的管理工作。

"现在虽然有个人信息管理法，但是在立法之前，我们公司就已经进行了严密的管理，力求不让个人信息外泄。"她语气僵硬地说道，"但是出于一部分人情世故的原因，我们也不可能过于循规蹈矩。对于一些我们认为值得相信的个人或公司，偶尔也会破例跟他们透露一些个人信息。这次加贺先生询问自己的信息是否被透露给了外人，坦白地说，由于年代太过久远，现在已无法查证，这的确是事实。这期间公司的员工也有过变动。但是就算我们真的有过向第三方透露个人信息的行为，那也绝不是什么不三不四的地方。正如我刚才所说，一定是经我们判断后认为足够值得信赖的。"

"那么你们认可的可以向其公开信息的对象，有没有清单之类？"加贺问。

"正式的清单是没有的，但是我刚才加急替您准备了一份。花这么长时间就是因为这个。基本上就是这么个情况。"

女员工拿过来的A4纸上，罗列着公司团体和个人的名单。

"让你忙了一场，对不住了。"从大楼出来后，加贺说。

"接下来你打算怎么办？"茂木问。

"早想好了，当然是去查这个了。"加贺晃了晃手上的文件袋，里面装着的正是刚才的那张清单。

"一个人？"

"嗯。这种鸡毛蒜皮的小事，怎么好去麻烦特别搜查本部呢。"

"直接打电话问？"

加贺苦笑，摇了摇头。"要是那样能搞定倒是很轻松，但在电话里就算报上名说自己是警察，也很难得到对方的信任，还是直接去更有效。"

"那时间再多也不够用。"

"没办法，这就是刑警的工作。"

"就算是这样……这种工作难吗？"

"不知道。不试试的话就不知道。为什么要这么问？"

"没有，那个……"茂木皱起眉头，又挠了挠，"我在想如果有个宣传部的名头会不会更好些？"

"啊……"加贺领会了似的点点头，"也许会，但是我不能再给你添麻烦了。"

茂木吸着鼻子靠近加贺，敲了一下他手臂上那粗壮的肌肉。"反正都已经上了贼船，我就再陪陪你吧。"

15

"嗯,要说是怎样一个老师,他应该算普普通通吧。算不上特别优秀,但是也不差。家长们的评价也是这样。"双手捧着茶碗的杉原忽然直起身子说道。看他的年纪应该快八十了,但口齿还很清晰。

问完苗村诚三的学生后,松宫联系了坂上。这名前辈刑警说他正往近江八幡去,为了见苗村从学校辞职时的校长助理。松宫于是决定在那里跟他汇合。而那个前校长助理,就是现在面前的杉原。松宫和坂上来到纯日式风格的杉原家,现在正喝着拿来招待他们的日本茶。

"但是我听他的学生说,他是一个热衷教学、心地善良的好老师。"

听到松宫的话,杉原咧嘴呵呵地笑了。"那也没什么不正常。带那批学生的时候,他或许就是那样。老师和学生之间,说到底还是看相处。老师也是人,自然有处得来的学生和处不来的学生,这也要看时期。比如说在刚成为老师的时候,就算凭着一腔热血埋头苦干,但随着不如意的事情接二连三地发生,时间渐渐流逝,慢慢开始向现实妥协的情况也会逐渐增加。说得难听些,如果不会适当地撒手不管,是干不好老师这份工作的。"

老人的话听上去很不负责任,但这或许就是现实。

"苗村先生在辞职之前其实已明白了这些道理，您是这个意思吗？"坂上问道。

"他究竟想明白了多少，我就不知道了。我只记得他并不是那种身先士卒的人。怎么说呢，我觉得他后期已经无法投身教育，或者说是失去了热情吧。因为时间太久了，我也不是很有把握。"

"苗村先生辞去学校的工作，有没有什么特别的原因呢？"坂上继续问道。

"那个啊，我现在记不清了。是由于个人原因，这个肯定没错。不过也不是因为什么坏事，我记得他的辞职算得上是功成身退吧。"

"苗村先生辞职后没多久就离婚了，这件事情您知道吗？"

"啊，是吗？好像后来听人提起过，但真的记不清了。"杉原无精打采地回答道。对于已经辞职的人，当时的他就已经没什么兴趣了吧。

之后又问了几个问题，但都没得到什么太重要的线索，二人适时地结束了问话，便告辞了。

快捷酒店已经在八日市预约好了。在去酒店之前，二人决定先在车站前的餐馆吃晚饭。在等候菜上桌的时候，坂上联系了本部。挂断电话后，他的脸色并不好看。

"被说了？"松宫问道。

"也没什么，就是别疏忽啊、好好查啊之类的。"坂上叹气道，"不过也真是头疼。好不容易找出苗村老师这把关键的钥匙，却找不到能插钥匙的锁孔。再这样下去，只能两手空空地回东京了。"

坂上说，今天除了杉原，他还见了其他四个老师。每个人都记得苗村，但对他的近况一概不知，连他失踪了的事情都不知道。有一个人觉得他辞职的理由是离婚，但具体的细节也不清楚。而且所有人对苗村的评价都是一个到某个时期为止都很热情的老师，这一点倒是跟杉原的话一致。

至于对素描图的反应,老师们也跟那些学生的反应差不多。同样有人回答因为不知道现在的长相,所以无法确认。

"坂上前辈怎么看呢?你觉得苗村老师跟越川睦夫,也就是绵部俊一,是同一个人吗?"

"我希望是那样。说到底,我们也没有其他线索可抓了。但是,就算我的猜想是对的,想要证明也并不简单。越川的照片一张都没有,那幅素描图也靠不住。"

"而且要怎么联系起来也完全没头绪。"

"正是。为什么一个在滋贺县当老师的人要跑到女川的核电站工作,最后又在新小岩的河岸边被杀呢?完全摸不着头脑。"坂上拿起端来的啤酒给自己倒了一杯,一口气喝掉一半,"对了,核电站那边好像也很棘手呢。"

松宫停下筷子。"是吗?"

"再怎么说也是过去的事情了,当时的记录好像没有留下来。员工材料的保管时限是三年,而且也只限于正式员工。你也知道,那一行里找下家甚至下家再找下家都是常事,全日本摸不清底细的人都集中在那里,伪造户籍表、用别人的名字到那里去工作也是家常便饭。如果绵部俊一曾用过假名,再想从那些材料中把他找出来可是比登天还难。"

"坂上前辈,你还挺了解的。"

"我以前逮捕过的人里就有曾经在核电站工作过的,他还说那简直就不是人干的事情。"坂上说话的同时动着筷子,看上去根本不像是在品尝什么料理。

因为事先预约好了两间单人房,所以在前台办好入住手续后,二人便回各自的房间去了。松宫将白天问询的内容全部输进平板电脑,又试着在心里整理了一遍。他总觉得似乎遗漏了什么重要的东西,这叫他无法踏实。明明就在眼前却怎么都看不见,让他有种不安定的焦躁感。

他忽然想到不如给加贺打个电话,但很快又放弃了这个想法。他不知道究竟该如何表达心里的烦躁不安。而且加贺有自己必须做的事情,现在肯定正将所有的精力都倾注在那件事上。

第二天吃完早饭,松宫要去的地方是一所名为"琵琶学园"的孤儿院。不用说,那里就是浅居博美从初二开始到高中毕业为止生活的地方。坂上则去了米原,那里是苗村诚三的老家。他家似乎很久以前就没了,但是好像还有亲戚,孩提时代上的学校之类也大多还在。

"我们两个,至少也得找到点钥匙孔的影子吧。"在酒店分开时,坂上说。"是啊。"松宫回答。

从外观上看,琵琶学园就是一座小而简洁的集体住宅。从正门玄关进去后,左边是接待室的窗口,旁边挂满了数不清的名牌。看名牌应该就能知道哪个孩子外出。

松宫朝接待室里的女人打了个招呼,报上名字。今天要来的事之前就已经通报过了。被带到接待室等了没一会儿,敲门声便响起,走进来一个戴眼镜的女人,穿着牛仔裤加毛衣,看起来五十多岁,染成茶褐色的头发根部有些泛白,右手抱着一个厚厚的文件夹。

松宫起身递上名片,打了个招呼。女人也递过名片。她叫吉野元子,职位是副园长。

"您能在百忙中抽出时间协助我的工作,真是非常感谢。"重新坐下后,松宫向对方道谢。

"据说你想了解三十多年前的事情?"

"是的,年头有些久了,不好意思。"

"我是这里资历最老的人了。现在的园长是十几年前从别处调过来的,所以这次就由我来接待你。那么,你想问关于哪方面的事情呢?"

"嗯,当时这里应该住过一个叫浅居博美的女人,我想就她的事情问您几个问题。"

松宫感觉到吉野元子的眼睛似乎闪烁起光芒。

"浅居博美小姐?嗯,我记得。前些日子还有人咨询她在这里的经历呢。就是角仓博美小姐吧?她现在真的很了不起啊。"

这样的回答让松宫有些意外,跟昨天见到的那些同学的反应完全不一样。

"您看过她的演出吗?"

"嗯,她还是演员的时候我看过,当时在京都有公演。"

"最近呢?"

"最近没什么机会。"吉野元子微笑着摇了摇头,"她现在正在东京举行公演吧。嗯,剧场在……"

"明治座。您知道得很清楚呢。"

"那当然。每次她都会寄邀请函和宣传册过来。"

"浅居女士……吗?"

"是的。在缺席那里画上圈,再把邀请函寄回去的时候,我心里可难过了。"

松宫察觉到,这里对浅居博美来说似乎才是真正的故乡,是养育她的地方。

"只是寄邀请函和宣传册吗?有没有打电话之类……"

"以前经常打,但是这一两年就没有了。可能她很忙吧。"

"她在这里时的情况您还记得吗?"

吉野元子肯定地点点头。"记得很清楚。最开始总是一副黯然失落的神情,也不怎么跟人说话。不过仔细想想,那也是理所当然的吧。突然间父母都没有了。"

"这里像她那样的孩子很多吗?"

"当时是的,但现在不一样了。现在几乎都是遭到父母虐待的孩子,被儿童保护机构接管后最终送到这里来。不过……"女副园长略微歪起头,"博美小姐也算是受了某种虐待吧。离家出走的母亲可以说是逃避养育责任,留下她一个人自杀的父亲则是放弃抚养义务。没带上她一起走,可以说是不幸中的万幸了。"

这些细节上的精准让松宫十分意外。"您真是记得很清楚啊。"

"因为那是我刚到这里的时候嘛。当时我才二十几岁。我一直想成为一名保育员,还是学生时作为志愿者来这里帮过忙,结果最后就成了正式员工。"

"是这样啊。二十几岁的话,应该跟当时的浅居女士很合得来吧。"

"嗯。当时跟谁都不愿意讲话的博美小姐,最先敞开心扉的对象就是我。然后我们的关系就越来越好,经常在一起热烈地聊一些喜欢的演员或者电影。周围的人都说,我们看上去好像姐妹呢。"

"这么说浅居女士走上戏剧这条路,其实也是受到吉野女士的影响了?"

吉野元子轻轻地闭上双眼,缓缓摇头。"那些运营剧团的人里面也有热心人,每次公演的时候都邀请孩子们去看。博美小姐也是那样开始去看演出,最后才决心走进那个世界的。我第一次听她说想成为一名演员的时候也吓了一跳,不过仔细一想,她平时就很擅长给小朋友读绘本什么的,或许她就是愿意给别人带去快乐吧。"

"也就是说,她找到了一个天生适合的职业。"

"我想是的。"吉野元子露出笑容。"她现在是牵涉了什么案子吗?"她问道,那双眼睛里蕴含的光芒似乎掺杂着一丝与怀念稍不相同的颜色。

该怎么跟她解释呢?松宫有些犹豫,他还不想提及押谷道子被杀的案子。

"就算跟什么案子有些关联,"吉野元子抢先说道,"她也绝对不会犯罪。心灵像她那样纯洁的女人现在已经不多了,这一点我可以断言。"一番话之后,那张坚定的脸上似乎写着:虽然不知道你想打听什么,但如果怀疑浅居博美,那我可懒得理你。

松宫终于决定了该如何说明。他在心里想好了一番话。"其实……"他开口道,"我们正在追查一个人的行踪。"

"一个人?"

"一个叫苗村诚三的人,是浅居女士初中二年级时的班主任。"

"请稍等。"吉野元子说着打开了文件夹。她迅速地翻动着,手指在纸面上游走。"啊,是她转学前的老师。"

"是的。上面有记录吗?"

"关于苗村先生……"吉野元子继续看文件,"是博美小姐的班主任,除了这个就再没有其他记录了。"

"有没有探访记录之类的东西?我们了解到苗村先生好像来找过浅居女士。"

吉野元子从文件中抬起头,上翻着眼睛,越过镜片看着松宫。"我并不打算对警察的工作指指点点,但如果是跟我们园的人相关的事情,那情况就又不一样了。能不能先请你解释一下,为什么要追查苗村先生的行踪呢?"

松宫做了个深呼吸,张开嘴。"在一个案件的调查过程中,我们注意到苗村先生跟案件相关的可能性。但是在追查中我们发现,苗村先生大约二十年前就已经行踪不明了,所以我们才需要在他当时任何有可能的活动范围内逐个进行排查。昨天,我们通过询问他当时的学生得知,他曾经为了送一封给浅居女士的信而专程来过。所以我想,或许他在那之后也来过几次。"

吉野元子用怀疑的目光打量着松宫,最终她哧地一笑,合上文件夹。"如果是这样,松宫先生,非常遗憾,今天你可能要白跑一趟了,这里恐怕没有能让你满意的线索。"

"如果真是那样也没办法,我早已经习惯了做无用功。不过,如果您还记得什么,可以告诉我吗?不管多么琐碎的事情都可以。"

"那个苗村老师的事情我记得很清楚。他确实来过好几次,能做到这样的老师非常少,所以当时我挺感激他的。"

"那么当时有没有什么让您印象比较深刻的事情呢?比如两个人吵架了,或者遇到什么问题了之类。"

吉野元子慢慢地摇着头。"完全不记得。两个人在一起的时候看起来总是很开心。苗村先生现在行踪不明虽让人放心不下,但我想跟博美小姐是没有关系的。因为她离开这里去东京之后还定期跟我联系,从那时候起,我就再没有从她口中听到过苗村先生的名字了。"她的语气虽然柔和,却充满了不容分说的气势。

看来只有先撤了。"明白了。感谢您的配合。"松宫道谢后起身。

吉野元子将他送到大门口。"没能帮上忙,真是不好意思。"

"哪里,我耽误了您的时间才不好意思呢。"

松宫低头行礼,正打算离开,吉野元子叫住了他。"松宫先生,你最近见到博美小姐了吗?"

"嗯,不过只有一次……"

"她,还好吗?"

"看上去非常好。虽然当时正是公演期间,却一点也看不出疲态。"

"是吗,听你这么说我就放心了。不好意思,还专门叫住你。"

"哪里。那么,我先告辞了。"再次行礼后,松宫便转身走开了。

吉野元子可能会联系浅居博美,松宫想。不过就算是那样也没关系。如果浅居博美跟案子无关,什么问题都没有。如果有关系,那只会令她动摇,这样说不定会使她做出什么新的反应。反正小林他们也告诉自己不必拘谨。

走出琵琶学园之后,有电话打来,是坂上。松宫一边走一边把手机放到耳边。"喂。"

"是我。那边情况如何?"

"现在刚走出孤儿院。非常遗憾,没什么大的收获。"

"是吗。这边的情况也差不多。刚才若林巡查部长给我打电话了,苗村诚三前妻的妹妹愿意见我们。她在大津,我马上把地址和电话号码发给你,你替我跑一趟。"

"明白了。坂上前辈呢?"

"我找到了苗村高中时的同学,现在正准备去见他。从我这里到大津还得一个多小时,所以那边就交给你了。"

"明白。"

电话挂断不久,坂上的短信就来了。对方名叫今井加代子,住址是大津市梅林。松宫立刻打了个电话。对方留的是手机号码,所以是本人接的,是一名性格沉稳、说话也很有风度的女子。当松宫说自己是警视厅的人时,她也没有惊讶,应该是已经了解了情况。

大约三十分钟后,松宫到达了大津市梅林住宅区。这里的房屋有种岁月的沧桑感。松宫很快便找到了门牌上写着"今井"两个字的房子。房子使用了过去常见的瓦片,兼具日本和西洋风格。

今井加代子个子不高，稍微有些发福，面部少有皱纹，看上去像是四十来岁的人，但实际年龄应该有五十过半了。

"自从父母过世，姐姐一直生活在这里，独自一人。我们四年前搬过来后，一直妥善地保管着姐姐的遗物。"今井加代子的语气十分沉稳。

松宫被带到了可以眺望庭院风景的客厅。他和今井加代子分别坐在玻璃茶几两边的藤椅上，茶几上已经摆好了咖啡碟和咖啡杯。

今井夫妇还有一套房子，但是因为儿子结婚，他们便把那套房子给了儿子，搬回这里居住。

"那些遗物中有苗村先生的东西吗？"

今井加代子的眉头瞬间皱在一起。"东近江警察局的人来问的时候，我就已经说过了，这里没有那种东西。姐姐全都处理掉了。所有的遗物我都确认过，不会有错。"

"照片也没有？"

"一张都没有，连结婚照都烧掉了。我想那也是当然的，因为那个人竟然那样对她。"

"那样，指的是……"

今井加代子快速地眨着眼，为了平息激动的情绪而做着深呼吸。"虽不怎么愿意讲，但因为是警方在调查，我就说了。不过还是请你不要随便告诉其他人。"

"那是当然。"松宫正色道。

今井加代子喝了一口咖啡。"事情其实很简单，那个人除了姐姐，还有其他女人。"

"他出轨了？"

"如果只是简单的出轨就算了，但并不是。那个人动了真感情，把姐姐抛弃了。"

"对方是什么人？"

今井加代子轻轻地摇着头。"不知道。姐姐怎么问也没问出来。那个人对姐姐只有一句话：'对不起，我们离婚吧。'仅此而已。我觉得姐姐真能忍。外人不知道，那对夫妻每天过的是如同寒冰般冷淡的日子。诚三先生……那个人好像连姐姐做的饭都不吃，每天在外面吃饭，很晚才回家，睡觉也在不同的房间，早晨很早就又出门了。两人之间好像一直是那样。"

松宫的脑海里浮现出两张照片，是毕业纪念册上苗村的样子。辞职之前那么萎靡不振，或许是受那样的生活方式的影响吧。

"当时您姐姐找您倾诉过吗？"

"没有。我知道这一切，是在姐姐他们决定离婚之后。姐姐说她下了决心，在哪怕还有一丝挽回的可能性的时候，对谁都不说。"

独身的松宫也觉得似乎可以理解她那种心情。"但是最终她还是同意离婚了。"

"姐姐说已经没办法了。那个人也不跟姐姐商量一下，就擅自辞掉了学校的工作，然后好像没过多久就离家出走了，只留下一封信和离婚协议书。那时候姐姐就决定放弃了。她自己去交了离婚协议书，打扫干净后便离开了那个家。"

"您姐姐自己把房间……"松宫探出身子，"其实，苗村先生现在失踪了。您有没有什么线索呢？"

"这件事情东近江警察局的人也问过，但是我什么都不知道。我跟他原本就没什么关系。"

"离婚之后，您姐姐有没有再见过苗村先生呢？"

"没有，那是不可能的。请不要侮辱我姐姐。"

"不，我绝没有那种意思……对不起。"松宫低下头。

今井加代子深深地叹了口气。"我觉得姐姐已经忍得够多了,发现他的婚外情后,竟然还过了一年多……我觉得她只是在白费心血。"

她的这句话引起了松宫的注意。"您刚才是说发现吧。是您姐姐发现的吗?不是苗村先生自己坦白的?"

"最终是他坦白的,但还是因为姐姐追问了。在那之前,姐姐就隐约觉得事情有些不对劲。"

"是因为什么事情而追问的呢?"

"是信用卡的账单。姐姐看到账单后觉得有问题,于是就查了一下他究竟都买了什么东西,结果从中发现了一件那个人不应该买的东西。"

"是什么东西?"

今井加代子说完后似乎有些后悔,脸色很难看。"我虽不愿意再回想起,但也不可能忘记。是一条项链,带宝石挂坠的项链。姐姐凄凉地笑着告诉我的。"

16

一看表,已经过了下午四点。茂木发觉双腿正在发抖,于是把手放到膝盖上抑制。

旁边的加贺哧哧地笑了起来。"干吗那么沉不住气。对方不是说了要迟到十分钟嘛。"

"我知道,但我就是冷静不下来。"

"你有什么好紧张的。说白了,你其实都没必要来。"

"你怎么这样讲?我可是从昨天开始一直陪你到现在。"

"我说要你陪了吗?我都已经拒绝说不能再给你找麻烦了。"

"自从进了警视厅,这还是我第一次做跟调查办案沾点边的事情,稍微兴奋些又有什么不好。而且有我在,其实好多了吧?"茂木瞪着加贺。

"那……当然要感谢你。"

"那就好。"茂木点着头,喝光了杯中的咖啡。他起身走向自助饮料台。这种家庭餐馆他已经好多年没来过了。当初他的孩子上小学的时候,几乎每星期都来。

今天,他们要在这里见一个女人,一个常年做娱乐记者的女人。

对照着从健康出版研究所拿来的清单,他跟加贺两个人逐个调查了一番。还好单子上的地址几乎都在东京市内，即便如此，这项工作还是一直持续到昨天晚上九点多。加贺觉得过意不去，提出要请客吃晚饭，但是茂木拒绝了，还宣布说要一直陪加贺把这件事干到最后。因为他觉得，这样的经历恐怕不会再有第二次了。

二人今天早上又继续开始奔波。同样的话究竟说过多少遍，他已经懒得去数了，但他并不觉得烦躁。知道刑警的工作都是这样的时候，他打心眼里佩服。或许只有从数量庞大的无用功当中，才能找到接近真相的线索吧。而找到线索时的喜悦，可以让所有的徒劳颓丧一下子烟消云散。距现在大约一个小时前，茂木体会到了这种感觉。

对方是一名从事体育报道的记者。由于他正在职业棒球队做采访，所以茂木二人赶到了横滨。这份付出得到了回报，他们终于得到了追寻已久的答案。

那个男人承认自己曾经向健康出版研究所打探过加贺的住址，但他说那并不是为了自己，而是受一个娱乐记者所托。至于对方为什么这么做，他已经不记得了。他解释说，好像当初就没有问过。

他们立刻同那名娱乐记者取得了联系，约好见面后便在这里等待。虽然只有两天，但茂木却有一种漫长迷宫的终点终于近在咫尺的感觉。

他端着咖啡杯回到座位时，加贺正翻开记事本思考着什么，那副神情跟昨天从健康出版研究所出来时一模一样。苦苦寻求的答案或许就要到手了，加贺身上却没有丝毫得意满足之情。

茂木想起了警校时代的加贺。当时的他跟其他人稍有不同，入校前曾经在初中当过两年老师，但进校后的成绩却是同年级中最好的。不光如此，他的剑道技术也是一流。当时很多人有剑道经验，但谁都不是他的对手。后来得知加贺曾经是全日本学生组冠军时，茂木才恍然大悟。

但茂木为加贺所吸引，不是因为他的实力，而是为人。茂木曾经在某堂课上受到老师的训斥，原因是老师怀疑他在打瞌睡。茂木否认，却并未得到认可，结果突然有人在他背后说话了："他没有打瞌睡。只不过因为自动铅笔不好用，为了换笔芯而忙了一阵。"

真是救命的一句话。听到这句话，老师的脸色虽不怎么好看，却没再责备茂木，而是继续讲课。

替茂木说话的正是加贺。一般这种情况下，大家会采取事不关己的态度，担心万一多嘴，被老师训了就不值了。但加贺却跟这种做人态度毫无关系。事后茂木向加贺道谢，对方只是露出洁白的牙齿笑着说："不是什么值得谢的事。"

加贺有着辛酸的过往，茂木以前并不知道。他陪加贺一起调查，并不只是想体验办案的感觉。他在心里多少觉得当初的人情必须要还，但恐怕这个男人早已不记得了。

门口似乎有人来了。一个穿着薄外套的女人正朝店里张望。女人大约四十过半，提着一个黑色的纸袋。就是她了。茂木举起了手，二人起身等着女人过来。

"是米冈女士吧。"

茂木问过后，女人低头行了个礼。"我迟到了，不好意思。"

交换名片后，三人坐了下来。服务员走过来，米冈町子点了一杯柠檬汽水。

"感谢你在百忙之中配合我们的工作。"茂木说道。

"我当初做的事情是不是出了什么问题？"她不安地皱着眉头，散发出一股知性的魅力。

"没那回事。就像在电话里跟你说过的，我们正对警视厅宣传活动的效果进行调查。具体来说就是从过去二十年里在杂志或者报纸上发表过的报道里随机抽选出几份,查证一下报道的内容究竟在人群中传播到怎样的程度。而我们现在正在查的,就是剑道杂志上的这篇报道。"茂木流利地回答,将那本杂志放到桌上。这番台词他从昨天开始便对各种各样的人重复,早已烂熟于心。

"警察还做这种事情啊。"米冈町子瞪大了的眼睛眨巴着。

"因为宣传活动也是需要经费的,得上报结果表明它确实起到了相应的效果,这跟一般公司都一样。而关于这篇报道呢……"茂木翻开杂志,找到登载加贺报道的那一页,"你说有人拜托你调查过加贺先生的联系方式,是吧?可以麻烦你告诉我那个人的姓名吗?"

米冈町子略带犹豫地点了一下头,往上瞟了一眼。"这真的不会给那个人带去什么麻烦吧?"

"当然了。我们或许会去见那个人,询问一下究竟对这篇报道的什么地方感兴趣,但也仅此而已,请放心。"茂木爽朗地说道。刻意地做出笑容,对于做他那份工作的人来说并不难。

米冈町子看上去有些踌躇,但最终还是下定决心似的点了下头,然后说出了一个女人的名字。

茂木觉得这个名字似乎在什么地方听过。当他打算再确认一遍而望向米冈町子的时候,不禁吓了一跳,因为她的脸上竟然露出恐惧的神情。

茂木朝旁边看了一眼。加贺的眼睛正如猎犬发现了猎物时的眼睛一般。

17

"真是太好啦。那个明治座应该是东京最具代表性的剧场吧？能在那样的地方连续公演将近两个月，而且每天的观众都爆满，真是太厉害啦。恭喜你！我也替你感到骄傲。"

吉野元子的语调有些高昂。可在博美看来，她之前说的那些绝不是什么轻松愉快的事，只得在内心拼命拂去那暗沉的阴影。

"园里的各位还好吗？"

"大家都很好哦。这次我们买了一个新的篮球架，结果职员们也因此爱上了打篮球，每天都有人在那里打到天黑呢。"

"真不错啊，好像挺有意思。"

"博美，你不忙的时候也来玩吧。我也想听你说说戏剧的事呢。"

"好，我会考虑的。"

"一定要来啊。啊，都已经这个时候啦。不好意思，你那么忙。"

"没事。不管什么时候都可以，下次再给我打电话吧。您也注意保重身体。"

"博美也是，不要太勉强。那，就这样吧。"

"保重。"说完这句，博美挂断了电话。她将手机放到桌上，重重地靠在椅背上，随后深深地叹了一口气。她正在位于六本木的事务所里。只是去明治座之前顺便过来一趟，琵琶学园的吉野元子就打来了电话。看到来电显示的瞬间，她就有了不祥的预感。"好久不见啦"、"还好吧"，交换了几句客套话后，孤儿院的副院长便切入正题，而她要说的话，其实博美早已有了朦胧的预感。

吉野说有警察来过，就博美和苗村的事情问东问西，还压低嗓音告诉博美，警察正在追查苗村的下落。接着她找借口说，是因为害怕博美惹上了什么麻烦，十分担心，才给她打了电话。

博美回答没问题，随后又补充说警察也来过她这里，但也只是问了几个形式上的问题，她也不知道他们究竟在查什么。

但是吉野听上去并不放心，又继续问道："博美，从我们这里毕业之后，你没有再见过苗村老师吧？"

博美回答说没有，随后又反问她为什么提出这样的问题。

"没什么，偶然想到而已。"这是吉野的回答。

博美起身，用水壶里的开水和桌上的茶包给自己泡了杯红茶。果然，吉野元子或许早已知晓了。为了不让园里的人发现端倪，博美一直很小心，但在琵琶学园里，跟自己关系最近的人就是她。博美跟她谈各种各样的话题，排解了很多苦恼。苗村诚三的事情是唯一的例外，但或许这并没瞒过她的眼睛。

博美坐回椅子里，将茶杯放下。杯里的红茶微微晃着，很快便静止不动了。博美盯着茶水的晃动，想起了微风下荡漾的琵琶湖湖面，一只游船停泊在夕阳血红的背景中。

这并不是空想中的世界，而是博美亲眼见过的光景。她曾站在湖边，一旁还有苗村。那是高中毕业典礼过后的第一天，两个人为了庆祝去了琵琶湖。当时的博美已经决定四月便去东京。

二人之间的特殊关系开始于更早的时候。在那之前他们一直都保持着初中时代的普通师生关系。但是，那也只是表面上而已。对于在博美转学后仍旧频繁地前来探望，设身处地替她着想、跟她谈心的苗村，博美已渐渐地将其当作一名异性来感知。初中那种纯粹的敬仰之情在成为高中生后便产生了明显的变化。她开始默默在心中期待苗村来看望自己的日子，考虑那一天自己应该怎样穿着打扮。

　　博美也有所察觉，自己的这种情感并不只是单相思。她不记得具体是什么时候了，苗村看她的眼神也产生了变化。她还知道，他曾因为发现了这个变化而自责，还为是不是应该就此跟她疏远而烦恼。所以当时的她认为，为了成就这段恋情，只有自己主动踏出第一步。

　　苗村有妻子，这种事根本无所谓。她想和他在一起，但是从未想过要跟他结婚。她只是纯粹地想得到作为男人的他。想两个人单独去旅行——博美在高中三年级的秋天提出了这个要求。那天，二人在草津市内的咖啡店见了面。她上了高中之后，苗村就不怎么去琵琶学园了。

　　听到博美这句话，苗村立刻表现出一丝动摇。他尴尬地笑着对博美说："别开玩笑了。"

　　"才不是玩笑。我就是想和老师一起。去哪里都可以，就一晚也行。"

　　从她的表情和语气来判断，苗村明白她并没有开玩笑。不，其实从一开始，他肯定就已经知道她的认真和决心。他的表情变得严肃起来，沉默不语。

　　"对不起。"博美道歉，"我好像让老师为难了。"

　　"也不是为难，我也不知道该怎么说，总之那样不好，你还没成年。"苗村低着头小声说道。

　　"未成年也可以结婚。我没有父母，也不需要征求谁的同意。"

"结婚……"

"请不要担心,我并不打算破坏老师的家庭,只是想跟你在一起。"她说出了这番作为女高中生来说十分大胆的话。或许她当时已经沉迷在自己的世界里了。

"……你能对我说出这样的话,我自然很高兴。但是……"

那天,苗村直到最后都还在烦恼,但再次见面的时候,他在她面前翻开了一本旅行手册,打开的那一页上正是富士山。"你说过还没见过富士山吧。所以我想那里或许不错。"

这番对话也是在他们常去的咖啡店里进行的。如果是在没有旁人的地方,博美或许早已抱住苗村的脖子。她是那样开心。

趁连休假期的时机,开始了那场两天一夜的旅行。对孤儿院,博美只说和高中的朋友出去玩了。至于苗村是怎么跟妻子说的,她不知道,也不感兴趣。两人住在位于河口湖畔的一所度假酒店,景色迷人,食物也很美味。但这些东西对博美来说并不重要,她只是想跟苗村单独相处而已。

他们就这样在一起了,但博美却从未考虑过两个人的将来。首先找到自己要走的路,这才是最重要的。关于这个问题,其实她已经有了一个候选项——戏剧。高中二年级时,她受到邀请,第一次去看演出,立刻便为其魅力吸引。她当时就想,自己将来也要做这样的工作。

她向巴拉莱卡剧团提出了入团申请,因为那便是当初邀请她去看演出的剧团。高中毕业前的两个月,剧团在东京有一场面试,她于是去参加了。她没有演戏的经验,自信更是一点都没有。但是两星期后,她收到了录取通知书,只是上面还有一条备注,说她在头两年只能作为研修生实习,剧团并不能保证她的收入,但又补充说可以帮忙找零工,还可以介绍其他研修生一起合租房子。

博美根本没有考虑过别的路。她早已在心里立下誓言，一定要在戏剧的道路上成功。为了这个目标，牺牲再多她也愿意。跟苗村或许很久都没办法再见面了，不，或许再也不会见面了。博美在毕业典礼后立刻提出要两个人庆祝，便是出于这个考虑。但苗村是怎样想的，她并不清楚。如今回过头来看，他似乎并没想过要结束跟博美之间的关系。

博美来到东京后，苗村还是一如继往地来见她，有时候在东京住一晚酒店，有时候当天就回去。每次他都会询问她的近况，鼓励她，时而给予一些经济上的援助。对于没日没夜地既要打零工又要排练的博美来说，不管在精神上还是经济上，苗村都是宝贵的支柱。光阴似箭，顺利从研修生升为剧团正式成员的博美，登上舞台的机会也逐渐多了起来，年轻的剧团领导谆访建夫对她照顾有加则是最主要的原因。

在博美二十三岁生日的那天夜晚，苗村说出了一句令她十分意外的话。当天，在东京市内的一家餐厅，她收到了一份礼物。装在细长盒子里的，是一条闪烁着红色光芒的宝石项链。博美欣喜地道谢，苗村则挂着略微僵硬的笑容微微点头，告诉她其实他正在考虑一件事情。

"我打算辞掉学校的工作。"

博美惊讶地眨着眼睛。"为什么？学校里发生什么事情了吗？"

"不是。我也打算来东京发展。如果那样,我们可以一起生活吗？"

面对这个唐突的要求，博美说不出话来。她想都没想过。"你来了打算做什么呢？还当老师吗？"

"非常遗憾，那是不可能了。但是没关系。我大学时的很多朋友都在这里，只要去找他们帮忙，工作怎么都可以找到。他们中有人在经营补习班，说可以雇用我。"

不管怎么看，苗村都不是随口说说而已。

"那家里呢?你跟你妻子怎么交代呢?"

"还没有决定,但是我准备最近就告诉她。"

"告诉她……什么?"

"告诉她真相啊。我的心已经在别的女人身上,没办法再跟她像以前那样维持婚姻生活,这些事情我打算坦白地告诉她。"

"你是说要离婚?"

"当然。"

"我的事情也要告诉她吗?"

苗村狠狠地摇头。"这我不会说,你的事情我绝对不会说。我要在不讲出这些的前提下说服她。"

"我想那是根本不可能的。你妻子不会同意的。"

"我想她也不会同意。但是只要让她明白已经没有其他的选择,她最终还是会放弃。"

事情能如此简单吗?博美表示怀疑。如果能够这样简单地解决,这世上夫妇之间的争斗和问题不是应该更少吗?

"怎么样?我如果来东京,你愿意和我一起生活吗?"

博美迷茫了。这是她无论如何也没想过的事情,她不知道该如何回答。关于未来,她有她自己的打算,而那些并不是以跟苗村在一起生活为前提。她才刚开始了解戏剧表演,体会到其中的乐趣。

"如果老师愿意来东京,我当然很开心。但是我觉得立刻一起生活是很困难的,我连自己的事都还顾不好。"

"那个我当然明白,不用马上。比起那些来,我自己什么时候才能离婚到东京来,现在都还不知道呢。我只是想告诉你,我已经做好这种准备了。"

苗村那满腔激情的宣言,在博美听来就好像来自另一个世界的声音。她依然爱他，想到两个人在一起生活的场景也会很开心，但她很久以前就告诉自己，为了保护自身不受伤害，不应该奢望那些事情。她仍然朦胧地觉得，只有那样才对两个人都好。但此时，这些话她没能说出口，只是应了一句"谢谢"。

在那之后的一段时间，这个话题再没在两人之间出现过。但一年后的一天，苗村告诉她："我决定明年三月就辞掉学校的工作。我已经跟校长和校长助理讲过，他们也认可了。"

"你妻子呢？"

苗村痛苦地摇了摇头。"还没有说。事情闹大了会很麻烦，我准备强行突围。"

"强行突围？"

"还没告诉你呢，我已经跟老婆商量离婚的事情了，但她总也不愿意点头。再这样下去也不是办法，我决定强行离家出走。"

听到苗村的计划后，博美目瞪口呆。他说到四月时他会留下离婚协议书和信，然后离开那个家。博美劝他说还是别那样做为好，但他的想法没有动摇。

"我已经到极限了。为了顾全大局，我装了一年多的丈夫，已经受不了了。再这样下去两个人都要吃不消，我只有离开那个家。"苗村诉说着一年多来的日子有多么艰难。在家他不吃任何东西，衣服也拿到外面自己洗，回家只是为了睡觉。夫妻之间偶尔也会讲话，但他只是默不作声地听着妻子的责备。

这样就说得通了，博美终于明白了是怎么回事。最近，苗村总是一副疲惫的样子，跟以前比起来也瘦了好多。如果是过着那样的生活，这也是理所当然的结果。博美很同情他，觉得事情变成这样也没办法，是他自作自受。而把他逼到如此境地，博美觉得自己也有责任。

第二年四月,苗村真的来到了东京,行李只有一个大包。虽然正式的住处还没有定下,但苗村已经早早地找好一处短租公寓。他说里面的家具和日常生活用品都齐全,可以马上入住开始生活。

"现在还不想让别人知道我在哪里,所以户籍档案都还没有转,暂时就只有在这里将就啦。"看着那个狭窄的房间,苗村露出了如释重负的笑容。

博美被他抱在怀中,感到一种不可名状的不安。她觉得有些原本就不安稳的东西虽然一直勉强保持平衡,但如今已开始剧烈地摇晃。她不知道这晃动会让两个人落向何方,所以感到害怕,但这些想法她终究没有说出口。

来电铃声将博美拖回现实。自己的手机在眼前闪着亮光,那杯喝了一半的红茶也已经凉了。

看了一眼来电显示,博美愣住了。是个这些年都没有再见过面,连电话都没有打过的人。但博美瞬间明白了原因。一定不能让人察觉出自己的动摇。她深深地吸了一口气,又缓缓地吐了出来,然后接起电话。"喂。"

"啊,角仓小姐?是我,米冈。"米冈町子那略微沙哑的声音传来。

"好久不见。你还好吧?"

"就是在混日子嘛。那些就不提了,角仓小姐,明治座的公演真的很了不起,太成功了。恭喜恭喜。"

"谢谢。托你的福,没有出什么丑。"

"别那么谦虚嘛。这样一来就又上了一个档次啦。真的很了不起。"

"别这样夸我,我会当真的。"

"我是认真的啊。我才不会说什么场面话。"

"好了,米冈女士,你是找我有什么事吧?"

"啊……是的,其实是这么回事。"她的语调低沉了一些,"那个……有警察到我这里来了。"

米冈町子说出的话跟博美在接起电话前料想的分毫不差,所以她可以不动声色地听对方讲完。但在她的心底,似乎有什么东西伴随着巨大的声响坍塌了。

"就是这么回事,搞不好警察也会去角仓小姐那边的。"

"是吗,明白了。你不用担心,我会随便应付一下。倒是给你添了麻烦,我才真觉得过意不去。真是对不起。"

"没有没有,别那样说……那就这样吧。"米冈町子挂断了电话。

博美看着手机的屏幕叹了口气。吉野元子之后又是米冈町子,所有人都诚恳又好心地联系了自己。

据米冈町子说,除了宣传科的茂木,还有一个肩膀宽阔、表情坚毅的男人跟他一起。对方虽没报上姓名,但应该是加贺。他正一步步扎扎实实地靠近跟他自身相关的真相。跟他见面或许真的是一个错误,但是不知为什么,博美并不觉得后悔。自己的人生究竟有什么意义,为了得到这个问题的答案,那是必要的一步。但得到答案对她来说又有何帮助,她就不知道了。

就在她思索这些问题的时候,门铃响了。今天并没有预约客人。她略微觉得有些奇怪,正放到通话器上的手却停了下来。液晶屏幕上显示出来访者的模样,是她见过的脸,即最开始在这个事务所接待过的警察,应该是姓松宫。还有另一个人跟他在一起,好像还同时带来了一阵不祥的暴风。她想着,拿起通话器。

18

　　松宫回到特别搜查本部所在的警局时,同组的前辈大槻刚好从正门出来。大槻个子不高,脸却很大,肩膀也很宽。他的柔道达到三段,耳朵长得像花椰菜。看到松宫后,他"哦"地打了声招呼。"怎么样,那边的线索?"连松宫去哪里做了怎样的调查都不知道,他却还是要问,每次都是这样。
　　"一般。"
　　"是吗。真是可惜啊。"他若无其事地应道。究竟是怎么样的一般也不问,那对他来说就是个打招呼的方式。
　　"大槻前辈去哪里?"
　　"神田。又有一个人有了联系,这次是滨冈核电站。"
　　"哦。"松宫点着头,大致明白了是怎么回事,"希望能有收获啊。"
　　"嗯。我是没什么期待。"大槻抬手打了个招呼便离开了。
　　绵部俊一或许是核电站的工作人员,而且在各地的核电站往返作业过——基于这样的假设,本部正在进行各方面的排查,联系各个相关公司便是其中的环节之一。调查人员要做的就是问对方有没有雇用过一个叫绵部俊一或者越川睦夫的人,再出示那幅素描图,看对方是否有印象。

当然，这并不是件简单的事。时间过去得太久不说，相关公司的数量也十分庞大。雇用作业员工的实际上都是一些级别低好几层的小事务所，光确定负责人就已经困难重重。如今受地震的影响，很多核电站都停工了，退出这一行业的公司也不在少数。现在除请求所有辖区内有核电站的警察局协助进行调查之外，特别搜查本部还同时派出了很多调查专员。这些人每天接触各种雇主、负责安排工作的人员或曾经在核电站工作过的员工，一旦得到相关线索就送回本部。

大槻提到的滨冈核电站有了联系，恐怕是得到了曾经有与绵部俊一长相相似的人在那里工作过的线索后，又进一步掌握了那个人的姓名。他去神田，是为了去那里的辐射性作业从业人员登记中心，对是否真的存在过这样一个员工进行确认。

为了在辐射管理区域内工作，所有员工必须去登记中心进行登记，那里没有绵部俊一和越川睦夫这两个名字的情况早已得到了确认。如果他当初在核电站工作时用的是这两个名字，那么只可能是工作地点在辐射管理区之外。但那些熟知核电站员工情况的人认为这样的可能性很低，因为拿到手的钱完全不可相比。为了多赚点钱，只能接受大量辐射，这似乎就是那个世界的常规，而且钱在最终到手之前还有一部分要被抽走。

滨冈核电站的线索到底有没有用呢？如果他们提供的名字在登记中心有记录，那么就可以查清楚他在工作过程中受到的辐射量以及当时的住址、籍贯和工作经历。接下来就需要从那些线索入手找到那个人现在的行踪，再去确认是否就是正在追查的人。

松宫默默在心底祝福大槻那乏味而烦琐的调查能有结果，走进警察局。会议室里，小林和股长石垣正在说话，两人的脸色都不好看。

说完后，石垣便离开了房间。等他出来后，松宫走到小林那里，报告了对浅居博美的讯问过程。

"是吗，她果然还是否认啊。"小林的表情冷漠。

"她说苗村老师她记得很清楚，当初受了他很多照顾。"

"可是却没有男女关系，是吧。"

"她还笑呢，说做梦也没想到会被这样问。"

"宝石项链的事提了吗？"

"提了。她说确实有过那样一件首饰，但那是她自己买的。"

"自己买的……啊。"

"我还试探地问了一下她跟谂访建夫结婚前交往对象的事情，跟她说方便的话希望她提供姓名。"

"她怎么回答？"

松宫叹了口气，微微摊开双手。"她说不方便。"

"竟然这样应对。"

"她还反过来问我为什么要问这些问题，说这些跟押谷道子被杀根本没有关系。我只能告诉她说这关系到案情的机密，所以不方便说。"

"她看上去有所动摇吗？"

"怎么说呢，"松宫歪着头，"看上去应付得还挺自如，神情放松，回答问题时的语气也很沉稳。只不过……"

"不过什么？"

"她是个演员。"

"是啊。"小林愁眉苦脸地挠头道。

"我刚才倒是听大槻前辈提起，好像又得到了一条新情报。"

小林的手伸向一旁的材料。"姓名横山一俊，大约二十年前曾作为一名作业工人在滨冈核电站工作过。当时一家级别低两层的小事务所负责人看到素描图后，说长得很像。他说他手下的那个人当时五十岁左右，年龄上也一致。"

"他有没有提到究竟是怎样一个人？"

"很可惜，除了工作他们没什么交往，也不太了解他的为人。但由于当时的员工名单还在手上，所以名字还想得起来。"

"辐管证是真的吗？"

松宫指的是辐射管理证。这个证件专门发放给在登记中心登记过的员工。想去核电站工作的人如果不把这张证交给相应的工地，是没办法得到工作的。

"因为是很久以前的事了，那个负责人也记得不是很清楚。但他说如果证件是假的，一眼就能看出来，那种可疑的人他们是不会用的。唉，他的话应该可以相信。"

不过，这并不能成为那个人真的是横山一俊的直接证明。松宫也是这次才知道，辐射管理证的发放手续和管理其实十分松散，只要有一张户籍证明，就可以轻易顶替他人，甚至有仅凭一张伪造的户籍证明便对实际上未满十八岁的青少年发放证件的事情发生。对进入辐射管理区域的人，要求他们提供驾照或者护照等带有照片比对的证件，其实是最近才开始实行的规定。

苗村诚三——这个名字在登记中心也没有记录。但是，只要有途径弄到写有其他名字的辐射管理证，进入核电站工作是绝对可能的。

越川睦夫是假名，绵部俊一也是假名，在新小岩被杀的人真正的名字应该是苗村诚三——这便是松宫的推理。如果是这样，那么就更要怀疑浅居博美了。因为算上押谷道子，两个跟她有关系的人都被杀了。可是关于作案动机，至今仍没有任何发现。押谷道子见浅居博美是时隔三十年之后，其间两人完全没有联系，非杀掉一个人不可的理由不可能突然间冒出来。

松宫一边思考这些事情，一边面对电脑写起报告。这时从外面回来了几个负责调查的人，其中一人作为代表正向小林报告着什么，只是脸色似乎有些凝重，看上去应该没得到什么好结果。

果然，小林也板起脸。只见他下唇前突，抱起胳膊，叫出了松宫的名字。

"有什么发现吗？"

"正好相反，什么都没发现，完全搞不清状况。"

"什么状况？"松宫打量着刚回来的那些人。

小林拿出两张照片。"不好意思，你又得出差了。有个地方想让你跑一趟。"

一走进店里，松宫便发现了加贺的身影。他的手指正在平板电脑上划动。

"久等了。"松宫说着将包放到加贺对面的座位上。

加贺抬起头。"时间没问题吗？"

"票已经买好了，还有大概三十分钟。"

这家店是自助式的。松宫在柜台买了杯咖啡，回到座位。加贺正津津有味地看着液晶屏幕，上面显示的是某处神社的照片，有一大群人正在走动。

"那是……"

加贺竖起平板电脑，将画面朝向松宫。"银杏冈八幡神社。"

"银杏冈……"

"这样写的。"加贺的手指在屏幕上动了一下，一张写有"银杏冈八幡神社立春前日撒豆"字样的海报照片显示出来。"是位于浅草桥附近的神社。每年二月三日,那里会举办一个叫立春前日祭的活动。我试着收集了相关的照片。"

"二月是浅草桥……你是想像洗桥的照片一样,从里面找找看有没有拍到浅居博美吗?"

"嗯,算是吧。不过这次似乎有些难度,主要是数量不够。"加贺关闭了屏幕,抬起头。

松宫将小林给他的两张照片放到桌上,那是将当初毕业纪念册里的照片进行剪切处理后的东西,集体照里的苗村被放大了。两张照片一张是押谷道子毕业时的,还有一张是辞职之前的。

"真年轻啊。"加贺看着两张照片说,"这张脸三十年后真会变成素描图里的那副模样吗?"

"我就是要去确认这一点。"

松宫接下来要去仙台。他要将这两张照片给宫本康代看,让她指认照片上的人跟绵部俊一是不是同一个人。刚才有几个调查员回来,将这两张照片拿给当初协助制作素描图的人看过,但是所有人似乎都无法认定。他们都说年龄相差太大,无法判断。

松宫之所以联系加贺,是想问他有没有什么话要转达给宫本康代。结果加贺说没有,反而说有件事情想让他心里先有个数,问他能不能抽时间见个面。两人这才约好在松宫去仙台前在东京站附近的咖啡店碰头。

"你说过他当时是初二的班主任吧。"加贺将照片放到桌上,"而且还可能跟浅居博美有男女关系。"

松宫是昨天从滋贺县回来的,他夜里给加贺打电话讲了大致情况。

"但今天已经被她本人否定了。"松宫收起照片,"不过我想肯定没错。那条宝石项链是苗村诚三给她的礼物,而我想苗村就是绵部俊一即越川睦夫。"

加贺将手肘放到桌上,拳头抵着额头。"中学老师爱上学生,最后竟抛弃妻子,连学校的工作都辞了一走了之。也不是不可以想象,可是这为人也太肤浅了。这种男人到底哪里吸引人呢?"

"浅居博美当时也还年少,可能想法比较单纯吧。对了恭哥,你不是有过当老师的经验吗?能不能理解他的做法?"

"就算有经验,也只有两年而已,而且也没有真正意义上的学生。这个先别管了,他为什么要选择成为核电站的工人呢……"

"当然是为了收入。如果做那个工作,想要同时隐藏身份并不难。对苗村来说,这不是正好吗?"

"话是没错。"加贺看上去还是不能接受。

松宫看了一眼手表。"你说的事呢?"

"对了。"加贺说着从旁边的包里掏出一本剑道杂志放到桌上,翻开了贴有便签的那一页。松宫不自觉地"哦"了一声。那一页上有身着剑道服的加贺的照片,而且显得还很年轻。

"关于这篇报道,有一个重大发现。"以此为开头,加贺接下来所说的话确实称得上令人瞠目结舌。他说浅居博美以这篇报道为线索,找出了他的住址。

"怎么回事?你当初不是说你们是在剑道课上认识的吗……"

"也就是说,那件事情可能并不是偶然发生的。她为了接近我,故意把孩子们带到剑道课上。"

"为什么要那样做呢?"

"还不知道。如果浅居博美跟绵部俊一之间有什么关系,那么我那些多年未解的谜团中便有一个可以解开了。"

"也就是你母亲去世的时候,为什么绵部俊一能告诉宫本康代你的住址吧。"

加贺点了点头，看了看手表。"你差不多该走了吧。"

松宫也确认了一下时间。"是啊。"

二人走出咖啡店。"关于你提到的滋贺县的事情。"朝同一方向前行时，加贺说道，"我听过后，有一点比较在意。你说过当时的那些学生都不怎么记得浅居博美的事情吧？"

"只记得曾经有人欺负她，但转学的事几乎什么都不记得了，说只觉得不知什么时候就忽然消失了似的。"

"不知什么时候……"

"怎么了？那有什么好在意的？"

"我也不是很清楚。好像看到了些什么又看不见，明明看在眼里却没有留意，就是这种感觉。"

松宫停住脚步。加贺随后也停下转过身。"怎么了？"

"就是它。那种感觉跟我的完全一样。我其实也有这种感觉，很强烈。"

"是吗。"

"是不是我作为刑警的直觉已经差不多跟恭哥同一个级别了啊。"

加贺苦笑着。"少在那儿讲无聊的话，你还是抓点紧吧，要赶不上车了。"

松宫看看表，确实要快些走了。"那就这样吧。"他抬手跟加贺打过招呼，便小跑起来。

松宫几乎是冲上了疾风号。大概一小时四十分钟后，他到达了仙台站，又在那里继续转乘仙山线前往东北福祉大前站。因为是第二次来，他已经习惯了。

这次还是从车站开始徒步。之前他就觉得这段上坡真难走，而这次又是一个人，感觉路更漫长了。

国见丘还是那么安静,各户人家都已经亮起了灯。不一会儿他便找到了宫本家,今天要来的事已经事先电话通知过。这次虽不是同加贺一起,但康代还是很欢迎他。他像上次一样被带到客厅,但这次康代端来的不是茶而是啤酒,他连忙谢绝。

"有什么关系。天都黑了。"

"不,这样我很为难的。您的好意我心领了。"

"是吗。难得我这里有上好的盐渍茄子呢。"康代一副打心眼里遗憾的表情,将啤酒和杯子放回托盘,消失在厨房。

再次出现时,她已泡好了日本茶,松宫在喝之前就上次的事情再次道谢。

"不知道我有没有帮上忙啊。那之后究竟怎么样了,我还挺挂心呢。"

"托您的福,进展得很顺利。"松宫说谎也很顺口,"其实今天还是有东西想让宫本女士帮忙看一下。这次是照片。"

康代忽然坐直了身子。"好。"

松宫将那两张照片放到她面前。"由于相隔了一段年月,可能感觉上有些不一样,但这两张照片是同一个人。这个人您见过吗?"

康代的两只手各拿起一张照片来回看。松宫原本期待她会立刻有反应,以为她会露出些许惊讶的表情,但康代说出的话却出乎他的意料。"我认识的人里应该没有这样的人。"她回答道。

"请您再仔细看看。如果宫本女士您见过他,我想那应该是在这张照片拍摄后的十几年。可不可以请您考虑到年龄的变化,再看一看呢?"

听松宫说完,康代又看了一眼照片,但那副迷茫的表情却没有变化。

实在是逼不得已,松宫想。虽然他想尽量避免诱导回答这种事情,但这种时候也顾不得那么多了。"绵部俊一先生……怎么样?上次您帮我们看过的那幅素描图里的。"

康代抬起头,双眼因惊讶而睁得很大。松宫期待着或许她终于想起来了。

"怎么可能。"可是她摇着头,说得很坚决,"这个人不是的。这不是绵部先生,完全不是同一个人。"

19

松宫连夜赶回特别搜查本部。石垣、小林和大槻都在,三人正围在会议桌边。

"让你特意跑一趟,真是辛苦了。"石垣招呼松宫说,"早知是这样,就让宫城县警去一趟了,反正只是看一下照片嘛。"

松宫已经通过电话向小林报告了宫本康代的回答。上司那一声低沉的"是吗"当中夹杂着失落。

"不,我也想亲自确认一下。但是非常遗憾,我原来还以为不会有错呢。"

"也就是说我们完全错了。现在可以认为苗村和绵部是同一个人的可能性是零了吧。"

"从宫本女士的态度来看,还是那样考虑比较妥当。她完全没有迟疑的样子。因为她同绵部俊一当面说话的次数不少,我想应该不会有错。"

"是啊。知道了,就当苗村的这条线断了,再重新制定调查方针吧。那小林,接下来就交给你了。"

"是。"小林答道。石垣抓起挂在椅背上的外套走出房间,他的步伐绝对算不上轻快。

松宫看着小林。"这边有什么进展吗？"

小林朝大槻伸了伸下巴。"这家伙搞不好还真抽中了上上签呢。"

"哦？"松宫的视线转向大槻，"是今天白天说的那个吧。名字叫……"

"横山一俊。这个名字在登记中心找到了。"大槻看着手头的材料说，"当时的住址是名古屋市热田区，籍贯也一样。但是现在户籍档案已经被销掉了，也没有办理过转户手续的迹象，完全没有办法确定住址。"

"家人呢？"

"离过两次婚，父母早就死了，有一个姐姐嫁到了丰桥。"

"两个前妻和姐姐的住址应该能查出来吧？"松宫问小林。

"已经向爱知县警发出了协助请求，接下来我们也会派人去。不管怎样，肯定能找到更详细的情报。"

被派去的调查人员里也有坂上。

松宫拿出记事本。"横山一俊啊，汉字是怎样写的呢？"

"那可有意思了，大槻跟我提之前，我也一直没意识到。"

松宫看了看小林写的汉字，果然是"横山一俊"。他想着这名字究竟哪里有意思，看了看自己写下的文字，不禁发出了"啊"的一声。"是后面的名字吧。前后对调的话就是'俊一'，是绵部俊一的'俊一'。"

"正是。"

"如果纯粹看作是巧合，那也有些太巧了吧？"大槻兴奋得鼻孔大张。

"确实引人注目啊。这个横山也在女川核电站工作过吗？"

"重点就在那里。据大槻说，他不但在女川工作过，而且一半以上的工作经历都在女川。"

大槻的视线再次落在那些材料上。"雇用他的公司是'白电兴业',但这是在东京的总公司。我觉得横山一俊并没有直接被其雇用,真正雇他的恐怕是当地的分公司,甚至可能是再下一级的承包公司。"

"那么,只要查一遍女川所有有相关业务的公司……"

松宫的话刚说一半,小林便摇起了头。"那是不可能的。"

"为什么?"

"这次的调查中,对那些辖区内有核电站的警察局,我们都做了协助调查的请求。"大槻开始解释,"但是福岛和宫城这两个地方的调查却没办法进行。当地的公司什么的全都遭遇地震,连公司的建筑物本身都已消失,过去的记录也找不到,想要找出曾经在那里生活过的人如今的行踪也几乎不可能。"

松宫放下了笔。

"但是也没有必要悲观。"小林说,"总之只要找到认识横山一俊的人就好了。当初同他一起在滨冈核电站工作过的人中,有好几个我们已经掌握了真实身份,查明横山一俊的具体情况相信也只是迟早的事。问题是他是否真的是我们要找的那个人。"

"是啊。"松宫点着头,心里同时蒙上一层阴霾。如果真的碰对了,即这个横山一俊真的是绵部俊一,那么他和浅居博美之间又有着怎样的联系呢?这又将成为一道新的壁垒。

小林忽然抬起头。"辛苦了,今天差不多可以回去了。"

"不,我就在这里……"

松宫刚一开口,小林便如同赶苍蝇似的挥起手来。"管理官可不希望调查人员有事没事就睡这里。股长也是。赶紧回去吧,也让你们的老婆多少安心些。"

话说到这地步也不好反驳,松宫于是低头行礼道:"那我就先告辞了。"

松宫跟母亲克子一起生活在高圆寺的一处公寓。他们原本住在三鹰的一处老旧的出租房,但在被分派到搜查一科后,松宫便下决心搬了家。

"跟母亲一起生活可不是什么轻松的事吧。"前辈坂上等人都曾这样笑着说过。他们总说这简直就像和恋人同居,还说很容易被怀疑是恋母癖。这确实有可能,所以松宫并不怎么对外人提起。

关于父亲的记忆,松宫几乎没有,因为父亲在他幼年时就因事故去世了,而且还不是正式的父亲。那个男人已经跟别的女人结婚,在离婚不成的情况下就那样跟克子住在了一起。

"我在婚姻这事上没什么运气啊。"克子直到今天还这么说。她之前也结过一次婚,松宫就是那个人的姓。但是那人年纪轻轻就病死了,然后,她才遇见了松宫后来的父亲。

松宫是看着母亲如何辛苦地撑到今天的,所以即便牺牲了一些个人自由,他也从未对两个人生活在一起有任何不满。

等他回到公寓时,时间已快要跳到新的一天。或许妈已经睡了吧,松宫这样想着,尽量不发出任何声响地打开门,却吓了一跳,因为他听到屋里传来克子爽朗的笑声。他看了一眼鞋架,一双大鞋摆在那里。进屋后,他发现母亲和一个男人正坐在餐桌两边。桌面上排列着啤酒罐,还有用碟子盛着的泡菜。

"哎呀,回来啦。"是克子在说话。

"仙台的事刚完就回来了?真辛苦啊。"穿着衬衫的加贺道。他的领带已经解开,袖子也卷了上去。

"你们俩这是干吗呢?"

"是你恭哥忽然来看望我,还带了人形町的豆腐和鸡蛋烧给我吃。两个都挺好吃呢。"克子的眼角已经有些泛红了。

"我就是好久没见姑姑,想来看看。最近你肯定不怎么回家吧?所以我想她肯定很寂寞。我来应该没事吧,都是亲戚。"

"那倒没什么问题。"

"那就别傻站着,先来一杯吧。今天的工作已经结束了吧。"克子从餐具柜里拿出杯子。加贺朝里面倒上啤酒。

松宫脱下外套,坐到椅子上。一口啤酒下肚后,他觉得浑身的疲倦似乎都缓缓地渗到了体外。今天这一天也真是够卖力的。

"怎么样,有头绪了吗?"加贺问道。

松宫摇头,将宫本康代看完照片后的话重复了一遍。

"是吗,果然如此啊。"加贺的反应很平静。

"你早就觉得不是同一个人了?"

"也不是很确定,但总有一种预感。我实在无法想象母亲与那种人交往过。"

听了加贺这番话,松宫才恍然大悟。他评价苗村为人肤浅,问那种男人到底哪里吸引人,原来是对母亲的质问。

"苗村……是不是跟案子没关系?"

"不,现在就断定还为时过早。"

松宫伸向泡菜的筷子停在了半空。"那你的意思是跟案子有关?"

"是不是有直接关系现在还不知道。但是,跟浅居博美有关联的人当中,有两个人都消失不见了,这也是不可否认的事实。"

"两个人……一个是初中时代的同学,另一个是班主任。押谷道子说是消失,其实就是被杀了。"

"就是这一点。所以对苗村老师的行踪不明,是不是也应该有所怀疑?"

松宫屏住了呼吸。"你是说也被杀了,那个苗村?"

"可能性是有的。"

"如果被杀了,那又是什么时间呢?"

"那可不知道。"加贺摇着头,将杯子放到嘴边。

"如果真的是这样,那凶手是谁呢?难道还是……"浅居博美——松宫踌躇着是否该说出这几个字。

"现在的情况下,那样考虑还太早。"加贺微微耸肩道。

"你们说的事情好像很吓人啊。"一直默默不语地听着两人对话的克子僵硬地笑着。

"不好意思,净聊些不合时宜的话。"加贺低头看看手表,"都已经这时候了,一不小心聊到这么晚。"

"不是挺好嘛。反正脩平也回来了。"

"不,得让这小子好好休息。"加贺将手伸向外套,站了起来,"今天真是谢谢了。好久没跟姑姑聊天,挺开心的。"

"我也是。下次再来啊。"

松宫轮番打量着母亲和表哥。"你们俩都聊什么了?"

"都是些琐碎的往事。"

"也聊起了百合子呢。就是你恭哥的母亲。"克子说,"我跟她的交往也不是很深,但一直记得她是个善良而有责任感的人。她离家出走,肯定也是烦恼纠结后无奈的选择。所以阿恭啊,你就原谅她吧。"

加贺苦笑着点点头。"我知道。我听过好多次了。"

"刚才的事你也考虑考虑啊。"

"啊……嗯。"加贺似乎有些犹豫不决。

"什么事啊?"

"就是百合子的祭奠。我听他说像样的仪式一次都没办呢。"

松宫"哦"了一声,点了点头,看着加贺。这个表哥对那些仪式没什么兴趣，这点他很清楚。

"等一切都安定下来后，我会考虑的。"

"说真的啊，那就这么定了。不管怎么说，百合子是你的母亲，这件事是不会变的。你就算现在去查档案，记录也都还留在那里。这已经是很难得的事情了。你看，脩平没有爸爸。关于这孩子他爸的记录，哪里都查不到。光凭这一点，阿恭就已经算是很幸福了。"

克子的声音开始颤抖，松宫一下子慌了。

"哎呀，别再说了。你喝醉了吧。"

"才没有醉呢。我只是想让阿恭理解……"克子终于还是哭了起来。

"这下麻烦了。"松宫哭丧着脸，跟加贺说了一句"不好意思"。

"姑姑的心情我十分理解。"加贺平静地回答道，"我会认真考虑的。今天晚上，承蒙您款待了。"

克子无言地连续点了两下头。

松宫将加贺送到门口。穿好鞋后，加贺却面对大门停住了脚。松宫不知怎么回事，正打算问，却见他又转过身来。"我们可能忽视了一件很重要的事。"

"啊？"

"我会再联系你。"加贺说着走了出去。

20

睁开眼后,博美浑身都被冷汗浸湿了,脑海里还残留着刚才那个令人厌恶的梦。她希望这是因为明天将迎来最后一场公演而产生的紧张。但洗完澡站在洗脸池的镜子前时,她改变了想法——并不是那样。她的注意力并没有放在最后一场公演上。关于那个时候的记忆正切实地逐渐接近她,留在脑海里挥之不去,一定是恐惧的心理让她做了噩梦。

博美对着镜子里的自己笑了。是嘲笑。到头来自己还是个懦弱的人啊,不过是虚张声势地活到今天而已,这种想法只能令她失望。她用手掌拍了两下脸颊,接着又紧盯着自己。自己为什么失望呢?梦想已经成真了。没有任何好害怕的,也不需要后悔,今天和明天只须考虑燃尽生命最后的火焰便好。

手机铃声响起是在她快化完妆的时候。看了一眼来电显示,她的嘴抿得更紧了。"喂。早上好,加贺先生。"

"这么早打扰你真不好意思,现在说话方便吗?"

"请讲。"

"有几个问题我需要问你一下。现在去你那边可以吗?其实,我已经在附近了。"

博美做了个深呼吸。她思索着他没有选择剧场和事务所,而是来自己家的理由。"我的时间不是很多。"

"十分钟就可以。拜托了。"

现在就算拒绝,结果也还是一样吧。加贺一定会通过其他手段达成他的目的。

"明白了。那么我等你。"

挂断电话后,博美叹息着环顾室内。家里虽不是很整洁,但也没什么见不得人的东西。她简单地收拾了一下桌子四周,等待加贺的来访。不一会儿门铃就响了。博美按下通话器,听到加贺的声音,于是打开了锁。

很快响起了第二次门铃声。博美调整呼吸,走向玄关。她转动把手,打开门。加贺就站在门外,却不是一个人,身后还跟着一个身穿西服、圆脸蛋的漂亮女人。

"你不必在意她。"加贺说,"我觉得一个大男人独自到女性家里不太好,才请她陪我一起。"

"我姓金森。"她说着低头行了个礼,并没有递名片。

博美将二人带到客厅。她不怎么招待别人来家里,但双人沙发和单人坐的矮椅还是有的。博美让他们坐到沙发上。"要喝点什么吗?咖啡马上就可以泡好。"

"不用了。因为我答应过你只占用十分钟。"

"好的。"博美回答后坐到椅子上。

"首先想问的是这件事。"加贺从怀里的包中取出一本杂志放在桌上,是一本剑道杂志,"米冈女士你应该认识吧。米冈町子女士,是一名娱乐记者。"

先问的是这个啊——博美心里早有预料,所以保持冷静并不困难。"嗯,我知道。你去见过她吧?她跟我说过了。"

"你认识那就好说了。那么,为什么要调查我的住址呢?可以告诉我吗?"

"为什么?那自然是因为——"博美在加贺面前耸了耸肩,"我想收集一些关于剑道的素材。机会难得,当然想找个实力强劲的人。我跟米冈小姐应该也这样说过。"

"确实说过。但是那就怪了,好不容易从米冈女士那里问到了地址,为什么没有联系我呢?"

"因为没有必要了。我更换了剧本的题材,仅此而已。所以后来在那个剑道课上见到你的时候,说实话我是很意外。世上竟然有如此的巧合。"

加贺用锐利的目光盯着博美。"你说那是巧合?"

博美的眼神并没有闪躲,她微笑道:"嗯。是的。"

"可是至今为止,你从未提起过那件事。"

"我觉得还是不讲出来比较好。自己的住址在毫不知情的情况下被查了出来,听到这种事情会不高兴也是很正常的吧?"

加贺做了个深呼吸,将剑道杂志拿了起来。"为什么是我?"

"我刚才应该已经回答过了,我想听一听实力强劲的选手的看法。加贺先生曾经在什么大赛上获得了冠军吧?所以我觉得你很适合。"

"实力强的选手还有很多,光这本杂志上就有不少介绍。"

"直觉。我们这种工作并不是靠讲道理。选演员的时候也一样,我们很重视直觉。即便被问起为什么起用某个演员,我也只能回答是直觉。"

"那么,为什么是这本杂志呢?"

博美的双手稍稍举起，摆出投降的姿势。"剑道杂志有很多种类吗？我去书店的时候偶然看到了这一本，只是这样而已。"

"那就怪了。"

"为什么？"

加贺指着杂志标题下方。"请看这日期。这本杂志是在你找到米冈女士的三年前出版的，为什么书店里会放一本那么久以前的杂志呢？"

博美的心里泛起了涟漪。是啊，那时候这早已是一本旧杂志了，她忘得一干二净。但她立刻掩饰起自己的狼狈。"不好意思，我完全忘了。不是书店，准确地说是旧书店。"

"旧书店？为什么要特意去旧书店买？"

"并不是特意，只不过偶然进了一家店，结果这本杂志刚好摆在外面，我觉得刚好需要就买下来了。新出的杂志不是很贵吗？"

"是在哪里的店，可以告诉我吗？"加贺把手伸进上衣内侧。

"忘记了，我想应该是在神田附近。"

加贺收回手。"那真是可惜。"

"所以，虽然你似乎对这件事很在意，但是我调查你的住址并没有什么特别的目的。坦率地说，我对你并不是那么有，不，应该是完全没有兴趣。不管是过去，还是现在。"博美朝这位刑警开心地一笑，"你想得太多了。"

加贺回以笑容。"是吗？那我明白了。"当然，他的目光里没有丝毫赞同的意思。

就在加贺将剑道杂志放回包里的时候，一直在旁边默默听着的金森忽然发出了"啊"的一声，表情扭曲起来，一只眼睛还在不断地眨着。

"怎么了？"

"我的隐形眼镜……不好意思，我可以用一下洗手间吗？"

"啊，请自便。顺着过道走，在左手边。"

"不好意思。"她说着便站起身。博美目送她走出客厅，视线随即又回到加贺身上。"挺漂亮的啊。她也是刑警吗？"

"不，是其他部门的。"

"是吗。那加贺先生，还有其他事吗？"

"前两天，警视厅的人曾经去过你的故乡。他们在那里见到了好几个你以前的同学，是初中二年级时候的。"

加贺似乎又打算换个方向进攻了。博美保持着柔和的神情正色道："哦，是吗？那又怎么了？"

"负责调查的人很费解。那些同学似乎并不怎么记得你。"

博美轻轻地点头。"有可能啊。我当时并不引人注目。"

"好像有人记得曾经欺负过你，但是对于你转学的事情，几乎所有人的记忆都很模糊，这实在叫人意外。他们只有隐约的印象，觉得你不知在什么时候就忽然消失了。"

"那也没办法吧。父亲去世，几经辗转后，我还是被送进了孤儿院……连最后道别的机会都没有。"

"我知道当时你一定很难过。你说你父亲去世了，那么死因是什么呢？"

博美感觉到面颊有些紧绷。"那种事情，你们应该已经查过了吧。"

加贺从上衣内袋里掏出记事本打开。"特别搜查本部已经查清了你过去的经历。你父亲的死因是自杀，从家附近的建筑物上跳下去的。材料上是这样写的。"

"没错。"

"是什么样的建筑物呢？公寓楼吗？还是商场？"

博美使劲摇头。"应该是栋什么大楼，但具体是什么记不清了。我接到通知后就赶往医院,之后才有人告诉我他从楼上跳了下去。"

"原来是这样。不过真是想不通。我不是很清楚情况,但你的家乡并不是个多大的地方吧?发生这种事情,一般情况下肯定会闹得沸沸扬扬吧?但据调查人员说,你的同学对当时发生的事故或其他大事等都记得十分清楚,却说完全不知道同班同学的父亲跳楼自杀。你不觉得这很离奇吗?"

"这种事情你对我讲也没有用。不过,当时的确有人试着不让父亲去世的事情闹得太大。"

"是什么人?"

"我的班主任。"

加贺低头看了一眼记事本后又抬起头。"是苗村诚三老师吧?"

"是的。"

加贺啪的一声合上记事本,就那样抱起胳膊。"我觉得不管再怎么努力,有些事情想藏也是藏不住的。因为工作的原因,跳楼自杀或者坠楼事故的现场我也去过,那真的会闹得很厉害。"

"就算你这样说,但从结果来看,只能说当时的确隐藏得很好。加贺先生,你到底想说什么?"

金森回来了。"没事吧?"加贺问道。女人回答"没事",又同方才一样坐在加贺身旁。

博美抬头看着墙上的挂钟。"差不多……"

"特别搜查本部里你的个人档案,"加贺打断了她的话,"主要是以留在琵琶学园的材料为基础制作而成的。你父亲从家附近的楼上跳楼自杀的记录也是一样。我想,那些资料本身并不是以正式的文件材料为参考,而是以你自己,或者苗村老师的描述为依据写成的吧?也就是说,我现在正这样怀疑,你的父亲其实死在了其他地方,并且是另一种死法。"

那个姓金森的女人带着一副严肃的表情坐在加贺旁边。她到底是受了怎样的劝说才愿意跟他一起来这里呢——如今并不是考虑这种问题的时候,但博美的脑子里就是浮出了疑问。

"你的同学并不知道你父亲自杀的事情。虽然你是因为那件事无法继续去学校了,但其间的过程他们并不了解。我觉得这件事情很不自然,但是如果反过来想就能想通了。"

"反过来?"

"假设你父亲自杀在后,而你不去学校在先。通常情况下,辍学或许会引起同学们的注意,但如果班主任做过什么解释,他们也就会罢休了。不过那些解释并不是事实,苗村老师对学生说谎了。那个老师知道你不去学校的真正理由。是什么呢?能想到的有两个:你自己不愿意去学校,或者因为某件事情而不能去学校。我假设原因是后者。你想去学校却去不了,为什么呢?因为那时候你跟着父亲一起去了遥远的地方,你们在进行一场逃亡。没错,你们为了躲债而逃跑了。"加贺用他那富有穿透力的声音一口气说完,死死地盯着博美的脸,似乎在向她示威——无论多么巧妙的演技都骗不过我的眼睛。

"你说得好像自己坐着时光机回去亲眼看到了似的。我真想知道你的自信是从哪里来的。"

"这样考虑的话,一切就都合理了。你父亲恐怕是在某片遥远的土地上死亡的。死亡证明交给了当地,遗体也在那里火化了,所以学校里的同学什么都不知道。苗村老师虽然知道你们逃亡的事,却没有声张,而是选择了静观其变,估计是因为同情你的遭遇吧。没过多久,你父亲的死讯传到学校,但苗村老师考虑到你的处境,决定对学生们隐瞒真相。而且他还决定就算在万不得已的情况下,也不会说出真相,而是会谎称你父亲是在当地自杀,因为他怕为躲债逃跑这件事会给你带来不好的影响。不,也可能是你自己恳求苗村老师那样做的。"

博美同样盯着加贺,轻轻拍了拍手。"真是了不起的想象力。做刑警的,每个人都像你这样吗?"

"虽然死亡证明在法务局的保存期限已经过了,但是你父亲是在什么地方怎么死的,只要想查立刻就能查出来。"

"请你随意。"

"你不想补充些什么吗?如果你愿意在这里说出实情,我们都可以更省事。"

"每个人都有各种所谓的难言之隐。为了活下去,必要的时候多多少少都会说谎。但是加贺先生,就算你的推理正确,我的父亲死在了逃债的路上,那么我又有什么罪呢?伪造经历?"

加贺皱起眉头,手指在鼻子下方擦了擦。"应该也定不了什么罪吧。如果真是那样……"

"那么这究竟有什么问题呢?还是说你只是想把我的过去翻个底朝天?"加贺没有回答,博美则从椅子上站了起来。"事先约好的只有十分钟,现在已经超过很多了。可以请你到此为止吗?"

加贺仰望着她。"就在最近,我从一名熟识的护士那里听到这样一句话,是一个死期将至的人说的。她说,一想到以后会在那边看着孩子今后的人生,就开心得不得了。为了这个,即便失去生命也无所谓。父母为了孩子可以牺牲自身,关于这一点,你有什么看法?"

这句话让博美一阵眩晕。她拼死坚持。"我觉得很了不起。仅此而已。"

"是吗。"加贺点头起身,"明白了。感谢配合。"

博美将二人送到玄关。加贺再次转身面对她。"明天就是公演的最后一天了。"

"是的。"

"我衷心祝愿公演能够顺利落幕。"

"谢谢。"

"关于那部《新编曾根崎殉情》,我可以提一个问题吗?"

"什么问题?"

"关于题材的选定,你是怎么想的?满意吗?"

博美看着问出这个问题的加贺,不禁有些意外。他的眼睛里流露出一种无法言说的怜悯之情。

"嗯,当然了。我觉得那是最棒的题材。"她自信地回答。

"那就好。不好意思,问了个奇怪的问题。那我这就走了。"加贺说完便走出房间,旁边的女人也打了个招呼,跟在他身后出去了。

锁上门之后,博美转过身,快速地冲进洗手间。她站在洗脸池前,视线飞快地四处游走,镜子里的那张脸早已失去了血色。

她拉开抽屉,将里面的梳子拿了出来。缠在梳子上的头发似乎比今早看时少了。

21

从目黑站坐上开往日吉方向的东急目黑线经过九站,到达新丸子站时已经过了下午一点半。从车站西口出来后是一条商业街,咖啡店、药店、花店、牙科诊所和美容院等各式各样的商店都集中在这里。或许因为早已习惯了大型购物中心,松宫觉得这里多少有些复古的感觉。

但走了十几分钟,喧闹的风景也发生了变化。道路开始变得狭窄,大大小小的集体住宅林立。再转过几个弯后,路变得更窄了。马路对面有一栋看上去很古老的公寓,没有看到名字,松宫便用手机确认了一下位置,看来这就是他此行的目的地。

今天,关于横山一俊的新情报到了。警方找到了好几个因滨冈核电站的定期维护而被同一个公司雇用的人,而且他们在女川核电站工作的时间也几乎跟横山一俊重合。而松宫接下来要见的,就是其中一个已经查出了现住址的男人,叫野泽定吉。松宫原打算提前联系他,却不知道电话号码。

公寓有两层。根据材料上的房间号,野泽的房间应该在一楼。面对走廊一共有五扇房门,贴有名牌的只有两扇,其中之一便是野泽。松宫按下了那个不知道还能不能响的旧门铃,门铃发出响亮的声音,吓了他一跳。里面如果有人，一定能听见。

但等了一会儿，里面却没有反应。松宫又按了一次，看了看表。他打算再等三十秒，如果还没有人应门就下次再来。

三十秒过去了。松宫从门前走开，心里想着接下来该怎么办。据材料上说，野泽的年龄是七十一岁，应该还可以走路。或许他只是暂时出门了。自己就先找个地方喝喝咖啡，过一个小时再来吧。

正想着这些的时候，背后传来一阵动静。松宫停下脚步转身看去。野泽房间的门打开了大约二十厘米，一个瘦小的老人正从门缝里往外瞧。

"是野泽先生吗？"松宫大踏步往回走。

但老人胆怯地关上了房门。

"啊，请稍等。我不是什么坏人。野泽先生，请开门，我有些事情想问您才来的。"松宫一边敲门一边说。旁边的邻居或许正在听着，所以他并没开门见山地说自己是警察。

门缓缓地开了。对面是一张满是皱纹的老人的脸。那双讶异的眼睛正仰视着松宫。

松宫亮出证件。"这是我的证件。"

老人的眼睛稍微睁大了一些。"我什么都没偷。"

"我知道，我不是为那事来的。我想请您协助调查，可以让我跟您了解一下情况吗？是关于您在滨冈核电站和女川核电站工作时的事情。"

老人露出了明显的厌恶之情。"那些我不想再提，烦死了。无核化什么的，我根本不关心。"

门似乎要再次被关上，松宫抓住门边制止了他。"我不想了解关于核电站的事。我想知道的是关于人，是一个跟您一起工作过的人。"

"啊？嗯……那种事我也早忘记了。"他咳嗽了一声。

"您只要说您还记得的事情就可以。三十分钟，不，十五分钟也……"

"不行……你回去吧。"他又咳了几声。

"不会给您添什么麻烦的。这是为了办案……"

"那种事……我……"老人的情况更加不正常了。只见他面部扭曲，开始剧烈地咳嗽，当场瘫倒在地。

"啊，您怎么了？没事吧？"

但对方似乎已经没办法回答了。松宫强行打开了门。老人正蜷缩在玄关，发出痛苦的喘息声。松宫觉得首先应该让他躺下，便脱了鞋，将老人扶了起来。老人的身体出人意料的轻。

这是一个布局单调的日式房间，角落里铺着被褥。松宫让老人睡在上面，他的咳嗽已经有所好转，但呼吸仍然很困难。

"没事吗？要不要叫医生？"松宫在他耳边问道。

老人柔弱地挥了挥手，随后又指了指什么。松宫顺着他手指的方向望去。那是一个年代已久的橱柜，带有很多抽屉。老人发出了"咦、咦"的声音。

松宫立刻反应过来。"您有药吗？"

老人一边咳嗽一边点了点头。

松宫打开橱柜的抽屉，最上面的抽屉里有一个白色的药包。"是这个吗？"

老人的头部微微动着，似乎在说是，随后又指了指水池。

"要水是吗？"

老人再次以同样的动作点点头。他挥了挥手，好像在催促松宫赶紧。

松宫简单地冲洗了水池边的茶杯，盛上水之后同药包一起拿给老人。老人带着痛苦的神情熟练地取出药放进嘴里，喝了一口杯子里的水。随后，他便背向松宫躺下不动，喉咙里发出"嘶嘶"的声音。

松宫不知该如何是好，只得跪坐在老人身旁看着他。这种时候再想问什么恐怕很难了，松宫暗下决心，如果对方再让他走，他就老实地回去。

老人肩头剧烈的颤动稍微平静了一些，呼吸的声音也缓和了下来。

"怎么样了？"

老人翻过身仰面躺着，胸口微微地上下起伏。他张着嘴，点了点头。"……啊，稍微舒服点了。"

"要是有经常就诊的医院，我帮您联系吧。"

老人挥了挥枯树般的手臂。"这样就行了。这是常有的事，接下来只要老实躺着就好。不好意思。"

"啊，这样就行了吗？真的没问题吗？"

"嗯，我还想让你帮个忙。"

"什么忙？"

"能帮我买点茶来吗？不要凉的，要热茶。如果可以最好是煎茶……前面的便利店就有卖。"

"煎茶啊。我知道了。"松宫走出房间，开始找便利店。他觉得事情变成这样真是够怪异的，但也不能放手不管。

便利店里的确有瓶装的热煎茶，松宫便买了两瓶回来。老人已经面对墙壁坐起了身子。"哦，不好意思啦。"他拧开瓶盖，满意地喝了起来，"多亏你，我才得救了。谢谢。"

"您生病了吗？"

"嗯，算是吧，肺好像有点毛病。医生说是年纪的关系，可是我年轻时又不抽烟。而且还不光是肺，我身上所有器官都有毛病，不管做什么动作都很费劲，所以每天基本只是这样躺着。刚才你按门铃的时候，我也觉得麻烦，所以装作没听见。但你又按了一次，我多多少少有些不放心，才去开了门。"

松宫环视四周。这是一个大约六叠的日式房间，靠墙摆放着一些最基本的生活必需品。由于光线不好，所以显得很昏暗，或许是因为不经常通风的关系，榻榻米也很潮湿。

"您现在还工作吗？"

老人发出"哼"的一声。"这把老骨头还能去干什么？上个厕所都够呛。"

"那，收入……"

"靠政府的生活保障金。没办法啊，想去工作挣钱也没地方去。谁会要我这把病骨头去工作呢？"

"不，绝不是……那您没有家人吗？"

"我才没那玩意儿呢。自从大哥进了黑社会，整个家都四分五裂了。"带着略微愤怒的口吻说完，老人又恢复了冷漠的神情，"唉，都是很久以前的事了。"

松宫能想象到，这个人恐怕也有很多无法对别人言说的、曲折迂回的过往。

"我想再确认一下，您是野泽定吉先生吧？"

老人双手握着塑料瓶，"嗯"地答道。

"可以让我问您几个问题吗？"

野泽叹了口气。"你到底想问什么？"

"您以前在滨冈核电站工作过吧？"

"啊，是的。很早的时候了。"

"当时跟您一起工作的人里,有没有一个姓横山的人?叫横山一俊。"

"横山……"野泽的目光虚望向远处,喝了口茶,颔首咽了下去,"有啊。横山……嗯……有的。后面的名字是不是那两个字我就不记得了。"

"脸还能记得吗?"

"哦,那当然记得。我们的宿舍在一起,经常碰面。"

松宫从包里拿出一张照片给他看。"这照片里的是那个人吗?"

野泽拿起放在被褥旁边的老花镜戴上,盯着照片看了起来。"不,不是。他的脸不是这样。"

这个答案在松宫的预料之中。照片上的是苗村诚三。

"那么,这幅图怎么样?因为这是近期的样子,所以跟野泽先生当初见他的时候感觉上可能有些不一样。"松宫如此说着,把那幅素描图递给他。

野泽盯着看了一会儿,缓缓地点了点头。"嗯,就是这张脸,画得很像啊。他总是这样阴沉着脸。我几乎从未见他笑过。"

松宫感觉心里有什么东西迸裂了,他强忍住想大声叫喊的冲动。虽然不能光凭这样就下定论,但他已经在心里肯定了,因为野泽看完画后的感想跟宫本康代的几乎完全一样。

"野泽先生,您当时也经常去女川核电站吧?那时您也和横山先生在一个工地吗?"

"不,女川不一样。我是被一个跟电业相关的公司雇用的,横山应该是在绵部那里。"

"绵部?绵部是什么?"

"专门负责雇用工人的公司啊。但那里也是受了其他公司的委托,只是一个最底层的事务所而已。那里负责的都是最危险的工作。"

松宫觉得心跳得更快了。事务所的名字是"绵部",本名叫"横山一俊",所以他才想到"绵部俊一"这个假名字吧?

"那个横山出了什么事吗?"野泽问道。

"没有,不是那样的……那个,横山先生是个怎样的人?"

野泽摘下老花镜,叹了口气。"一句话来形容,就是个死板而没用的家伙。领悟能力很差,警报经常响。"

"警报?"

"有一种机器会提醒我们今天不能再接受更多辐射,但是全照它的指示,我们就没办法做事了,所以背地里也会使很多小手段。现在回过头来想想,当时也真够傻的。那个横山,现在也不知道怎么样了?"

"不知道,我们也正在查。"

"能好好地生活当然最好,但应该不可能吧。"

"为什么?"

"我们这种人,说白了都被榨干了。"

"榨干了?"

"核电站啊,不是光靠燃料就能运作的。那东西需要靠吃铀和人才能动起来,是必须要供上活人给它的。我们这些工人都被它抽去了生命。你看我的身子就知道了,这是因为生命都被抽干啦。"野泽摊开双手。松宫透过他的领口,看见了他那瘦骨嶙峋的胸膛。

回到特别搜查本部后,松宫向石垣做了报告。但是比石垣更快做出反应的,是在一旁听着的小林。"股长,这次我们找对人了。"

石垣环抱胳膊坐在那里,点了点头。"事务所是绵部……确实不像是偶然。"

小林叫来了正在不远处办公的大槻,说明了一下松宫报告的内容,命他去查一下那个名为"绵部"的小事务所。

"明白了,我想想办法。"

"但是……"大槻走后,石垣却缓缓开口道,"如果越川睦夫,也就是绵部俊一的真实身份是横山一俊,那他为什么会被杀呢?这就是下一个问题了。关于横山的情报收集工作进行得怎么样了?"

"坂上他们得到了爱知警方的协助,正在调查。今天或者明天应该就会有整理好的材料送过来。"小林答道。

"是吗。里面如果有跟这起案件相关的消息就好了。"

"是啊,尤其需要可以证明他跟押谷道子或者浅居博美有关系的线索。"

"管理官也很担心,也差不多该理出些头绪来了。"

"我也这么想。"

看到两名上司开始了对话,松宫便行礼退下了。而就在那之后,电话座机的铃声响了。小林拿起话筒。"我是小林……嗯……你说什么?我知道了。你就那样盯住。还有什么其他情况吗?什么?你说那家伙?"小林的话筒放在耳边,不知为何竟瞪了松宫一眼,"……就只是那样吗?明白了,我会再给你指示。"

放下话筒后,小林首先将身子转向石垣。"浅居博美的动向似乎有变化。"

"怎么了?"石垣的表情严肃起来。

"她平时从家里出去后,一般都是去六本木的事务所或者去明治座,但今天却打车朝完全不同的方向去了。"

"哪里?"

"跟踪她的人报告说,她去了东京站。"

"东京站?她要去哪里?"

"她买了东海道新干线的车票。目的地还不知道,我已经让人继续跟踪了。"

石垣的手肘撑在桌上,眉头拧起了深深的皱纹。"东海道新干线?她到底是要……"

"另外,还有一件事。"小林靠近石垣的座位,低声说了些什么。石垣的脸阴了下来,看向松宫。

说完话后,小林无言地朝松宫招了招手,走出房间。松宫跟着来到走廊上时,小林先是看了一眼四周,然后将脸凑上前说:"加贺有没有跟你说过什么?"

"啊?"

"负责跟踪浅居博美的刑警说,今天上午,加贺去了一趟浅居家,而且还带了一个女人。你什么都不知道?"

"女人?不,我什么都没听他说过。"

"他跟浅居博美私下也有交往,这我知道,但绝不可以让他随意插手调查工作。"

"这我当然明白。"

"浅居博美出现奇怪的行动,跟加贺有关的可能性很大。你现在马上联系他,让他来这里解释一下。"

"明白。"松宫说着取出手机。

但是加贺的电话没有打通,他的手机似乎关机了。松宫将情况告诉小林,小林不耐烦地咂嘴道:"到底在搞什么名堂,那家伙!"

"我会试着跟他取得联系。"

"靠你了。他要是不来,我对其他调查人员也不好交代。"小林说完便回房间了。

松宫试着给日本桥警察局打了个电话,可还是没有找到加贺。那边也说不知道他去了哪里。

恭哥，你在哪里正干什么呢？松宫回想起加贺离开自己家时留下了一句不明不白的话。"我们可能忽视了一件很重要的事"，他是这样说的。他现在是在查那件事吗？

松宫继续打电话。大概一个小时后，电话终于通了。

"你到底在干什么？上班时间联系不上，这算什么事！"松宫的语气里带着一丝愤怒。

"不好意思，刚才在图书馆里。原以为可以更早结束，没想到花了些时间。"

为什么要去图书馆呢？在问这个问题之前，还有更重要的事情需要先告诉他。松宫跟他说明了现在的情况，也告诉他上司们对他的行为十分讶异。

"是吗。我的行踪还是被发现啦。原以为公寓里出入的人那么多，或许不会被发现呢，我太天真了。"

"你还在悠哉什么！到底是怎么回事，你不跟我解释一下，我会很难办的。"

"当然要解释，所以我才去图书馆。"

"你马上过来。再这样下去，我也没办法袒护你了。"

"你不用担心，我也没打算让你袒护。我早已做好接受处分的准备了。那一会儿见。"加贺自顾自地说着，挂断了电话。

松宫将这些话报告给上司。

"既然是他，应该是有什么想法才会那样行动吧。总之先听听他怎么说吧。"石垣的口气很慎重。

没过多久，负责跟踪浅居博美的人打来了电话。她乘坐东海道新干线的希望号在名古屋下车，随后又换乘了木灵号。她的这个换乘路线让松宫想起了什么。"她应该会在米原站下车,然后继续换乘东海道本线吧。"

"那就是回老家了?为什么这种时候……"

小林歪头思考,视线穿过松宫等人,落到更远的后方,随后表情变得严肃起来。松宫一转身,发现加贺正走进来,手上拿着一个大大的茶色信封。

"不好意思,给你们添乱子了。"加贺在石垣和小林身前站定,低头道。

"这不是你的作风啊。"石垣说,"你一直都比任何人都更讲究规矩原则啊。"

"我这次的确是自作主张了。"

"至少也应该先跟松宫说一声吧?据说还有一个女人跟你一起……"

"她只是个毫无关系的普通人。我这次的主要目的是去问一些个人问题,所以不能请松宫跟我一起去。"

"那么,你是说你这次的行为跟案件无关了?"小林问。

加贺从信封里抽出一张纸放到石垣面前。"我有东西想给各位看。"石垣接过纸摊开,一旁的小林也将头凑了过来。"这是……"

"是《北陆每朝新闻》的复印件。正如各位所见,时间是三十年前的十月。"加贺说。

"《北陆每朝新闻》?你为什么要查这个?"

石垣将复印件递给提问的松宫。松宫接过后,看了一眼上面的文章。这是一篇关于一名男子从能登半岛的断崖上坠落身亡的报道。看到那个名字时,松宫愕然了。是浅居忠雄。

"浅居……"

"恐怕正是浅居博美的父亲。"加贺说完,看着石垣等人,"被人追债后,浅居父女试图逃债,我想他们可能是连夜逃走的。"

"也就是说她父亲在逃跑途中自杀了?"小林说,"但是这种事情她为什么要隐瞒呢?我觉得并没有隐瞒的必要啊。"

石垣在一旁点头,好像在说"正是"。

"问题就在这里。或许浅居博美并不希望别人深究父亲自杀的事情,所以才说了谎。"

"为什么?因为不想让别人知道他们连夜逃跑躲债?"

"她应该是这样对苗村老师解释,让他替自己撒谎。但是我想真正的原因或许并非如此。"

"那你说真正的原因是什么?"

加贺从上衣内袋里掏出一个塑料袋,里面是类似毛发的东西。"我有一个提议,希望你们能做一下DNA亲子鉴定。"

22

列车即将到达彦根站。博美取出化妆包,镜子里呈现出自己的脸庞。她可不能面色苍白地去见那个女人,至少要威风凛凛地去。她必须要让她知道,自己坚强勇敢地活到了今天。

收起化妆包后,她又从包里取出一本宣传册,是介绍一处名为"有乐园"的养老院的。那是押谷道子留给她的。她一直都没扔掉,应该就是因为潜意识里觉得或许会有今天吧。宣传册背面印着养老院的地址,她虽不知道路,但是拿给出租车司机看应该就可以了。

她朝车窗外望去,一片悠然的田园风光在眼前伸展开来。这里还跟从前一样,没有任何改变,就好像时间静止了一般。

三十年前的记忆栩栩如生地出现在眼前。

那天夜里,博美刚躺下,却被剧烈地摇晃起来。她睁开眼,看见的是父亲急迫的面容。"立刻准备出门!"忠雄告诉她。她迷惑了,不知所措,而父亲深呼吸之后,将手放到了她的肩膀上。"我们要跑。只有这一条路了。"父亲的眼睛都充血了。

"跑到哪里?"

"别担心了,我自有打算。要是继续留在这里,你就危险了。总之快跑吧。接下来的事情之后再考虑。"

博美点了点头。学校、将来,她的脑海里闪过各种思绪,但她决定不再多想。留在这个家没有任何好处,她只明白这一点。

她找到家里最大的旅行袋,将换洗衣服和随身物品尽可能多地塞了进去。万幸当时不是寒冷的季节,如果天气太冷,光衣服就得把它塞满。

两人逃出那个家是在凌晨两点左右,而且是从二楼的窗户翻出去的,因为父亲担心正门或许有人盯着。他们怀抱着一大堆行李在邻居家的屋顶上穿行,博美想起小学时同年级的一个男孩曾经干过同样的事情。

走上大路后,她便和忠雄小跑起来,目的地是跟她家最近的车站相邻的另一个车站。父亲担心如果去离家近的那个车站,搞不好会碰上熟人。这段距离大约有五公里,花了他们将近一个半小时的时间。

他们在车站旁边的公园等到天明,坐上了第一班列车。两人就这样朝着北陆出发了。"我有熟人在那边。"忠雄是这样说的,"从前,他家里经济有困难时,我帮助过他。如今他在福井开了家运输公司,似乎小有成就。之前我联系他时,他告诉我可以随时去玩。只要跟他讲清楚情况,他应该会帮我们的。"

"我该怎么办才好呢?学校呢?"

忠雄的眉头痛苦地拧到一起。"暂时没有别的办法。如果去转户籍档案,我们的行踪就暴露了。但是不必担心,爸爸一定会想办法,一定。"

究竟能想什么办法呢,博美看不到任何希望。但她将这份不安深埋在心里,朝忠雄点了点头。她知道,在这种时候刨根问底,只能给父亲平添痛苦而已。

当时他们乘坐的那班列车上贴了一张延历寺的海报。忠雄盯着那张海报,说起了不明所以的话:"你知道吗?从前,延历寺里的和尚为了向当时的将军足利义教抗议,在大殿放把火自己烧死了。他们真做得出来啊。同样是死,我一定选其他方法。被烧死之类的,光想想就受不了。"

为什么突然讲起这些呢,博美觉得不可思议。但后来她终于明白了,恐怕那时父亲已经将死当作了最后的办法。

有自己这样一个女儿,父亲真的幸福吗?博美知道这个问题已经永远无法得出答案,却又无法停止思考。

列车到达了彦根站。车站前就有出租车乘车处,她将宣传册递给司机。或许是从地名已经大致判断出了方位,司机说了句"总之先试试看"后,便发动了车子。

博美看了一眼手表,已经过了下午五点。今天的演出已经开始了。她原打算最后一周每天都要在观察室看演出,但没办法。当她告诉明治座的制作人今天不去了的时候,对方也很震惊。

"是因为身体不好吗?"

"不是,忽然有点急事。还请您帮我跟大家打个招呼问声好。"

"明白了。明天应该没问题吧。"

"那当然,我还很期待庆功宴呢。"

"嗯,一定办得热热闹闹的。"制作人的声音在颤抖。或许因为这次公演盛况空前,对于此时的他来说,再没有比最后一场演出顺利落幕更重要的了。

出租车的速度慢了下来。"应该就在这附近……啊,那不是吗?"

博美看到了一栋四层的建筑物,跟宣传册上的照片比起来,实物要老旧很多,但应该没错。走下出租车,反复深呼吸几次后,博美迈出了脚步。走进正门后是一个小小的大厅,左侧有一个看上去像接待处的柜台。那里没有人,但台面上放着一个电铃。博美按响了它。

里面有人应了一声,随后便走出一个四十岁左右的女人。她身穿白衬衫，外面罩着蓝背心。

"我想打听一下……"博美递上名片。女人接过后并没有任何反应，对于角仓博美这个名字，她或许没有任何印象，名片上并没有导演或者演员之类的头衔。"我听说这里接收了一个身份不明的女人，是真的吗？"

女人睁圆了眼睛。"啊，是！"

"如果方便，能让我见一见吗？或许是我认识的人。"

"啊，是吗？是什么关系？"

"是我母亲的朋友。"

"哦，是您母亲的……"

"可以让我见她一面吗？"

"嗯，当然没问题。请稍等。"

女人消失在房间里。博美听到她和其他人说着什么。不一会儿，女人再次出现。"我给您带路。"

博美被带到了二楼靠里的那间房，门牌上写着"201"。女人敲了敲门。"二〇一女士，我们进来啦。"

博美制止了女士伸向门把的手。"您到这里就可以了。"

女人眨着眼睛。"您一个人没问题吗？"

"嗯，请让我们两个人独处一会儿。"

"明白了，那么就交给您了，有什么事请叫我。"

博美看着女人远去后，打开了门。这是一个狭窄的房间，里面放了一张床，床上那个苍老的女人正在吃什么东西。她手里拿着点心，电视里正传出搞笑艺人的喧笑。

女人表情麻木地蠕动着嘴，盯着博美看了几秒，如受了惊吓般瞪大眼睛，同时发出微弱的呻吟声，手里的点心也掉了。

"好久不见。"博美说。她这句话里并没有曾经的深深仇恨。

23

"……是嘛,那我就派几个人守在东京站。养老院那边都问过了吗?……这样啊。见到本人了?……原来如此,我知道了。盯住她母亲别松懈。我们这边会联系当地的警方……嗯,知道。那就看你们的了。"电话挂断后,小林看着石垣。"浅居博美已经上了东海道本线,应该会从米原换乘新干线回东京。"

"浅居见到她母亲了吗?"石垣问。

"是的。她跟那里的人说,他们收容的女人可能是她母亲的朋友,要求见一面。"

"然后呢?"

小林摇了摇头。"很可惜,她们两人之间究竟发生过什么现在还不知道。两人在一起大约十五分钟,过后浅居说不是她要找的人,于是离开了养老院。"

"不是她要找的人……她母亲那边有没有透露什么?"

"也是一样,说她以前从没见过浅居这个女人。问她聊了些什么,她也只说没什么特别的,就不作声了。不过……"

"怎么了?"

"据见过她母亲的那名调查人员说,她似乎很消沉,像是在害怕什么事情。"

"害怕……"石垣视线的那一头正是加贺,"到底发生了什么呢?那两个人之间。"

加贺抬起头。"或许是把一切都坦白了吧。"

"也就是她父亲伪装自杀后隐姓埋名了三十年的事情?"

"为了把事情讲清楚,包括究竟都发生过什么,可能她已经向母亲说明了一切。"

"为什么事到如今要跟母亲坦白呢?"

"难道不是因为已经有所觉悟了吗?"

"觉悟?"

"真相即将被公之于众的觉悟。我虽然只是暗示她,他父亲有死在别处的可能性,但她应该早已考虑过,当时死的其实另有其人这件事情迟早也会被人察觉到。说到底,她终究是个聪明的女人。"

石垣点头后,又抬头看着站在一旁的小林。"你怎么看?"

"我保留意见。加贺的假设,我是半信半疑。"

"我也觉得这很荒唐无稽,但是那篇新闻报道确实存在。而且如果加贺说的就是真相,那么很多谜题就可以解释清楚,这也是事实。"

"我当然知道。浅居博美去见母亲的理由或许正如加贺推理的那样,但是总觉得难以置信。三十多年,他能坚持这么久吗?我也有女儿,我觉得自己肯定做不到。"

"是吗。是生还是死,不,是让女儿生还是死,面对那种局面的时候,为人父母的应该能够狠下决心吧?而且也没有其他路可走。"

听到石垣的提问,小林呻吟了一声,陷入沉默。

松宫在一旁听后,心里对小林的话表示赞同,因为加贺的推理实在太具冲击性。

种种迹象和证据都表明浅居博美和绵部俊一之间有关联,这已毫无疑问。但是绵部俊一究竟是谁?他是浅居博美和押谷道子都认识的人,在之前的调查中,松宫等人认为他就是苗村诚三。但从宫本康代的证词来看,已经可以确定他们不是同一个人。

听到这个消息的加贺觉得应该"将问题简单化考虑"。他跟石垣等人说了以下的话:

"浅居博美和绵部俊一之间的联系,据我所知至少已经持续了十多年。可以想象,一直支持着几乎跟任何人都没有联系的绵部生活的,正是浅居博美。能够长久保持这种状态的人际关系种类很有限,那一定是对自己来说十分重要的人,比如从心底爱着的恋人,或者是最亲近的血亲。从绵部的推测年龄、现在行踪不明和押谷道子也认识他这三个条件出发来考虑,符合的人只有一个。那就是浅居博美的父亲忠雄。"

浅居忠雄一直以来都被认为是在自家附近跳楼自杀,但这种说法只出现在琵琶学园的资料中,并没有通过任何正式材料得到确认。与浅居博美同年级的学生对此几乎完全没有记忆这一点也很可疑。所以加贺推测忠雄或许是死在了其他更远的地方,而且死去的并不是浅居忠雄本人。利用他人的死,浅居忠雄将自己从这世上抹去了。如果这样考虑,一切都可以得到解释。

抱着这样的假设,加贺问了浅居博美一些问题。他认为从博美的反应来看,可以确定自己的推测没错。之后他发现了那篇新闻报道。报道上说,由于死者的指纹和遗物上的一致,而一同旅行的女儿也确认过遗体,所以可以确定其身份。考虑到三十年前那个时代,只要没有特殊的作案嫌疑,警察也不会再做过多的调查。

那么死的究竟是谁呢?就连加贺也无法知道得那么透彻。但如果事情真的如他所说，那么浅居父女就是怀抱着巨大的秘密一直活到今天。那是一个绝对不能让任何人知道的秘密。自己主动制造出死亡的假象，然后以毫无关联的另一个人的身份走完剩下的人生——这虽叫人难以置信，但如此一想，那幅素描图上阴沉的表情便也可以理解了。

松宫正在脑海里整理这些思绪的时候，一个男人忽然脚步匆匆地冲进房间。是大槻。

"查清楚了。女川町曾有一家叫'绵部配管'的公司，主要承接核电站水电管道的定期检查维护业务。"

"雇用记录呢？"小林问。

"很可惜，那东西并没找到。那是个很小的事务所，甚至让人怀疑类似的材料究竟有没有好好管理。还有一件事。"大槻将手里的材料放到桌上，"关于横山一俊，有一个重大发现。三十年前的十月，由于辐射管理证遗失，他曾提交过补办申请。"

24

回到家时已经快夜里十一点。博美将包扔到一边，倒在沙发上查看手机。几条新短信之一是来自明治座负责人的，报告今天演出顺利结束。博美松了口气。如今只有这件事才最令她挂心。

博美叹了口气，回顾着今天经历的事。最先浮现在脑海里的便是那把梳子。恐怕正是加贺指使那个女人来取博美的头发。这样做的理由只有一个——DNA鉴定。那个注意到绝对不能被人知道的秘密的人终于出现了，而且正是加贺。或许这就是命运的安排。

接下来是厚子的脸。时隔三十年后再见的母亲，已是一个穷困、可悲的女人。即便如此，那满身臭不可闻的狡猾却仍同以前一样。在同她的对峙中，博美发现自己其实已完全继承了她的那份丑陋，不禁浑身发抖。她很艰难地遏制了当场冲上去勒死母亲的冲动。

那个女人是如何活过来的，博美完全没有兴趣。反正一定是不值得知道的毫无价值的人生。她一定是依附着各种男人堕落地活到今天，才会变成那副模样。

厚子曾经的生活如何，博美并不想知道，但是博美父女的人生是怎样的，却无论如何都有让厚子知道的必要。自己愚蠢的行为究竟催生了多大的悲剧，这一点一定要让厚子直到死亡那一刻都无法忘却。博美不知道今后还有没有机会向她宣告这些，所以才置最后公演前一天的紧要关头不顾，跑去见她。

博美闭上了眼睛。由于跟厚子说过一遍，她觉得三十年前的那些记忆在脑海里变得更加鲜明了。那如同噩梦般的记忆——

自决心逃跑那天起，已经过去了一个星期，博美和忠雄来到了石川县。最初二人还能在各种便宜的旅馆间辗转，但最近这两天只能在车站过夜或在公园的长椅上露宿。

没过多长时间，二人便明白此行其实扑了个空，忠雄准备联系那个"曾经接受过他的帮助，如今在福井开运输公司"的朋友时，才发现那家公司并不存在，他拿到的名片是假的，应该是为了骗取他人的信任而做的假名片。也就是说，忠雄完全被欺骗了。

"没关系，我还有很多熟人。"

忠雄试着联系了几个人，但是没有人愿意收留他们。

事情接下来会变成什么样子呢？博美的心里充满不安。由于存款都被厚子偷走，她觉得忠雄身上的钱恐怕不够他们再这样生活几个月，不住旅馆恐怕也是为了节约。

但是有一天，忠雄忽然说："今晚我们住旅馆吧。"那是博美在金泽市内的某个公园吃完面包之后。

"旅馆？哪里的？"博美惊讶地问道。

"我知道一个好地方，以前我还去过呢。"忠雄从长椅上站起身，走了起来。他去书店买了本旅行手册，拿在手上进了电话亭，出来时的表情是那么阳光。

"好啦，预约好了。"

"我们去哪里?"

"这里。"忠雄说着,翻开旅行手册给她看。上面是能登半岛的地图。

"我们……有那么多钱吗?我今晚住公园也无所谓。"

"钱什么的你就别担心了,已经没问题啦。"

"为什么?"

"没有为什么。总之,咱们快走吧。"

忠雄的神情异样的爽朗,他的声音听上去有种将所有迷惘一扫而空的坚定。

将近傍晚的时候,他们到达了那家旅馆。因为没有一起预定晚餐,两人放下行李便准备出去吃饭。他们来到一家只摆有两张桌子的小饭馆。其中一张桌旁,一个男人正就着生鱼片喝啤酒。

"欢迎光临。"一个戴眼镜的女店员招呼道。

菜单上有烤鱼套餐,两人便决定吃那个。不一会儿菜便端了上来。博美已经很久没像这样正经地吃过饭,她觉得那美味简直要让人哭出来。

吃到一半的时候,旁边桌上的男人忽然问道:"父女一起出来旅行?"

"啊、嗯。"忠雄回答。

男人的表情一下子变得很痛苦。"真羡慕你,能和女儿一起来温泉旅行。是啊,这种地方,一个人来又有什么意思呢?"

"你是一个人吗?"

"是啊。不过,我不是来旅行的。"男人站起身,将摆在架子上的玻璃杯取了一个下来,放在忠雄面前,随后又给忠雄倒上啤酒。

"不,我……"

"没关系。你能喝吧?擦肩而过也是几辈子的缘分嘛。"男人将杯子倒满啤酒。

"不好意思。"忠雄缩着脖子点头道谢后,喝了一口啤酒。

"唉,反正就这么回事。我只不过是在去下一个工作地点的途中稍微过来偷个懒而已。"

"那你的工作地点在……"

"福岛。那里的核电站。"

"啊,核能……"

"之前我都在若狭,因为美滨核电站要定期检查。那边结束后,接下来又要去福岛了。我简直就是在核电站之间往返的候鸟啊。"他说着,发出了"哈哈"的干笑。

博美也知道日本有核电站,但她从未想过在那里工作的人会是什么样子。这引起了她的兴趣,于是再次看了看那个男人。

男人穿着长袖 Polo 衫和牛仔裤,挂在椅背上的黑色外套应该是穿在最外面的,年龄、身形都和忠雄相近。

男人刚好也看向博美,两人的视线碰到一起。男人咧嘴一笑,博美则低下了头。

"那你什么时候才回家呢?"

"家?我可没那种贴心的去处,再怎么样我都只是孤身一人。不过户籍档案应该还在名古屋,也不知道现在什么情况。"男人以一种轻松的语气说道。

"你这种情况也有人愿意雇你吗?"

"有啊。因为核电站的工人,就跟按天上班的临时工一样,全是些有问题的家伙。电力公司会让下面的公司……不,是第二级、第三级的事务所专门召集那些人。上班的地方都备有宿舍,就算是暂时歇脚的地方吧。在那里住几个月,等工作结束了就去下一个核电站。就是这样循环往复。我干这个工作，一眨眼都四年多了。"

男人从椅背上的外套里掏出证件一样的东西放到忠雄面前。"只要有这东西就行。"

忠雄将那东西接过来，博美也凑过来看。上面写了"辐射管理证"几个字，贴有那个男人的照片，还写有他的名字：横山一俊。

"这东西不管什么人都能领到吗？"

"可以，只要有户籍表。我申请的时候也拿了户籍表，所以这玩意儿要是丢了还怪麻烦的。刚才我也说了嘛，现在我的户籍档案到底什么情况还不知道呢。"男人喝光杯里的酒，新开了一瓶给自己倒上，随后又稍稍起身将忠雄的杯子添满。

"核电站的工作很难吗？"忠雄把证件还给他时问道。

男人发出"哼"的一声。"一点都不难，只要按要求做就行了。在美滨的时候净是打扫卫生。"

"打扫卫生？"

"对。核电站的定期检查和维护，说白了就是跟辐射的战斗。因为要检查饱含辐射的水流出来的地方嘛，这也是理所当然。首先就得把那些水给清理掉，那就是我们的工作。怎么清理呢？一句话，就是拿毛巾。拿毛巾擦，拿刷子刷，就这样而已。好笑吧？集最新技术为一体的核电站的维护竟然是靠毛巾。"男人笑着夹了块生鱼片放进嘴里，喝了口啤酒。

"那就是说，不管谁都能干？"

"啊，谁都能干。虽然防护服很厚，身体可能比较难受，但净是些单纯的机械劳动。因为工资很高，所以就算被抽走一部分，到手的钱还是不少。但是……"男人的声音低了下来，"什么事都有另一面。我们的钱，都是靠被辐射换来的。"

"被辐射……"

"因为整天都在辐射环境里嘛。就算穿着防护服,也不能完全抵挡。我们干活的时候,身上都要带着辐射量检测仪,有时候它会哔哔哔地响,简直吵死人。"

"那也没事吗?"

"谁知道呢,应该不好吧。但是如果总想着那些东西,这工作是没法干的。唉,反正就这么回事了。"

忠雄朝男人那边探出身子。"这工作,你能不能也把我介绍去?其实我正找工作呢。"

博美感觉到男人如同被戳中了痛处似的往后缩了缩。"……别,你这样我也很难办。万一我把你带去了,结果我却丢了工作,那不是完蛋了吗?而且福岛我是第一次去,就连我自己的工作地点都还没定下来呢。不好意思,我拒绝。"

忠雄叹了口气。"是吗。"他小声地回答。

气氛变得有些尴尬,一下子陷入了沉默。忠雄起身去上厕所。

博美将两手放在膝盖上。菜还剩一些,但她已经没什么食欲。

"小妹妹,你多大了?"男人问道。

"十四。"

"哦?"男人扬眉道,"我还以为你年纪要再大些呢,很像个小大人啊。经常有人这样跟你说吧?"

"嗯……"博美歪起头。实际上,她确实被别人这样说过。

男人瞟了一眼正在里面看电视的女店员。"喂,"他将脸凑近博美,"要不要挣点零花钱?"他低声说道。

"嗯?"

"这家饭馆对面有一个停车场,我的车就停在那里。是一辆白色的面包车，一眼就能看出来。过会儿你来玩玩，我会给你些零花钱的。"那是一种纠缠的语气，声音似乎包裹住了博美的全身，让她无法动弹。

忠雄从厕所回来了。男人已经坐回原来的位置。博美仍然浑身僵硬，表情恐怕也很不自然。可能是发现了她的异样，忠雄问道："怎么了？"

"没事。"她回答。

付完钱后，两人便出了饭馆。男人在身后招呼道："小妹妹，再见啦。"博美没有回答。

忠雄朝跟旅馆相反的方向走去，博美于是提醒他。"我知道。"忠雄回答，"我只是想散散步。好不容易到这种地方来嘛。"

博美不作声地跟在后面。忠雄的步伐似乎没有任何疑虑。他说他以前来过，可能还记得些路。

不一会儿，路走到了头。一道栅栏挡着，再无法前行。一盏路灯孤零零地立在路边，周围一片黑暗，可以听到远方传来的浪涛声。

"这就走不下去啦。"忠雄自语道。

"爸，为什么要到这里来？"

"没，没什么……就是一时兴起。回去吧。"忠雄说着，便顺着来时的路往回走。

该不会是……博美的脑海里闪过不祥的预感。父亲该不会想寻死吧，或者他想带着博美一起死？那道栅栏的后面就是悬崖，他是不是原本打算跳下去？这样一想，也能理解他为什么忽然提出要到这种地方来。

博美注视着沉默不语地前进的父亲的背影，感觉身体在颤抖。一想到在父亲心里自杀或者和女儿共同赴死已经成为即将付诸实践的行动，她便觉得绝望更深了。不要啊，不要那样做！她想对父亲的背影说,却无法说出口。因为她觉得,如果父亲知道自己的想法被她察觉后,可能会做出什么傻事。

二人回到刚才的那家饭馆前面。跟饭馆隔着一条马路的停车场里停着一辆白色的面包车。那个男人会在车里吗?但现在这种事情已经无所谓了。

回到旅馆之后,忠雄说要去洗温泉。"昨天也是一天都没洗澡。博美你也去好好泡泡。"他这样说着,拿起毛巾走出房间。

博美翻开父亲的外套,找出钱包。她要确认一下还剩多少钱。在饭馆付钱的时候,她瞟了一眼,里面的钱似乎少得可怕。看来她并没有看错,钱包里面只有为数不多的几张千元纸币,这点钱恐怕连这里的住宿费都不够付。

果然。博美确定了自己的猜测。父亲打算寻死,死了连住宿费都不用付。如此一想,她甚至觉得父亲去泡温泉也只是为了最后将身体清洗干净而已。

得想办法让他停下,必须让他放弃现在的想法。但究竟怎样才可以改变他的想法呢?至少应该再有一些钱,她想。有了钱,还能姑且再过几天,到时候他或许就会重新考虑了。

博美离开了旅馆。她要去见那个在饭馆跟自己讲过话的男人。男人所说的"零花钱"的意思,她也明白。虽然厌恶,但只有忍着了。现在是生死攸关的时候。

外面已经黑了下来。几乎所有的商店都已关门,灯也不亮了,街道上也看不到行人。博美来到那家饭馆前。那里也已经关门,里面一片漆黑。对面的停车场里,那辆车仍然停着。博美战战兢兢地逐渐靠近。就在她打算朝车里看的时候,门忽然被拉开了。男人坐在后座上。他应该是在车里就注意到她来了吧。车内昏暗的灯光下,他露出下流的笑容。

"果然啊。我就觉得你会来。"

"……为什么？"博美的声音有些沙哑。

"一看就知道。你们不像是悠闲地享受旅行的父女。我也见识过很多背景有问题的人，你们跟那些家伙有着一样的气味。应该是为了躲债在逃跑之类的吧。"

没想到被他说了个正着，博美吃惊得说不出话。

"嘿嘿嘿，"男人笑了，"被我说中啦？那样的话，你可得努力呀。这个车原来的主人也是因为欠债最后上吊自杀了。机会难得，就由我来把它开到烂吧。唉，人死了就什么都完了。好啦，进来吧。"男人招手道。

后面的车座已经放平，人可以躺在上面。他一路上似乎也一直住在车里，空便当盒摆放在角落，旁边散落着筷子。

博美一阵踌躇，男人则伸出手抓住她的手腕。"好啦，快点。既然已经下定决心，就别磨磨蹭蹭。"

男人的力气很大。博美倒在后面的座位上。当她勉强仰起头时，车门已经被拉上，车里的灯也熄灭了。

男人扑了上来。博美的身体被抱住，嘴也被堵上。她感觉到了针刺般的胡茬，一条舌头伸进了她的嘴巴。混杂着烟酒臭味的口水实在太过恶心，博美想要呕吐，痉挛起来。

男人停止了动作。只见他坐起身，将裤子的拉链解开，内裤也脱了下来。在一片幽暗之中，博美看见了男人那巨大的黑色下体，她将脸扭开。

"那就先用嘴吧。"男人低声道，"做过没有？"

博美无言地摇头。

男人的喉咙里发出声音，邪恶地笑了。"是吗。第一次啊。也是，你才十四岁嘛。那我来教你吧。先把鞋脱了趴着。"

惊恐中的博美一动不动。"快点！"男人粗暴地说，"赶紧照我说的做！不想要钱啦？还是说你想跟你爸一起去跳海？"

听到这番话，博美颤抖着身子动了起来。跳海是不是一种轻松的死法呢？她大脑的某个角落这样思考着。

在趴着的博美面前，男人盘腿坐下。如此一来，那东西便在博美脸的正下方了，她闭上了眼睛。她觉得自己的头随时都会被男人按下去。

"这样还是太黑了，没意思啊。"男人自言自语道。他伸手打算去按车内灯的开关。一瞬间，他胯下的那股恶臭刺激着博美的鼻孔。

博美已经到了极限。她一把推开男人，拉开车门便打算冲出去。但她的手却先被男人抓住了。"你干什么！给我老实点！"男人不耐烦地说道。

"不要！还是算了。"

"都这时候了，那怎么行！别啰啰唆唆的，照我说的做！"男人再次将博美推倒，开始脱她的裤子。他的力气太大，博美虽已用尽全力抵抗，但丝毫没有效果。

男人的手已经摸到了博美的内裤。博美觉得一切都完了，无意识地抓起手边的什么东西。那是一根筷子。这种东西根本做不了武器，但她还是握紧了筷子，对着正打算剥下她内裤的男人的脸奋力捅去。

"咔嚓"的怪异声响过后，男人扑向了博美。但他却再没有动作，只是微微地抽动着手脚。博美推开他，只见男人已经翻起了白眼。那根筷子深深地刺进了他的嘴，从正面看，筷子朝着斜上方。

究竟发生了什么，博美也不清楚，但是她知道情况并不乐观。这样下去,男人可能会死,那样她就成了杀人犯。

她抓起裤子和鞋冲出车外,慌慌张张地整理了一下衣服,便冲向回旅馆的路。就在这时,她看到忠雄正从对面走过来。

"博美,你去哪儿了?"

看到父亲的瞬间,博美全身的气力都消失了。她膝盖一弯,瘫了下去,忠雄则将她一把抱住。"喂,怎么了?发生了什么事?"

"爸爸……我、我……"她想说话,可身体却不住地颤抖,牙齿碰撞着发出咯咯的声音,"我,可能杀人了。"

忠雄的眼珠子几乎都瞪了出来。"啊?你说什么?到底怎么回事!"

"在饭馆见到的那个人问我要不要挣点零花钱……我就去了他的车里,结果还是受不了……然后我就用筷子……用筷子……"

"零花钱?说什么呢。筷子又是怎么回事?你好好说。"

"我朝他刺了过去。那个男人……我们吃饭时碰到的那个男人。"

"啊?"忠雄的脸扭曲了,"为什么要那样做……车在哪里?"

"在饭馆前面。"

"……是吗。"

一阵短暂的沉默后,忠雄放开博美,迈步走了起来。

"你去哪儿?"

"我去看看情况,也不能这样撒手不管。"

"不要,好可怕!"博美哭求着,"我不想再去了!"

"博美你别过来了,先回旅馆。"忠雄走了。

即使有这句话,也不可能就这样回去,无奈之下,博美只得跟着父亲去了。道路一片漆黑,但还是一眼就能发现远处的车,因为里面透出了亮光。博美忘了关灯。

忠雄探头看着车内。博美不愿接近,只远远地观望。不一会儿,忠雄关掉灯,拉上门后走了过来。他的脸很僵硬。

停车场的一角有一间小屋,看上去里面似乎没人。在忠雄的催促下,两人跑到小屋旁边蹲了下来。

"看样子已经死了。应该是筷子穿过上颚,刺到了大脑吧。我听说过有人死于这种意外。有时候巧合真是恐怖啊。"忠雄的语气异常冷静。

"那我得去自首了吧。"

忠雄抱起胳膊。"正常来说应该是。我们跟那个男人聊过天,饭馆的人也看见了。现在他在这种地方这么离奇地死掉,首先被怀疑的就是我们。就算跑,恐怕也没用。"

博美用双手捂住脸。就算是自作自受,可就这样变成一个罪犯,自己这一辈子就全完了。

"博美,你在这里稍微等我一下。我马上就回来。"

博美把手从脸上拿开。她看到父亲的眼睛里闪烁着从未有过的执着光芒。

"你去哪儿?找警察?"

"不是,具体的我一会儿再跟你说,你先在这里等我。"

"为什么?你不是去找警察吗?"

"我不会告诉警察的,博美也不用去警察那里。总之你先等我,好吗?知道了吗?"

"知道了……"

"好。"忠雄说着便站起身快步离去了。不知道父亲究竟打算做什么,博美陷入了深深的不安。空气明明柔和而温暖,但她却起了一身的鸡皮疙瘩。杀了人却不用去找警察,这到底是为什么呢?

等了一段时间,忠雄终于回来了。他的手上提着一个包。"有没有人靠近那辆车？"

"没有！谁都没来过。"

"是吗。"忠雄提着包朝车子走去，拉开车门进到车内。他究竟在做什么，博美完全没有头绪。

忠雄出来了，手上还是提着包。将车门关上后，他来到博美身边，将包放到地上，人也蹲了下来。那个包的提手上不知为何包着手绢。"博美，你仔细听爸爸说。"忠雄压低声音道，"你现在马上拿着这个包回旅馆，但是提手上的手绢一定不要动。到旅馆后，你就把手绢拿掉。明天早上，你就对旅馆的人说爸爸不见了。"

"那爸爸怎么办呢？"

"先要处理掉那具尸体，然后我会把他的车开到更远的地方。搞不好我得去福岛。"

"福岛……"

忠雄的双手放到博美肩头。"重要的是这之后的事。要不了多久，前面的悬崖下就会因发现一具尸体而引起骚动。那之后，你肯定会被警察叫去。他们会让你看尸体，问那是不是你父亲。到那个时候，你就告诉他们，'是我爸爸没错'。"

博美瞪大了眼睛。"那，难道是……"

"是，就是。"忠雄狠狠地点了一下头，"死的是你爸爸。这包里的东西，我已经沾上了那男人的指纹，包的提手也让他握过了，就让他做替死鬼。博美你可能也察觉到，爸爸原本是打算今夜就去死的。趁你睡着之后，从那个悬崖上跳下去自杀。但是多亏了你，现在没那个必要了。那个人替我去死了。爸爸死了，就再也不会被追债。至于你的事，政府一定会替我解决，可能会把你送到孤儿院之类的地方，但总比四处逃命好吧？"

"那然后呢？爸爸你打算怎么办呢？"

忠雄微微地歪起了头。"还不知道。搞不好，要用那个男人的名字活下去吧。"

博美愣住了。她明白父亲为什么要去福岛了。她想起那个男人曾经说接下来要去福岛的核电站工作。

"那样能行吗？"

"不知道，不试试的话还不知道。但是你不用担心，如果尸体被发现其实是其他人，你一定要一口咬定什么都不知道。你就说因为太害怕所以没有仔细看，错以为是爸爸了。警察肯定也不会想到你能杀死那种体格的男人。他们应该会怀疑凶手是逃走了的爸爸。"

"那爸爸就会被抓起来了。"

"那也可以。"

博美摇着头。"不，不可以。"

"没什么不可以的。好了，你听着。"忠雄抓住博美的肩膀摇晃着，"爸爸唯一期望的，就是你能够好好地生活下去，除此之外什么都无所谓。所以，博美，你一定要按照我说的做。听我的话，幸福地活下去。这是我这辈子唯一的愿望。"

父亲的话让博美的心动摇了。她想，至少应该让他这唯一的愿望成为现实。

"……但是，就算事情能顺利发展，那接下来又怎么办呢？我再也见不到爸爸了。"

这句话让忠雄不知如何回答才好，他自己应该也因此痛苦万分吧。"那是最坏的情况，但也没有办法。"他从牙缝里挤出了这句话。

"我不要那样，那样我不可能幸福。"

忠雄咬住嘴唇，眼角闪烁着湿润的光泽。"之后的事情，接下来再考虑。如果一切顺利，我会想办法联系你。我想到时候应该会寄信的，所以你被转到孤儿院或者其他什么地方的时候，一定要去邮局办地址变更的登记。没关系，你跟工作人员讲，他们肯定都明白。但是信不能以爸爸的名义寄，只能用其他的名字。你想要什么名字？"

突然间被问到这种问题，博美一时间也想不出来，只得沉默。

"什么都可以。你说说看你喜欢哪个明星？"

"小泉今日子和近藤真彦……吧。"

"那就近藤今日子吧。女人的名字应该不会被怀疑，就说那是你从小学开始就一直通信的笔友。我写的时候会注意，就算万一信被其他人读了也不会察觉。"

"知道了。"博美答道。竟然要和父亲在这种情况下分别，她感觉是如此不真实。

忠雄的手离开了博美的肩膀。他静静地注视着女儿的脸。"博美，你要好好的，要努力地活下去。让你遭受这样的磨难，我真的很对不起你。我不配当父亲。"

博美剧烈地摇头。"才不是那样。爸爸根本没有错，这一点我最清楚。作为爸爸的孩子来到这个世上，我是幸福的。"

忠雄的脸扭曲了，他伸出双手环抱住博美。被父亲抱在怀里，感受着他的体温，博美闭上了眼睛。深呼吸之后，忠雄说："好了，走吧。注意身体。要加油哦。"

"爸爸也要保重。"

"嗯。"忠雄狠狠地点头。

两人站了起来。博美提着包转过身，缓缓地迈出脚步。她来到路上，停住，转身。她听到车门砰地关上的声音。忠雄已经上车了。

再见，谢谢，爸爸——博美在心中默念着，向前走去。

25

坂上等人从名古屋回来的时候,已经快到夜里十二点了。松宫和小林等人一直在特别搜查本部等着他们,加贺也同他们在一起。

"横山一俊的照片到手了。她在丰桥的姐姐一直保存着,都是些年轻时的照片,不过脸照得很清楚,用来确认身份应该没有问题。"坂上将五张照片排列在桌上。

松宫拿起其中的一张。那应该是在结婚典礼的会场照的,圆桌前,五名男女正并排站着。

"那张照片上站在最左边的就是横山。"坂上告诉他。

照片里是一个身高和体型都适中的大约三十岁的男人。短发,细长脸,五官并没什么明显的特征。

"要拿去给宫本康代女士看看吗?"松宫问小林。

"是这样打算的,但你就没必要特意跑一趟了。让宫城县警帮忙吧。把这些照片发过去,让他们明天早上拿去给宫本女士看就可以。如果加贺的推理正确,就算绵部俊一在女川核电站工作时用的是横山一俊这个名字,宫本女士看到这些照片的时候,也肯定会断言他们不是同一个人。是吧,加贺?"

站在房间一角的加贺略微点了下头道:"是的。"

"横山的姐姐知道他最近的情况吗?"

听到小林的问题,坂上摇了摇头。"好像已经几十年没见过了。说他给周围找了一圈麻烦之后,就无影无踪了。还说他搞不好已经死在了哪处荒郊野岭,至少对她来说,他已经是个死人。"

"横山的前妻问过了吗?"

"问过了。"这次是另外一个人回答的,"正如之前电话里报告过的,他的第一任妻子三年前已经因癌症去世了。但他们的婚姻好像只维持了不到两年,所以就算那人还活着,可能也问不出什么有用的情报。第二任妻子如今在名古屋的荣地区经营小酒吧。此人跟横山也只维持了四年婚姻,离婚后就完全没有跟他联系过。她说再也不想跟那个男人有任何关系了。"

"看来婚姻生活并不美满啊。"

"说他简直坏到了极点,吃喝嫖赌样样都沾,男女关系混乱,四处惹事,还说他曾经让女初中生怀孕过。"

小林板起了脸。"这可太过分了。"

"好像还因为赌博惹上不少麻烦。欠债之后,他一直不断找周围的人借钱,父母留下的一点财产也被他全败光了。"

"那些女人还真敢跟他结婚啊。"

"据说他对女人很好,很愿意花钱,所以婚前都被他给骗了。不过那个女人说,多亏有跟他的那段经历,才能经营那家靠陪酒赚钱的小店到今天,还很自豪呢。"

调查员的话让在场的所有人忍俊不禁。

"知道了,辛苦了。在下次会议之前,你把那些都总结好。"小林看了看手表,"今天就到这里吧。解散。"

"是。"部下们齐声应道。

松宫正收拾东西准备回去时,小林走了过来。"你告诉加贺,让他明天还来这里。这是为了不让他再添乱。"他在松宫的耳边悄声说道。

"明白。"松宫回答。

看见加贺已经走出房间,松宫赶忙追了上去。在走廊上叫住加贺后,松宫将小林的话转达给他。

"不用他说,我也不打算再做什么了。接下来就交给你们了。"加贺说着迈开步子。

"什么都不做,什么都没必要做……也就是说,你对自己的推理很有信心了?"

"嗯,应该是吧。"

"我今天去见了一个曾经在核电站跟横山一俊一起工作过的人,那个人嘴里的横山跟刚才坂上他们形容的横山完全不是一个人。从辐射管理证在三十年前申请补办过这一点来看,在那时候有人趁机冒名顶替的可能性很大。"

"是啊。"

"但是,你说那就是浅居忠雄……那么死在能登的才是真正的横山一俊吗?为了冒名顶替,浅居父女竟然把横山杀了……"

加贺停下脚步,看了一眼手表后又望向松宫。"附近有一家很好吃的拉面店,要不要陪我一起?"

"好啊。"松宫回答。

松宫被带到一家狭窄的小店。客人都坐在吧台旁,两张桌子都空着。

"我觉得冒名顶替并不是事先计划好的。"点了煎饺和啤酒之后,加贺轻声道。

"你说是巧合?"

"恐怕是。如果是为了逃债,伪装成自杀就足够了,只要让女儿说爸爸跳海死了就可以。那一片海域找不到尸体也是很正常的事。把另一个人杀掉,再伪装成自己的尸体给别人看,风险太大。应该没人会做那种蠢事吧。"

"确实。"

"不知出了什么乱子,横山死了。浅居忠雄得知后,想到了偷梁换柱的点子。这样考虑才比较合理。"

啤酒端了上来。加贺抓起酒瓶,朝松宫的杯子里倒。"我觉得好像最近总是跟你一起喝啤酒。"

"哎,这不是挺好嘛。不过,舍弃自己的名字生活下去,到底是怎样一种感觉呢?所有的一切都清零,一身轻松……不,肯定不是那么简单吧。"

"为了不被识破,必须竭力避免人际关系的扩大。我想那应该是孤独而痛苦的一生。那幅素描图的表情已经诉说了一切。"

"支持那样的他活下去的是女儿。也就是说,守望着女儿的成长和成功是他这一生仅有的意义吗?"

"而女儿越成长,越成功,对浅居忠雄来说就越是对自己命运的诅咒。自己的存在如果曝光,女儿就会身败名裂。换句话说,他本身就是潘多拉的魔盒。"

煎饺也端上来了。加贺开始在小碟子里调起酱料来。

"潘多拉的魔盒……"松宫自言自语道,"押谷道子打开了那个盒子,所以才被杀了,是吗?那个三十年来从未有人打开过的盒子。"

提起筷子正准备夹煎饺的加贺停住了手上的动作。"到底是不是呢……"

"哎？"

"是不是真的从未有人打开过呢？"

"你是说，还有其他人打开过？"

"浅居忠雄应该一直竭力避免和他人来往，但浅居博美却不能那样。她当时还是个孩子，没有众多人的支持，她就无法生活下去。在那些人当中，还有一人与她发展为特殊关系。"

松宫"啊"的一声轻呼。他明白了加贺指的是谁。"是苗村诚三？他发现了浅居父女的秘密，所以……"

加贺未作任何回应，只是慢慢地将饺子放进嘴里。

这时，松宫的上衣口袋里传出了电话铃声。他接通电话，是坂上。

"就在刚才，负责监视养老院的警员打来了电话。那个被怀疑是浅居博美母亲的人上吊了。"

"啊？死了没有？"

"没有，千钧一发的时候被工作人员发现，制止了她。她情绪很激动，一直喊着'让我死'之类的话。因为你见过她，我就先通知你一声。"

"那个女人现在在哪里？"

"在养老院的医务室躺着呢，旁边有工作人员和我们的人看着。"

"自杀的动机呢？"

"好像不愿说。总之情绪很激动，话都不能好好讲。"

"难道是受了什么巨大的刺激？"

"如果加贺的推理正确，她从浅居博美那里得知了一切真相，那么情绪有变化也不奇怪。或许她心里还留有一点点良心的碎片吧。"

26

波本威士忌倒入玻璃杯，冰块伴随着一阵声响在杯中坍塌。拿搅拌棒搅拌了两下之后，博美喝了一口，来自酒精的刺激顺着喉咙扩散到全身。

大约三十分钟前，博美便上床了。原本试图入睡，可兴奋的脑细胞却不愿轻易安静下来。她只得放弃，起身从柜子里拿出了一瓶威凤凰。如果听凭思绪奔流，可能就要一直如此到天明了。真是那样也无所谓，但她可不想在最后一场演出中途打瞌睡。

博美的脸上露出一丝苦笑。怎么可能会发生那种事呢？那可是赌上了性命的一出戏，情绪太过高昂而导致中途昏厥倒是有可能。

有那么一瞬间，放在桌子上的搅拌棒看上去竟像一根筷子，让博美吓了一跳。那是一根夺去了一个男人性命的筷子。那时候的触感可能她一辈子也不会忘记。如果没有发生那场意外，自己和父亲的人生会是什么模样呢？唯一可以肯定的，是她肯定不会有今日的成就。是不是那样反而比较好，博美并不知道，连能否顺利活到今天都不得而知。

和忠雄分别后的第二天清晨，博美按照他交代的，跟旅馆的人说爸爸不见了。很快就来了好几辆警车，警察们也开始了对附近的搜索。博美也被带去讯问，她只回答说自己一直睡到天亮，并不知道爸爸出去。在她详细说明他们来到这里的原委之后，警察们的脸上无不露出紧张的神情。

终于，尸体在附近的悬崖下被发现了。博美被带上警车，载到了现场附近。在那里，她看到那具摆放在蓝色塑料布上的男人尸体。

看到尸体的瞬间，博美便发出了悲鸣。她并非是在表演。或许也因为尸体的损伤太过严重，但给她带来最大冲击的，是那具尸体穿着忠雄的外套。所以在那个瞬间，她竟真的以为父亲已经死了。

而当她胆战心惊地望向那张脸时，又发现那并不是忠雄。尽管头颅已经破裂，一片血肉模糊，但那确实不是忠雄。可见忠雄在和博美分别之后，还给尸体换过衣服。那么他自己应该穿走了那个男人的衣服。博美可以想象得出要完成那些事情有多么不容易，不管是肉体上还是精神上，一定都背负着巨大的压力。一想到坚持做完这些的父亲的决心，博美也在心里对自己说：绝对不可以在这里失败。

"是我爸爸没错"——对她的这句话，警方没有任何怀疑，因为从留在旅馆的旅行袋中找出了很多东西，上面的指纹与尸体一致。警方并没有对尸体进行司法解剖，因为没有明显的刀伤或者勒痕，因此也排除了他杀的可能性。忠雄原本是有驾驶执照的，却怎么都找不到，这一点也没有引起任何怀疑。

博美被暂时托付给了儿童保护机构，她恳求没过多久便跑来看望她的苗村不要对外提及父亲的死。"我不想让朋友们知道自己为了躲债而连夜逃跑。所以，我爸爸死了的事，您可以替我保密吗？就算要说，也请不要说他死在了那种地方。"

"知道了。"苗村答应了她，"学校方面也会想办法尽力保密，所以不用担心。"他做出了如此承诺。

就这样，博美和父亲这辈子最大的赌博赢来了一个好结果，但两人艰苦的生活并未因此结束。从那一天开始，另一种苦难朝他们袭来。

如同忠雄料想的一般，博美被送到了孤儿院。那里的生活绝不轻松。因为孤儿太多，常年人手不足，孩子们也都是被统一地无差别管理。在那里根本无法保有隐私，也缺乏家庭的氛围。因为是中途来的，博美也曾受过周围同龄孩子背地里阴险的欺负。她之所以能忍受这些，一方面是因为有苗村和吉野元子这样理解她的人在，更主要的是，她明白自己能够如此活下来全是靠父亲的给予。她常常独自在被窝里流泪，但一想到忠雄一定更艰苦，便觉得可以忍受。

来自忠雄的第一封信，是她进入孤儿院大约一个月后收到的。就如事先商量好的一样，寄信人的名字是"近藤今日子"，地址则是在福岛县内。

博美，好久不见。我因为爸爸的工作调动搬家了，现在来到了福岛县。我爸爸是核电站的工人，主要工作是清理辐射残渣，因为还不习惯，所以挺辛苦的，但是他在努力，所以你不用担心。我和爸爸现在都很好。

博美那边怎么样呢？已经熟悉新环境了吗？如果可以，请给我回信。我们住在像宿舍一样的地方，但是信是可以收的。不过你寄的时候，收信人请写横山一俊这个名字。祝好。

读到这封信后，博美才放下了心，看样子忠雄也开始了平静的生活。但他好像谎称自己是横山一俊，那是博美杀掉的男人的名字。虽然很别扭，但忠雄一定也是不得已为之。

博美立刻回了信。她在信里说自己很好,希望能够很快与他见面。

从那时起,他们开始了每月一次的书信往来,但是两个人却迟迟找不到见面的机会。一方面是因为距离很远,忠雄的时间安排不过来;而另一方面,如果见面,还必须找到无人认识他们的地方。忠雄也没有给孤儿院打过电话。就算他用假名字,如果有不明身份的人给博美打电话,恐怕还是会引起工作人员的疑心。

时光如此这般流逝,在博美十七岁那年的夏天,她遇见了戏剧。在那之前,她从未考虑过自己的将来,对于今后想要如何生活也是懵懵懂懂。当然,她跟忠雄提及了自己的想法。"今后想走演戏这条路"——当她在信中这样写时,得到了十分赞成的回答。

我觉得,博美一定可以成为一名顶尖的演员。请加油吧。我希望有一天能看到博美登上舞台的样子。

近藤今日子

这段时间,忠雄正在大饭核电站做定期维护的工作。从博美的孤儿院到那里并不远,但两人还是没有见面。

就是在这之后不久,博美有了一个连对忠雄也无法言说的秘密。并不是其他事,而是她和苗村诚三之间的关系。那是不正当的关系,她不想让父亲担心。

父女之间终于得以见面,是在博美开始正式投身演艺事业的时候。两人通过信件,约好在上野动物园的猴山前见面。博美事前还很紧张,但去之后才发现,因为是星期天,所以动物园里往来的人很多。

那天她戴着粉红色的帽子,那是两人事先约好的标志。就在她一边观察周围情况一边装出看猴子的样子时,一个人站到了她的身旁。

"吓了我一跳啊。你长大啦。"

对方说话的声音很小,但博美知道那肯定是父亲。她拼命忍住几乎要涌出眼眶的泪水,视线偷偷往旁边扫了一下。忠雄穿着一件很朴素的外套,双手插在外套口袋里,脸仍旧对着猴山的方向。他的双颊凹了下去,下巴也很尖,但气色并不难看。

博美不知道该说什么才好,保持着沉默。忠雄却忽然离开了那里,走到一把空着的长椅上坐下。接着,他抽出插在后裤袋里的报纸摊开。

博美明白了父亲的意图。她装出看手表的样子走过去,坐在他身旁。"都还好吗?"她终于开口。

"嗯,全因为有你啊。你呢?看上去挺精神的嘛。这我就放心了。"

"爸爸,你一直怎么生活啊?"

"信上不是都写了吗?就跟那个男人说的一样,往返于核电站之间的候鸟。但其实还挺好的。"

"你用了那家伙的名字啊。"

"嗯。我说辐射管理证丢了,公司就替我去取了户籍表,还补办了证件。那个人的户籍表还有效,真是帮了大忙了。"

听着忠雄的话,博美轻声笑了出来。"爸爸,你说话的口音好奇怪,声调也不对,就像一个讲不好关西方言的人。"

"哼……"忠雄用鼻子发出声音,"平时我都说更标准的普通话。因为是你,所以有点犹豫,不知道究竟怎样说才好。"

"爸爸,你平时都说普通话吗?"

"嗯,装要装得像嘛。一开始我是装出一副少言寡语的样子蒙混过去的。"

"嗯……想象不出来。"

"倒是你,普通话怎么样了?能说好吗?"

"那是当然啦,别以为我和爸爸一样。"

明明是一次时隔很久的再会,从两人嘴里说出来的却都是一些无关紧要的话。博美觉得她还有很多更重要的、必须要在这个时候说出口的话,但是无论如何都想不起来。

现在的爸爸到底是一副怎样的表情呢?博美想着,视线转向一旁。她看见了忠雄面对报纸的侧脸,瞬间愣住了。

忠雄的脸颊上挂着几条泪痕,他是哭着进行这场对话的。

一股热流忽然涌上心头。博美俯下身,从包里取出手绢紧紧地握在手中。她暗下决心,绝对不可以在这里哭。话语上的交流根本不重要——她深深地明白了这一点。能像这样在一起就已经足够。

从那天开始,两人每过几个月就会见一次面,地点一直都是上野动物园的猴山。但因为有时两人的时间调整不过来,或者忠雄去了远方,两人也曾一年多都没有见过。

同时,博美作为演员登台的机会也多了起来。有时候是电视剧的配角,也有拍摄电视广告的工作。

第一次在上野动物园被一个不认识的女人叫住,是在博美二十二岁的时候。"你是下条瞳吧?"对方这样问道。那是她当时的艺名。一时间博美也无法否认,只得点点头。对方则说"我永远都支持你"并要求握手。虽然只是一件小事,但一旁的忠雄却感到了危险。

"还是不要这样明目张胆地见面了,"他说,"博美,你或许比我们想象中更为人熟知,因为这世上喜欢看戏剧表演的人也很多。就算要见面,上野动物园也太危险。以后我们还是选一些没什么人去的地方吧。"

博美有些难以理解。就算自己的工作量有所增加,但还没到那种光靠做演员就能活下去的程度。白天她还作为临时工在一家小公司当前台，在那里她从未被认出来过。但是她又觉得或许忠雄说得很对。在人群大量聚集的地方，有人认识她的可能性也会变大。

二人决定改为利用东京市内的城市酒店。忠雄先进酒店房间，随后博美再去。虽然多少要花些钱，但可以随心所欲地在一起比什么都叫人开心。时隔不知多少年之后，他们终于再次体会到真真切切的父女相处时的温情。

另一方面，博美和苗村之间的关系有了较大的变化。他已决意离婚，来到东京。他说如果能够顺利离婚，希望能同博美结婚。他想每天都见到博美，因此常常会突然到博美家去找她，或者把她叫到自己的短租房，还曾经因为博美忙着排戏遭到拒绝而闹过别扭。"你真好啊，有可以全身心投入的事情。"他曾经阴阳怪气地说过这样的话。

那时候的苗村怎么也找不到工作，曾经提起过的补习班也因为短时间内不要人而拒绝了他。毕竟他来到东京的时候都已经四月了，补习班讲师之类的工作早已定好了人选。

看着那样的他，博美不禁想，你明明可以不用如此心急。因为最初是自己找到了他，所以博美也觉得没有资格指责现在的他，但他的爱对她来说已渐成负担也是事实。

一天，苗村又忽然打电话来说要见博美。但就是那一天，博美无论如何也空不出时间来。她已经和忠雄约好了见面。

"今天不是你排戏的日子吧？临时工那边肯定也休息。"

博美甚至可以想象出他那不满的神情。"我已经有别的约了，要见一个业内人士。对不起。"

"是什么人？"

"说了你也不知道的。"

"那你先说说看。男的还是女的？"苗村一直想详细地掌握博美的人际关系,来东京之后,这一行为更是变本加厉。

博美说出一个随便想到的女人的名字,结果苗村又追问什么时候回来。博美和忠雄见面的时候,基本上都要聊到深夜,而且尽可能地一起待到早晨。因为她知道,那已成为父亲活下去的唯一意义。

"要看对方的时间安排,我现在也不知道什么时候能回来。下次我会好好安排时间的,今晚你就忍耐一下吧。"

苗村稍稍沉默后,留下一句"好,知道了",便挂断了电话。

之后,博美稍做准备便出门了。她走进电话亭,往酒店打了个电话,因为她还没有手机。她跟接线员说应该有一个叫绵部俊一的人住在那里,希望把电话接通。不一会儿,话筒里便传来了忠雄的声音。

"是我。"

"嗯。一五〇六号房间。"

"知道啦。"

打完电话后便直接前往酒店,这已是一件轻车熟路的事情。

这天夜里,她听忠雄谈起一件意料之外的事情,是关于一个名叫田岛百合子的女人。他在仙台与她相识,在女川核电站工作的时候,几乎每周都要去她家。

"那不是很好嘛。"博美打心眼里这样认为,"我也希望爸爸可以得到幸福,你就和那个人一起从头再来多好。"

但是忠雄回答说他并没想过那些事情。"现在这种时候,我更不想做什么引人注目的事。而且,对方也有自己的隐情。"

"是吗……不过我还是很开心,知道爸爸身边有那样一个人在。"

忠雄带着无可奈何的表情挠着头,看上去也不像是在否定。

博美离开酒店已是第二天清晨。退房的事都交给忠雄,他随后也离开了房间。

回到家后，为了准备排戏，博美拿出剧本开始读，这时电话响了。应该是苗村吧，博美想。恐怕他要说今天一定要见面。

电话接起后却是忠雄。她问怎么回事，对方却回了一句莫名其妙的话。"博美你之前说过，你考了驾照吧。"

"考啦。怎么了？"

"嗯……其实，我想让你替我租辆车。"

"嗯？为什么？"

"我有点事必须要用车。你能替我租一下吗？"

"可以是可以，不过是爸爸自己开车吗？"

"是啊。我有点东西想用车搬一下。不会开多久的，不用担心。"

忠雄的话说得很含糊，但博美踌躇之后没有深究。毕竟他是一个用假身份生活的人，肯定有很多无法对女儿诉说的复杂情况。

博美回答说知道了，又商量了一些具体的细节问题，便挂断了电话。她离开家，立刻前往附近的租车店。

租来的是一辆普通的日本产汽车。博美开着车来到约定地点，是昨天入住的酒店的地下停车场。从车上下来环视四周，她终于在自动售烟机旁发现了忠雄的身影。忠雄似乎也注意到了博美。

博美没有拔车钥匙，而是快步离开了那里。在进酒店之前，她转过身看见忠雄正在上车。到底打算用车搬什么呢？虽然博美明白自己还是不要知道为好，但总是放心不下。

晚上，忠雄再次打来电话，说车已经放回停车场了。第二天，博美便去拿车还回了店里，车看上去并无任何异样。

在那之后，博美仍旧继续着同样的生活，起早贪黑地排戏，同时挤出空闲时间做临时工赚生活费。唯一大的变化，是她再也没有接到过来自苗村的联络。

最初，博美以为他又在闹脾气。或许他对明明想见面却被拒绝的事情耿耿于怀，故意没有联系博美。如果是这样，他的心理年龄或许比自己想象的更小，博美有种幻想破灭的感觉。可是一周过去后，还是没有他的任何音讯，博美这才担心起来。但是她无法主动联络他，因为他没有电话。

两周过后，博美终于决定去看看情况。她去了苗村租的那间短租房，但是从房间里走出来的是个完全陌生的年轻男人。他说自己是三天前搬进来的，而且还说了这样的话："之前住在这里的人，什么也没说就擅自走了。管理员说，还好他留下的行李不多，要不然麻烦就大了。"

从短租房回家的路上，各种各样的猜测在博美的脑海里翻腾。这些猜测都没有证据，只不过是因担忧和怀疑而生的假想，但是过多追究苗村的突然离开对两人都没有好处，只有这一点是她确信的。同时，她也终于明白，对他的爱情早已在很久以前就消失不见了。当然，她也没有报警要求寻人。

再次见到忠雄的时候，他提出了一个新的建议，说不要在酒店见面了。"博美现在也出名了，不知道有什么人在什么地方看着你呢。我觉得这样进出酒店很危险，而且我也很怕那样明目张胆地在前台现身。我们想想其他的办法吧。"

听到这些话，博美心想，果然上次还是发生了什么事情，而要求自己替他租车可能也跟那件事情相关。但是因为害怕，她什么都没敢问。

"但是，还能有什么别的办法呢？"

忠雄闻言，回答说想到了一个方法。"如今手机不是也便宜而且普及了嘛。用那个的话，即便两个人相隔一段距离也可以正常通话。我只要能看到博美的脸就满足了，不用靠近。比如说，两个人面对面地站在一条河的两岸怎么样？就算有人从身旁经过，也绝对不会想到我们是在秘密相见。"

光是河岸太难以定位，于是两人决定缩小范围到特定的桥，但又觉得如果每次都在同一座桥，迟早还是会被别人发现。

这时，博美想到了以日本桥为中心的十二座桥。博美第一次登上的舞台——明治座也在日本桥，那是对她来说具有特别意义的地方。

博美很快就准备好两部手机，其中一部送给了忠雄。再次见面的时候，两人隔着江户桥相视而立，因为那时是八月。

"爸爸，还好吗？"博美看着桥对面，对着手机开口道。

"嗯，好得很。"她看到忠雄微微地抬了抬手。

从今以后，自己可能再也握不到父亲的手了，博美想。

苗村还是没有任何联系。

27

如同往常一样被闹钟叫醒,上完厕所来到客厅的时候,餐桌上已摆好了早餐。"早上好"。克子脸上挂着爽朗的笑容。

"早上好。"松宫说着,在椅子上坐下。

"终于到时候了吧?"克子说。

"什么?"

克子像是有些不满似的低头看着儿子。"昨天晚上脩平你自己说的,明天终于到分胜负的时候了,所有的事情都会水落石出什么的。你不记得了?"

松宫挠着头。"我说过那种话吗?"

"你这算什么呀。唉,不过当时你确实也很困啦。"克子的身影消失在厨房。

松宫回想着昨天晚上的事情。他同加贺一起去了拉面店,喝了点啤酒。那时候,他感觉有什么事情正切实地迎来终结的时刻。直到最后,他跟加贺之间也没谈到什么决定性的话题,但这一点他是确信的,所以回家之后才会对克子说那种话吧。

来到特别搜查本部,松宫感到气氛比昨天更加紧张,似乎每个人都知道今天是特别的一天。管理官富井来了。石垣和小林正给他看材料，同时表情严肃地说着什么。

坂上也在。松宫又追问了昨天晚上的事情。

"养老院的那个女人今天好像还是不肯开口。昨天晚上，那边的员工轮流看了她一夜。真可怜。"

那个在有乐园见过的女人的脸浮现在松宫的脑海。她似乎坚决不打算承认自己是浅居博美的母亲，或许那就是她忏悔的方式。

加贺也来了。他象征性地行了个礼，便在墙边的椅子上坐下。

就在那之后，一个电话打了进来，小林接了电话。将话筒放回去后，他转身面对富井和石垣。"是宫城县警的电话。他们将横山一俊的照片拿给宫本康代女士看过了。"

"结果呢？"石垣问。

"宫本康代女士断言说，完全不是同一个人，不是绵部俊一。"

听了小林的回答，石垣转而望向富井，像是在征求意见。"DNA鉴定的结果，今天就会出来了吧？"

"傍晚的时候能出来。"小林回答，"因为时间太紧，所以采用了应急检测手段，但准确度没问题。"

富井点头，悄声跟石垣说了些什么。被招手叫过去的小林也加入了谈话。

"加贺，"小林叫道，"你来一下。"

加贺缓缓地站起身，走到三人面前。

"前两天，我和日本桥警察局的局长通过话了。"富井抬头看着加贺，笑眯眯地说道，"他希望我们能早点把你收回来呢。你业绩虽好，但身为警部补却总不愿意带部下，他说他也不知道该拿你怎么办。"

加贺似乎不知道该如何回答，只默默无语地低着头。

不一会儿，富井的表情忽然严肃起来，说道："我已经听说了你对这起案子的大胆推理。一个被认为三十年前已经死掉的人，竟用他人的名字活了下来，这假设虽令人震惊，佐证这一假设的事实却接二连三地出现了。但问题是，这跟这起案件的真相之间又如何联系呢？"

"我关于这个问题的看法之前已经跟石垣股长说过了。"

"我就是想听你自己说。你说吧。你认为浅居博美是如何跟这个案子相关的？"

管理官话音一落，房间里被一片寂静包围。在场的所有警察都注视着加贺，松宫当然也是其中之一。

原本一直看着地面的加贺抬起头。"今天，由浅居博美执导的公演即将落幕。这是即使在明治座也难得一见的连续五十天的公演，首演是三月十日。"

富井皱起眉头，像是在问"那又怎么样"。

"浅居父女应该是一直竭力避免直接接触，但是按宫本康代所说，那个名为绵部俊一的人常常来东京，特别是日本桥。那么他的目的是什么呢？我推测，他应该是为了见女儿。但是为了不让别人注意到两人的会面，他们必须做好周全的准备。"

那十二座桥有没有可能是二人约好的见面地点呢？这是加贺的假设。他们是不是每个月都见面还不知道，但碰头地点每个月都不一样，这应该是为了确保绝对不会引起其他人的注意。

"挺有意思的假设。那然后呢？"富井催促道。

"这两个人为什么对日本桥情有独钟，我对这个问题一直很在意。这时候我想到的，还是明治座。浅居博美初次演出时踏上的舞台，对父女二人来说难道不是具有特别意义的地方吗？如果是这样，那么这次公演对二人来说也是特别的。至今为止，浅居忠雄有没有看过女儿的演出还不知道。他怕在小剧场里碰到两人共同的熟人，为了避免麻烦一直忍着没去的可能性也有。但是这一次，他必定想要亲眼见证女儿的梦想终于成真的那一刻。而浅居博美同样希望父亲无论如何一定要来看。我觉得，浅居忠雄是在公演第一天去看的演出。"

松宫等人昨天已经听过加贺的这个推理，那时候他也觉得这确实很具有说服力。一对共同背负着辛酸过去的父女想要共同分享成功时的喜悦也是理所当然。

"另外，还存在另一个人也抱着特别的目的到访明治座的可能性。"加贺平静地继续道，"就是押谷道子女士。首场演出前一天的星期六，押谷女士没有回滋贺县，而是住在了茅场町的商务酒店，她的目的可能是去明治座观看演出。前一天她手上还没有票，但是经调查，演出当天也是可以买到票的。押谷女士买了票，进了剧场，然后在剧场里注意到了一个人。至于时间究竟是演出开始前还是中场休息或者是落幕后，目前还不明了，但那个人就是浅居忠雄。曾经同浅居博美关系要好的押谷女士记得他的长相也不足为奇。"

"押谷道子女士不知道浅居博美的父亲已经死亡的事吗？"富井并无特定对象地提出了这个问题。

"不，她知道。"松宫上前一步，"一天前，她肯定从浅居博美那里听说了浅居忠雄自杀的消息。"

"所以这才是重点。"加贺说。

"什么意思？"富井问。

"我觉得正因为听说了浅居博美的父亲自杀的消息，押谷女士才对浅居忠雄的到来十分好奇。如果她没有听说过，那么父亲来看女儿执导的演出也很正常，她或许不会有其他什么想法。但正因为她在前一天听说了那些事情，才令她产生了怀疑。奇怪，为什么博美的父亲明明好好地活着，却要说他自杀了呢？抱着这个疑问，押谷女士决定问当事人，也就是浅居忠雄事情的原委。"

"这样，浅居忠雄应该会慌张吧。因为他被一个绝对不可以认出他的人认出来了。就算他坚持说对方认错了人，但如果押谷女士不相信，他的辩白也没有意义。"

富井的话让加贺点了点头。"在无法成功欺骗对方的情况下，绝不能让押谷女士回到滋贺县。不得已之下，浅居忠雄只得将她邀到自己的住处。再怎么说也是朋友的父亲，押谷女士恐怕也没有什么戒备。或许，她还打算请求身为父亲的浅居忠雄去说服浅居博美。"

"到了住处后就没了退路，于是他趁机用绳子勒住押谷女士的脖子将其杀死。是这样吗？"

"有什么不自然的地方吗？"

"不，没有，是一个顺理成章的推理。押谷女士为何被杀，可以通过这个推理得到解释，那么浅居忠雄就是凶手。可杀死浅居忠雄的又是谁呢？浅居博美吗？"

加贺表情严峻地看着管理官。"我觉得除此以外没有其他可能。"

"女儿将父亲杀死？如今发生在家庭内的杀人案虽不足为奇，但如果事实如你所说，这两个人之间不是该有着牢不可破的纽带吗？"

"确实是。"

"那你还坚持说她杀人吗？"

"我想她没有其他路可走。"

"什么意思？你解释得清楚一点。"

"想要说清楚十分困难。为了让各位理解，去看一下是最好的方法。"

"看？看什么？"

"《新编曾根崎殉情》。"加贺回答，"我觉得，所有问题的答案都已经包含在其中。"

28

舞台上的演出已入佳境。博美拧开笔形手电，确认了一下时间。一切都在按计划进行，最后一场演出终于可以顺利落幕。

这五十天的时间里，演员们也一直在成长，每个人都已经完全掌握并融入了角色。成熟的演技换来的，是舞台上构建起的栩栩如生的人生。那是德兵卫和阿初的残酷人生。

完成了如此一件作品，便再也没有其他任何追求了。博美想。回过头来看，自己已将一切献给了戏剧，因为她坚信这个世界值得她去奉献。而且无论如何，自己如果不能成功，便对不起父亲，想用成功让父亲喜悦这一信念支撑她走到了今天。

博美接受诹访建夫的求婚，也只不过是被他作为戏剧人的才华吸引，希望吸收哪怕一点他的长处。跟他成为单纯的夫妇或家人的想法从来就没有存在过，他是老师，是伙伴，同时也是总有一天不得不超越的敌人。所以发现怀孕的时候，她才很狼狈，因为她从未有过为人母的打算。

要说不想要孩子，那是谎言。她内心深处是想把孩子生下来的，但她的种种思考禁止她那样做。你有那样的资格吗？你牺牲了父亲的人生活到今天，还想要如同常人般寻求家庭的温暖吗？就算生下来，你能保证那孩子的将来吗？等到某一天真相大白之时，那个孩子怎么办？他将不得不作为一个凶手、一个欺骗了世界的罪人的孩子活下去。对于这一点，你又如何去补偿呢？归根结底，你有养育孩子的能力吗？你能够给予孩子母爱吗？你可是那样一个女人的女儿……

苦苦纠结后得出的结论，是自己这一辈子都不该寻求家人的爱。博美已经从父亲身上得到了至高无上的赠予，再多奢求只会让罪孽更加深重。堕胎是一次痛苦的经历，但她并不觉得这可以成为她的免罪符。总有一天，真正的天谴会降临在头上，她觉得自己早已有了准备。警察的到来只是时间问题。死在新小岩的那个男人跟自己有血缘关系这一事实暴露之后，便再无可辩解。

一切皆因小小的好奇心而起。五年前，博美调查各个剑道课程情况的时候，偶然发现了"加贺恭一郎"这个名字。那个瞬间，她的心里涌起了无论如何想见他一面的冲动。因为，她早已知道那个人的母亲对忠雄来说十分重要。

忠雄说住在仙台的田岛百合子，是除了博美以外唯一能令他敞开心扉的人。但忠雄那小小的幸福并没能长久。一天，有人打来电话，告诉忠雄她已经死了。那是忠雄还在滨冈核电站的时候。她被人发现死在了自己的住处，似乎是作为非正常死亡正在处理，所以忠雄才无法去仙台。他怕可能会被要求接受警方调查。

"但是，那样的话……那个女人好可怜，竟然没有一个人去接回她的骨灰。"听忠雄打来电话说明情况之后，博美的心很痛。

"我也这样想，所以有件事情要求你。其实百合子还有一个儿子。我希望你帮我查出那个人的住址。"

"儿子？"

"嗯，是她跟前夫生的孩子。"

忠雄说那人是一名警察，叫加贺恭一郎，在大型剑道大赛上得过很多次冠军，还被专业剑道杂志介绍过，以这个为线索或许可以找到。最后，忠雄还告诉博美那本杂志的名字。

"明白了。我试试看。"

博美去找熟识的娱乐记者米冈町子商量。"我正在构思一部新戏，想查一些关于警察和剑道的事情。既然机会难得，我想找一流选手会好些。但是我想问一些不太能在公共场合发表的内幕，所以不想通过警视厅的宣传科，而想直接取得联系。"

听到这个解释，米冈町子并没有怀疑。构思剧本的时候，博美会投入大量精力收集素材的事情早已广为人知。她很快就查到了加贺的地址。

博美立刻打电话告诉了忠雄。

"太好了。这样的话，百合子在那边也会开心的吧。她的遗骨终于可以交给亲生儿子了。"

听到父亲欢喜的声音，博美打心底里想见那个女人一面。而那个女人已经见不到了，所以她想，至少可以去见见她儿子。

那时候，如果不去见加贺，或许也不会有今天的窘境。真是做梦也没想到，正因为他，自己的这些秘密即将被公之于众。但是博美完全不后悔。因为通过和加贺的见面，和他的交谈，她看到了他的母亲，也就是对忠雄十分重要的那个女人的为人。

那一定是一个完美的女人——见到加贺之后，博美确定了这一点。她深知忠雄人生的灰暗，所以他能够感受到哪怕一点点幸福的气息，她也是开心的。

加贺向博美出示洗桥活动的照片时，她震惊了。她没有想到加贺竟能找出这种东西来。那天,她并不知道那里会有这个活动。因为她的生日近了,忠雄说想看看好久没见的女儿,所以她便去了。当时是七月,所以见面地点是日本桥。到了之后她吓了一跳。人已经围成了圈。她暗自庆幸戴了墨镜。

人很多,但是找到忠雄的身影并没有花很长时间,他就在桥的对面。博美想让他看看自己的脸,所以摘下了墨镜。她从没想过,那个瞬间会被人拍下。

如今反省时,博美才发现自己曾经犯过很多小错误。加贺则将那些一个一个地收集起来,最终搭建起一座真实之城。真是个了不起的人,她打心眼里佩服。

舞台上迎来了最后一幕。德兵卫刺死了阿初,但这只体现在德兵卫好朋友的推理中。

"也就是说,阿初是想死的,她一直在找寻死之地。这时德兵卫出现了。阿初是这样想的:终是一死,不如被那个心底里仰慕的男人刺死。德兵卫明白了她的想法,成全了她。在他看来,这只是为自己拼命爱着的女人完成心愿。"

在平静地诉说着的朋友身后,刺死了阿初的德兵卫又毫不犹豫地结束了自己的生命。当他怀抱着阿初咽气后,帷幕静静地落下。

掌声在下一个瞬间轰鸣而起。虽然身处最后一排,看不见观众的表情,但博美能感觉到在场的每个人都是十二分的满足。她站了起来。谢幕的时候恐怕会有好几次返场,她想趁那个时候先等在后台迎接演员。

但是刚走出观察室,博美的脚步便停下了。门外站着好几个男人,其中之一便是松宫。很明显他们是在等博美。

一个表情可怕的男人低头行礼,出示了警视厅的证件,自称姓小林。"是浅居博美女士吧。我们有几个问题想问你,可以跟我们回一趟警察局吗?"

博美做了一个深呼吸。"现在就要去吗?我想先去跟演员和工作人员打个招呼。"

"明白,我们等你。但要派一个人跟你一起。"

"请便。"

博美迈出了脚步。跟上来的是松宫。

"我又要被问些什么呢?"

"很多事情,可能时间会有些长。"

"今天能回家吗?"

"那还不好说。"

"是吗。"

"另外,我们还想请你协助进行一次 DNA 鉴定。"

博美停下脚步,注视着这名年轻刑警的脸。"那应该已经做完了吧?"

"这次是正式鉴定。"

"这样啊。"应该是擅自拿出去的头发成不了证据吧。"我只是想先确认一下。是亲子鉴定?"

松宫一阵犹豫,回答"是"。

"是吗,要证明我跟某个人之间的亲子关系啊。我很期待。"博美再次朝前走去。那天的事情鲜明地在她脑海里回放着。

忠雄打来那个电话,是在三月十二日,即第三天的公演顺利结束之后。他说有急事,问能不能见面。"越快越好,最好是今晚。"他的声音里充满严肃和紧张。

博美问是什么急事,忠雄没有明说,只说有几件东西想要交给她。博美已经跟人约好在银座吃晚餐,再怎么快十点之前也空不出来。她这样告诉忠雄后,对方则问那么十一点怎么样。看来是十分紧急的事。

"那么十一点老地方。"约好之后,电话就挂断了。三月,老地方在左卫门桥。

与博美共进晚餐的是一个自由制作人。他正打算将一部小说改编成戏剧,于是询问博美愿不愿意担任导演。那本小说她也读过,之前就已经表示出浓烈的兴趣,但是此时却完全不能集中精力听对方说话,不祥的预感支配了她的思绪,忠雄的急事令她放心不下。

"怎么了?您没有兴趣吗?我觉得这正是您喜欢的题材啊。"制作人讶异地问道。

"怎么可能没有兴趣呢。"博美慌忙否定,"我是怀着感激不尽的心情在听您说话的。但是今天我的身体不怎么好,反应有些迟钝,不好意思。当然,这件事我是会积极地考虑的。"

"这样啊。您最近也正是忙得不可开交的时候,还是多多注意身体为好。"

"谢谢。"

跟制作人道别已经是十点三十分左右了。在便利店取了打算给忠雄作为生活费的钱,博美便乘出租车前往左卫门桥,到达时间刚好是十一点。风有些大,她一边竖起衣领一边朝桥的方向靠近。车辆的往来很频繁,行人也不少。

左卫门桥跨越三个区,桥的中心线西侧是千代田区东神田,东侧的南半部分是中央区日本桥马食町,北半部分是台东区浅草桥。博美站在中央区一侧的桥柱边,隔着一条河朝对岸望去,发现了穿着夹克衫的忠雄。他正将双肘支撑在栏杆上,俯视着河面。

博美拨打电话。忠雄抬起头转向这边,从外套口袋里取出手机。"忽然把你叫出来,不好意思。"

"没关系。发生什么事了?"

"嗯，一言难尽。其实，我打算出去旅行。"

"旅行？去哪里？仙台？"博美这样问，是因为她觉得那里对于忠雄来说是最值得怀念的地方。

"嗯……差不多吧，类似的地方。"忠雄回答得模棱两可。难道不是仙台吗？

"为什么现在突然要去？那里还有你认识的人吗？"

"那倒没有。我就是想去祭拜一下百合子，忽然间想到的。"

"哦。随便你啦。去几天？"

"还没想好，或许就那样一直在那边周游也不一定。所以我想可能暂时见不到你了，才把你叫来。"

"是吗……明天就走吗？"

"嗯，打算明天一早走。"

"那，要小心哦。不过你之前不是说有什么东西要给我吗？"

"是。我脚下放了一个纸袋，你能看见吗？"

博美下移视线，忠雄的脚边确实放着一个小纸袋。

"看得见。我把它拿走就行了吗？"

"嗯。我把它藏在桥柱边了，你一会儿来拿。"

"知道啦。那，我就把钱放在这边的桥柱了。"

"不了，今天不用给我钱。"

"哎？你明天不是要出去旅行吗？还是带点钱在身上比较好吧？"

"没关系，我还有很多呢，不用担心。"

"是吗……"博美觉得事情有些不对劲。上次给他钱已经是好几个月前了，再怎么节约，也不可能有多少剩余。

"博美，"忠雄叫着她的名字，"可以再往我这边靠一点点吗？"

"好啊……"博美眨了眨眼，看着父亲的脸。这是他第一次说这种话。

忠雄拿起纸袋,缓缓地朝前走来。当博美也开始靠近的时候,他却在桥中央附近停下了脚步。两人之间大概还有五米的距离。似乎这样面对面打电话让他有些累了,他再次将身体靠在栏杆上,手机还放在耳边,眼睛却看向河面。

"太好了,博美,没想到你能在明治座那样气派的地方完成导演的工作。爸爸很开心。"

"嗯,谢谢。"博美疑惑不解,可还是道了声谢。

"要努力啊。不要留下遗憾,要拼尽全力。那样的博美一定会幸福的。"

"爸爸……你怎么了?"

忠雄摇了摇头。"没什么。明治座的那场演出太好看了,竟让我说起胡话来。你别在意。那,我走啦。你保重。"

"嗯,那爸爸也好好去享受旅途吧。"

可是忠雄并没有回应,只轻轻挥了挥手便挂断了电话。他又朝博美的方向看了一眼,开始往回走。

走到尽头的桥柱时,忠雄环视了一下四周,身影随即消失在桥柱后。随后他又重新出现在人行道上,再次迈出脚步。刚才他提在手上的纸袋已经消失不见了。

博美立刻动了起来。她快步靠近桥柱,拿起放在背面的纸袋,打开一看,里面有两封信。她拿起其中一封,上面写着"给博美",信是封好了的。

此时,博美心中的不安达到了顶峰。她确信一定是有什么特别的而且是不好的事情发生了。她抱着纸袋,朝忠雄刚才走的方向跑去,但是已经找不到他了,道路的尽头也看不到他的身影。接下来进入视野的,是浅草桥站的标示牌。离忠雄住处最近的车站是小菅站,博美于是猜测他可能会从浅草桥往秋叶原方向去,然后乘列车到北千住,最后到达小菅站。

博美冲进车站，四处张望。忠雄刚通过检票口。博美一边追一边打开手提包，取出电子乘车卡。她穿过检票口，追在忠雄后面。可奇怪的是，忠雄竟在开往津田沼方向的站台等起车来。如果他打算回家，必须乘对面往御茶水方向去的车才可以。

不一会儿，开往津田沼的列车就来了。忠雄毫不犹豫地上了车，博美也跟着进了旁边的车厢。为了不被发现，博美尽量将身子藏在人群当中，但忠雄一副若有所思的样子，并没有注意四周的情况。

他究竟要去哪里呢？博美满怀不安地看着车里的路线图。忠雄在第五个停靠站新小岩站下车了。博美确认他已背对自己走出去后，才跟着下了车。

走出新小岩站，忠雄便顺着马路一直前行。他的脚下似乎没有丝毫迟疑，可见是带着某个明确的目的。博美稍微拉开距离跟在后面，中途又一阵小跑，拉近到二十米左右的距离。如果再慢吞吞的，似乎就要被甩掉了。

不一会儿便到了荒川。过了桥，忠雄在马路与河岸交界的地方改变了方向。他离开马路，朝着河岸的方向走去。博美慌了，没有路灯照射的河岸一片漆黑，但她打起精神继续追。她一定要弄清忠雄到这里来的原因。

可是，她还是在半路上失去了目标。周围什么都没有，脚下是一片荒草，偶尔还有一些不知道是什么的东西，行走十分艰难。已经没办法了吧——正当她准备放弃的时候，那个东西进入了视线。那是一座不到一个人高的小建筑物，不，或许说是大箱子更贴切一些。走近一看，才发现外面包裹着一层塑料布，显然是个流浪汉的住所。

博美发现了一个像是入口的地方，那里挂着一片布帘。布帘稍稍拉开了一些，漏出一丝亮光。她伸出脖子窥望里面，不由得瞬间瞪大了眼睛。在蜡烛的亮光下，忠雄正蹲在里面。

她情不自禁地叫喊道："爸爸，你干什么呢？！"

忠雄吃惊地回过头。他的双手正抱着一个红色的油桶，盖子已经打开，周围全是煤油的臭味。"博美！你为什么要跟来……"

"那还用问吗？因为爸爸刚才的样子太奇怪了！"

忠雄的脸扭曲着，他摇了摇头。"你赶快回去。被别人看到就完了。"

"你让我怎么回去？你说清楚这是怎么回事？"

眉头紧锁的忠雄咬起了嘴唇。他伸出手臂，一把抓住博美的右手。"你站在那里太显眼了，快进来。"

博美几乎是被拽进了那座小屋。里面出乎意料的宽敞，完全可以坐下两个人。地上摆放着装有简单餐具和杂物的纸箱，还有一个煤油炉。煤油炉上放着一口早已用旧了的锅，炉子并没点着。

"爸爸，你为什么在这里？租的房子呢？"

听到博美追问，忠雄露出痛苦的表情，低下了头。"那个押谷小姐……她去过你那里吧？"

这个令人意外的名字让博美困惑。押谷道子来见她是三天前的事情。"是来过，你怎么知道？"

"……我碰见她了。"

博美的心几乎要跳出来。"碰见？她？什么时候？"她的声调都变了。

"前天傍晚，明治座的第一天公演结束之后。我走出剧场，在往人形町站走的途中被她叫住了。她好像也去看了演出。"

"可是她跟我说当天就回滋贺啊……"

"她说一开始是那么打算的，可跟你道别后，觉得机会难得，所以决定还是去看演出。她原本打算看完演出再去见你一面，试着说服你。

结果走出剧场之后,她注意到了我。"

"都已经过去几十年了……"

"她以前常来店里,所以我的长相还记得很清楚。尤其是这颗痣,她说印象很深,绝对不会有错。"忠雄的手指触摸着左耳下方的一颗痣,"她从后面叫我'浅居先生',一开始我还没有反应过来。因为我好久没有被那样叫过了。但是第二次被叫到的时候,我反而吓了一跳。我停住脚步转身一看,结果发现她正笑着跑过来,嘴上说着什么'果然没错啊,你是浅居博美的父亲吧'、'那颗痣我记得很清楚'之类的话。她好像并不知道我死了。"

"我、我明明都跟她说'我爸死了'……"

"她可能是看到我后发觉被你骗了。'竟然为了让我早点回去而说出那样的谎',她是这样说的。我看她那么确定,觉得就算跟她说认错了人,她也不会相信我。最要命的是我被认出来的场所,那可是你正举行公演的明治座。我要是装傻逃跑,搞不好反而惹来麻烦。"

博美眼前浮现出如连珠炮般滔滔不绝的押谷道子的样子,恐怕她连插嘴辩解说认错了人的机会都没有给忠雄。"那,然后呢?"

"她说,'见得正是时候,我有事情一定要跟你商量'。于是我就告诉她到家里聊,把她带回了住处。"

"小菅那里的?"

忠雄点了点头。"她一路上讲了大致的情况,但是厚子的事情我才不管呢,那个人也是自作自受。比那个更重要的是她怎么办,我不能让她就那样回去。"

博美在脑海里想象出一幅不祥的画面,觉得口中很苦。"……然后呢?"她注视着淡淡烛光下父亲的那张脸。

"我让她进屋,给她准备了茶水。她一点也没有怀疑。然后我就找

279

机会，用电线从她身后……"忠雄仰起脸注视着虚空，继续说道，"把脖子……勒住了。"

博美觉得身体里的血液逐渐失去了温度，脸上却热了起来，汗水滑过了太阳穴。"你骗我……的吧？"虽然她知道父亲不可能说谎。

忠雄叹了口气。"是真的。我杀了她。"

博美闭上眼睛，脸朝着上方。她反复地深呼吸，压抑着那想要绝望叫喊的冲动，试图让自己冷静下来。

她睁开眼，看着父亲。"尸体呢？怎么处理了？"

"没有处理。就放在那里，在那个房间里。为了隐瞒她的真实身份，我已经做了手脚，不过如果尸体被发现了，迟早会查出来吧。"

"那得赶紧想办法把尸体处理掉啊。"

但是忠雄却摇了摇头。"算了。"

"什么算了，你这是说什么呢？"

"博美，有件事情我一直瞒着你，是苗村老师的事。你还记得吧。"

"记得是记得。"

"博美，你好像跟那个人交往过吧。"忠雄继续低着头问道。

"都这时候了，你干吗还讲……"

"那个老师……也是我杀的。"

博美轻轻惊呼一声。一瞬间，她觉得简直不能呼吸。

"是跟你在酒店见面那段时间的事。有天我结完账后，被那个人叫住了。当时我也很意外。从前虽然见过几面，但我早已不认识那张脸了。他倒是还记得我，于是问我是怎么回事。"

是那个时候，博美想了起来，是苗村最后一次打来电话的第二天早晨。他为什么会出现在酒店呢？理由只可能有一个：他跟踪了博美。他看见她进了酒店，一定误以为她是去跟其他男人秘密约会，所以就一直等到了早晨，打算弄清楚她在与谁约会。他当时应该是在前台附近，试图确认来退房的男人长什么样子。

"那，你是怎么……"博美的心跳快得几乎无法承受。

"我对他说会跟他解释清楚，把他带到了地下停车场。我一边走一边解下领带，从后面勒住了他。他虽然有所反抗，但并没有什么力气。也幸亏当时是早上，没什么人。"忠雄呼了口气，"把人勒死，押谷道子已经是第二个了。"

"老师的尸体，你怎么处理的呢？"博美虽能大致想象出来，但还是决定问一下。

"藏在了停在那里的货车车厢里。但我还是想尽可能扔远些，所以才要你租车……"

原来是这么回事。博美一直有种感觉，认为苗村的失踪跟忠雄有关，但她一直告诉自己不要多想。

"对不起，博美。那个人，你是喜欢的吧？但是我只能让他去死。原谅我吧。"

"不要管那些了。那么，那时你把尸体扔在哪里了？"

"奥多摩那里。大概一个星期后，我还在报纸上看到那边发现了不明身份尸体的报道呢。"

"但是，爸爸却没有被抓。也就是说，你成功地处理掉了尸体啊。这次你也用同样的办法……"

忠雄像个哭闹的孩子般挥舞着双手。"已经够了。那种事做不做都无所谓了，你就由着我去吧。"

"由着你……那爸爸你打算怎么办呢？话说回来，你为什么会在这种地方？"

忠雄抬起头，环视这个狭窄的小屋。"这附近，我以前就经常过来看。我一直觉得迟早要过上这样的生活，就这样死去也挺好。"

"死？那种事情……"

"我死的时候，必须要想办法不让别人知道我是谁。最好的方法就是火烧，但是如果把租来的房子烧了又会给别人添麻烦。不过这里就没问题了，烧起来应该也很快。跟你说实话吧，这小屋是我昨天让别人卖给我的。我说把身上的钱都给他，他就欢天喜地让给我了。"

父亲那平淡的口吻和话语让博美愕然无语。她明白了打开盖子的煤油桶的真正用意。"不可以！不行！"她盯着父亲。

"你声音太大了。被别人听见怎么办？"

博美摇着头，抓住忠雄的肩膀。"我才不管那些呢。爸爸死了我怎么办？"

"押谷的尸体迟早会被发现，警察到时候应该会追查越川睦夫这个人。我已经这把年纪了，逃不了的。"忠雄浅浅地笑着，孱弱地说，"不可能的。"

"才没有那回事呢。想想办法……"

"博美，"忠雄面对着她，"放过我吧。"

"说什么放过你……"

"我已经累了。这几十年我都在逃亡，隐姓埋名地生活着。这种躲躲藏藏的生活我已经厌倦了，我想要解脱。你让我解脱吧。仅此而已。"忠雄双膝跪地，低下了头。

"爸爸……"

忠雄抬起脸。他的眼角湿润了，闪烁着光芒。看到他这样，博美也终于忍耐不住，眼泪涌了出来。

"你别误会。虽然很辛苦，但至今为止的人生我从不后悔。我有很多快乐的回忆，一切全都是因为博美你。博美，谢谢。"

"爸爸、爸爸……你别说什么死，我会想办法的。"

"不行。万一我被抓住，一切就都完了。如果我的脸被别人看见，让别人知道我是浅居忠雄，至今为止所有的辛苦就都白费了。而且，我刚才已经说了，我想死。你让我死吧。"

忠雄说完后，将博美一把推到小屋外，推得很用力。

"爸爸，你干什么？！"

忠雄没有回答，在小屋里将油桶扛到肩头。煤油哗哗地涌了出来，立刻打湿了他的身体。

"爸爸！住手！"博美发出了惨叫。

忠雄从外套口袋里掏出一次性打火机。"走！你给我赶紧走！就算你不走，我也要点火。"

博美绝望地看着父亲。他的眼睛里闪着执着的光，却没有丝毫疯狂。那是看透一切下定决心的人才有的目光。

必须要制止他——这种心情忽然间淡了下来。恐怕他再也不会改变想法，博美甚至开始觉得，或许这样对父亲才是最好的选择。

博美朝忠雄走去。

"别过来。我要点火了。你想被烧伤吗？"

博美没有回答，而是缓缓向前伸出双臂。她的双手触碰到忠雄的脖颈，而他则露出了疑惑的神情。"博美，你……"他眨着眼睛，"你要让我解脱吗？"

"嗯。"她点头，"爸爸，我们从家里逃出来时，你不是说过吗？延历寺里和尚的事。就算要死，也要选其他方式。烧死，光想想就受不了。"

"啊……"忠雄的嘴张开了，"是啊。"

"那样痛苦的事，我不能让你去做。所以我……"

"是吗。"忠雄眯眼笑着，就那样闭上了双眼，"谢谢，博美。谢谢。"

博美闭上眼，指尖开始用力。她感觉到两个拇指深深地陷入了父亲的脖子。不经意间，《新编曾根崎殉情》的最后一幕浮现在她的脑海。她觉得父亲就是阿初，而自己就是德兵卫。

这样的姿势持续了多久，博美自己也不知道。忽然间，忠雄的身体失去了气力。博美睁开眼。勒住他脖子的双手此时却支撑着他的身体，口水顺着他的嘴角流了出来。

"爸爸。"她试着唤道，但是已没有任何回应。

博美让忠雄静静地躺在塑料布上，那里早已沾满了煤油。就这样点火，恐怕一下子就能烧起来，但那样博美就没有逃跑的时间了。看到火光，一定会有人立刻赶过来。

博美的手伸向放着蜡烛的盘子。她将盘子稳稳地放在忠雄身边，又将忠雄外套的衣角搭在蜡烛根部，外套上刚才已淋满了煤油，一段时间过后，蜡烛就会变短引燃衣物。

做好这些事后，博美抱着自己的包和忠雄给她的纸袋离开了现场。想到在自己回到马路之前小屋或许就会烧着，她小跑起来。

不一会儿，博美便回到马路上，却不能立刻打车离开。她觉得稍微拉开一段距离再打车比较好，便沿着主干道走起来。过桥的时候，她不住地朝河岸的方向回首，小屋仍然没有被点燃。该不会失败了吧？这个想法闪过她的脑海。如果小屋没有烧着，那事情会变成什么样呢？那具被杀的尸体会被查明是忠雄吗？

博美摇了摇头。再去想那些事情已无济于事。自己是杀人凶手，还杀了两个人，接受惩罚是理所当然的。

她意识到自己的外套上正散发出煤油的气味，便脱下拿在了手上。风冰凉，但她一点也不觉得冷。

29

登纪子走进店里,等在靠里桌边的男人站起了身。是松宫。看到她后,他打了个招呼。

"好久不见。"登纪子走近寒暄道,"两周年祭之后,这是第一次见面吧。"

"当时承蒙你关照。这次突然把你叫出来,真是不好意思。"

落座后,两人点了饮料。松宫刚才什么都没有点。

"我听加贺先生说了,案子已经解决了吧。恭喜。"

"谢谢。听说你也帮了不小的忙呢。"

"我没做什么。"登纪子微微摆手道。

"跟加贺经常联系吗?"

"嗯……"登纪子稍微想了想,"也就是从最近才开始的。"

"今天你们一会儿也要见面吧?我听说你们约好一起吃饭。"

"原本是因为一些不相干的小事聊到了约吃饭的话题,我也没想到加贺先生竟当真了。"

饮料端来了。茶杯里的红茶散发出香气。

"其实,我有一件事情想求你。"松宫从旁边椅子上的包里掏出一个白色信封,放到桌上。

"信?"

"是的。是这起案子嫌疑人的东西。准确地说,这信封里是那封信的复印件。"

"嫌疑人是……"登纪子的表情严肃起来。

"角仓博美,本名浅居博美。这是她父亲托付给她的,说无论如何想让加贺看一下。所以,我打算请金森女士你替我转交。"

"那倒没问题,但为什么是我?松宫先生直接交给他不是更快吗?"

松宫点了一下头。"你也知道,这次的案子跟加贺的人生有着很深的关联。这封信里写的是他长久以来一直想知道的事情,所以我希望你也可以读一下这封信。"

"我……也?"

"如果直接交给加贺,我想他绝不会再拿给旁人看,所以我才想要先交给你。"

"我读了没事吗?这可是私人信件。"

"我不能说没事。但你也看到了,信是没封口的,所以就算读了,只要不说出来,谁都不知道。但是,现在请不要读。我喝完咖啡之后就会走,到时候你再慢慢看。"松宫喝了一口咖啡,微笑着,"因为是你,我才会有这种想法。"

登纪子看了一眼信封。从那鼓鼓的样子来看,信纸应该有不少张。到底写了些什么东西呢?加贺一直以来想知道的究竟是什么呢?

上次被他叫出去的时候,登纪子很意外。他突然说想让她陪着一起出去,结果把她带到了位于青山的角仓博美家。进屋之前,他告诉她,一旦他示意之后,就装出去借卫生间的样子,将梳子上沾着的头发放进塑料袋里。除此之外，只要什么都不说地坐着就可以。

在博美家中时，她的身体一直很僵硬。加贺和对方的对话太过紧张，中途她都快喘不过气来。这个人一直都是这样的吗？她这样想着，看着加贺的侧脸，感叹他真是个可怕的人，同时又感到敬佩。

虽然很辛苦，如今回想起来，那却是一次不错的经历。不管怎么说，能亲眼一睹加贺工作时的样子真是太好了。

"对了，"松宫开口道，"加贺工作调动的事你听说了吗？"

"加贺先生？没有。这次又调去哪里？"

"警视厅。他又回到搜查一科了。不过，跟我不是一个组。"

"是吗。那今晚得庆祝一下啦。"

"请一定帮他庆祝一下。地点准备选在哪里呢？"

"按惯例应该是日本桥吧。"

"还在那儿啊。"松宫苦笑着，"不过也对，他马上就要离开那里了。说起来，他现在应该在滨町那边的体育中心吧。今天我跟他通电话的时候，他说好久没去那里流过汗了呢。"

"流汗？"

"这个啊。"松宫比画着挥舞竹刀的样子。

"哦……"登纪子点了点头。

松宫喝完咖啡道："那么我就先走了。"他起身拿走了桌上的账单，"替我向加贺问好。"

"多谢款待。"登纪子起身行了个礼。

目送着松宫走出店门，登纪子的手才伸向信封。确实没有封口，里面装着五张叠好的A4纸复印件。第一张纸上用女人柔和的笔迹写着"给加贺先生"，接下来的内容是这样的：

这次闹得沸沸扬扬，非常抱歉。如今我正直面自己的罪过，每日思考着该如何偿还。

　　信封里装着的，是父亲给你的信。父亲给我的遗书上，注明要我日后找机会交给你。拿到这样的东西或许只会给你平添烦恼，但考虑到这对你来说是至关重要的物品，所以我还是决定让警方转交给你。如若招致你的不快，谨致以诚挚的歉意。

浅居博美

翻过第一页后，登纪子有些意外。接下来的文字细而有力，密密麻麻地排列着。

加贺恭一郎先生：
　　敬启者。有一些十分重要的事想告诉你，才提笔写下了这封信。
　　我叫绵部俊一，曾经在仙台跟你的母亲有过一段时间的交往，是将你的住址告诉官本康代女士的人。这样说或许你就明白了吧。
　　想告诉你的没有别的，是百合子女士离开你家之后的心境。她究竟是如何想的，如何生活下去的，这些我无论如何都想让你知晓。
　　或许你会想，为什么要拖延至今。关于这一点，我致以深深的歉意，但详细情况恕我无法明言。总而言之，我是一个隐姓埋名苟且偷生之人，从未想过要对他人的人生说三道四。如今我行将就木，不得不重新考虑，就此封印对我来说最为重要的那位女士的记忆是否合适，不将这些转告给她的儿子是否合适。
　　第一次从百合子女士那里听说你的事情，是在我们相识一年之后。在此之前，她从未提及关于从前的家庭的任何事。或许那时候她对我也还没有完全敞开心扉吧。但那一天，或许她的想法产生了某种变化，忽然间对我倾诉了一切。

她说，离开那个家，是因为觉得她再这样下去，只会招致整个家庭里所有人的破灭。

百合子女士说，结婚之后，她便不断给丈夫带来各种困扰。她不善于跟亲戚交往，甚至引发了家庭纠纷，最终让丈夫被亲戚们孤立。丈夫为了让她能够安心照顾病弱的母亲，做出了诸多努力，可母亲还是因她而早早离世，这一点也让她深怀愧疚。她十分失落，觉得自己是一个毫无用处之人，开始怀疑这样的自己究竟能否好好地将孩子养育成人。

或许你已有所察觉，她恐怕是患上了抑郁症。但在当时这种病并不常见，她也只一味地认为是自己无能。

在如此状态下，她仍旧坚持了许多年，但还是开始考虑寻死。可看到唯一的儿子熟睡时的脸庞，她又思虑如若自己不在，又由谁来养育这个孩子，迟迟下不了决心。

然而在某个夜晚，一件难以想象的事发生了。丈夫因为工作连日未归，她明明已和儿子一起入睡，但回过神来时，自己已在厨房拿起了菜刀。她之所以能清醒过来，是因为半夜醒来的儿子叫住了她，问她："妈妈你干什么呢？"

虽然慌忙收起了刀，勉强度过了那个夜晚，但这件事却在她的心里留下了深深的阴影。那个夜晚，自己手持菜刀究竟是打算做什么呢？如果只是自杀还好，但如果是打算带上儿子……她说每当想到这些，便害怕得无法入睡。

苦苦思索之后，她才决心离家出走。她说当她乘上列车时，并没有想好任何去处，只茫然觉得自己或许就要孤独地死在某个地方。

我想你也已从宫本女士那里听说,她最终并没有选择死亡,而是在仙台开始自己的第二次人生。她形容在那里的生活是"忏悔和感恩的每一天"。抛弃了丈夫和孩子,根本没有生存资格的她,却在这片陌生的土地上得到了众人的扶持,她深知这是何种难能可贵的境遇。这只是我的猜测,我觉得或许从离开家的那一刻起,她的抑郁症便已有所缓解。

面对向我倾诉了一切的百合子女士,我这样问她:"没有想过回到丈夫和孩子身边吗?不想见他们吗?"她摇头了,但那并不是否定的摇头。她说她没有那个资格。那时候,我便向她问起那两个人的姓名和住址。因为我偶尔会去东京,想趁机打探一下二人的情况。她先是拒绝,但在我执拗的追问之下还是告诉了我。我想,或许她心里始终都放不下被自己留在了远方的那两个人。

之后不久,我趁着去东京的机会,探访了加贺隆正先生的家。当然我没有打算提及百合子女士的事情,只想装出问路的样子,偷偷观察二位的情况。

房子很快就找到了,可惜的是没人在家。于是我又找到邻居,在交谈中装出不经意的样子打探了一番。由此我得知隆正先生还健在,其子已经离家独立。而且告诉我这些事情的人还给了我一个重要的信息,就是那个儿子当时刚在剑道大赛上得了冠军。我立刻去了书店,在那里找到了刊登有你的报道的剑道杂志。

回到仙台后,我将那篇报道拿给百合子女士看。她屏住呼吸,眼睛也不眨,一直凝视着那张照片。最终,她的眼眶里盈出了泪水。

"太好了。"她是这样说的。我觉得那句话里满含着对于儿子成长为一个优秀的人的喜悦。不仅如此,对于儿子成为一名警察,她同样满心欢喜。

百合子女士说，她最放心不下的，是她的离家出走是否会招致丈夫和儿子关系不和。"恭一郎是个孝顺的孩子，他总是替我着想，如果他坚持认为母亲的离开全是父亲的过错，而因此憎恨父亲，那该怎么办？"她说她一直有这样的担心，因为如果真是那样，她就不光从孩子那里夺走了母爱，还同时夺走了他的父亲。得知你成为一名警察之后，她才觉得是自己杞人忧天，终于放下心来。她说因为如果你憎恨父亲，是不会选择同样的职业的。

"这样一来，心里的大石头终于落地了。"百合子女士这样说着，露出了笑容。见到她那么灿烂的笑容，那是第一次，也是最后一次。我想她是从心底感到高兴的。

但是带给她如此喜悦的杂志，她却没有收下。她说自己放弃了母亲的身份，没有资格留下它。另外，她还说了这样的话：

"恭一郎今后会成为一个更优秀的人。如果留着这张照片，他在我心里的成长便停止了。那个孩子一定不希望这样。"

那时，百合子女士的眼睛里因为对孩子的期待和爱而散发出光辉。

以上便是我想告诉你的一切。事到如今才知道这些，或许对你已没有任何帮助。对于坚信自己的道路意气风发地前行的你来说，或许这些事情已不再重要。但诚如开篇时所说，如今我时日无多，只想实现心中这唯一未了的心愿，请原谅一个将死之人倚老卖老的行为。

最后我还想多说一句，我觉得百合子女士以她自己的方式充实地过完了一生。当我因工作原因不得不离开仙台，最后见她的时候，曾经问她有没有什么想要的东西。她只回答说："什么都没有，如今这样就很满足了，我什么都不需要。"她是面带笑容说出这些话的，我觉得不是谎言。当然，或许这只是我一厢情愿的看法。

原本应该当面拜会你，但事出无奈，只能以这样的方式向你转达，请原谅。

衷心祝愿你在今后的日子里幸福美满，前程万里。

绵部俊一敬上

来到滨町公园，四周的空气里飘浮着树木浓郁的香气。太阳已开始落下，但丰盈的绿色还是跃然眼前。这里有很多牵着狗散步的人，他们似乎都已熟识，愉快地谈笑着，被他们牵着的狗看上去也很快乐。

综合体育中心很宏伟，正门处的玻璃融入了如蛇腹般排列的设计，给人以新颖的感觉。室内也宽敞整洁。看到面前正好有一个怀抱剑道护具和竹刀的孩子，登纪子于是上去搭话。孩子说这里有日本桥警察局举办的剑道课程，刚刚结束。

听说地点在地下一层，登纪子便顺着台阶往下走。一处看似道场的房间门口正站着几个孩子。登纪子靠近一看，里面还有一些身着剑道服的男女老幼。

加贺也在。他站在道场的一隅，默默地挥着手中的竹刀。他的目光集中于一点，脸上没有丝毫犹豫。现在的他，恐怕什么也听不见吧。

如果把他的心比作水面，登纪子觉得那里应该总是如同镜子般平静，无论怎样的狂风肆虐都不会轻易掀起波澜。正因为有如此顽强的内心，他才能经受住如此多的试炼。

但是——

读过自己带来的信又会如何呢，还是不会生起哪怕一丝涟漪吗？

登纪子想得到答案，迈步朝加贺走去。

图书在版编目(CIP)数据

祈祷落幕时/〔日〕东野圭吾著；代珂译.－海口：
南海出版公司，2015.1
（东野圭吾作品）
ISBN 978-7-5442-7469-2

Ⅰ.①祈… Ⅱ.①东…②代… Ⅲ.①长篇小说－日
本－现代 Ⅳ.①I313.45

中国版本图书馆CIP数据核字(2014)第231947号

著作权合同登记号 图字：30-2014-145
《INORI NO MAKU GA ORIRU TOKI》
© Keigo Higashino 2013
All rights reserved.
Original Japanese edition published by KODANSHA LTD.
Publication rights for Simplified Chinese character edition arranged with KODANSHA
LTD. through KODANSHA BEIJING CULTURE LTD. Beijing,China

祈祷落幕时
〔日〕东野圭吾 著
代珂 译

出　　版	南海出版公司　(0898)66568511
	海口市海秀中路51号星华大厦五楼　邮编 570206
发　　行	新经典发行有限公司
	电话(010)68423599　邮箱 editor@readinglife.com
经　　销	新华书店
责任编辑	张　锐
特邀编辑	黄莉辉　史　诗
装帧设计	金　山
内文制作	田晓波
印　　刷	北京中科印刷有限公司
开　　本	850毫米×1168毫米　1/32
印　　张	9.25
字　　数	219千
版　　次	2015年1月第1版
印　　次	2024年12月第62次印刷
书　　号	ISBN 978-7-5442-7469-2
定　　价	39.50元

版权所有，侵权必究
如有印装质量问题，请发邮件至 zhiliang@readinglife.com